簪花司命作品集003

許妳天下聘

第一部・藥兒姬

簪花司命◎著
姣姣◎繪

前言　這是老天爺逼我的！

很奇怪的前言標題？別急，請大家慢慢看下去，我之所以會選擇這個故事出版成書，真的與老天爺非常有關，而祂真的展現出了讓人怎麼想都想不到的「創意巧合」，狠狠的嚇了我一大跳。

自從決定離開傳統小說出版社，自己跳出來做個人出版，不再隨波逐流的寫著不符合自我風格的市場小說，開始做我自己後，我的人生有了奇妙的改變，就像沉睡已久的命運之輪終於甦醒轉動，生活中經常出現有意義的巧合事件，像是老天爺在用這種方式默默指引我前行方向。

巧合出現得最頻繁的領域，就是在小說創作上頭了，而有些巧合經驗，實在讓人匪夷所思，我想我永遠都忘不了某些巧合事件帶給我的震撼，那種扯到爆的劇情我想我一輩子都編不出來XD。

其實照我原本的計畫，怎樣都還輪不到《許妳天下聘》出版實體書，但往往計畫永遠趕不上變化，在我快處理完上一本《神弦曲》的出版事宜時，我開始想，第三本是要按照原訂計畫出現代青春校園故事，還是改成純古風故事？如果真要改成純古風故事，哪一篇又比較適合？

雖然我手中有不少純古風故事，但總覺得沒有非常適合的，而這個時間點上，我正在部落格連載《許妳天下聘》第一部，我也曾考慮過這部作品，但我知道它需要改，而我抓不到修改方向，因此只能擱置，繼續猶豫下一本到底要出什麼。

就在我猶豫不決了一段時間後，一位新讀者出現了，她是偶然在學校的圖書館借到《千年絆》，進而認識我，與我在臉書上開始有了不少交談。

在與她的往來對話中，我的靈光一閃，終於意識到《許妳天下聘》該往哪個方向調整修正，原來有很大的問題點是出在男主角身上，他的形象還需要再改，而可以改的方向就是——雙重人格，他的原始設定本隱含著兩極化的雙重性格，但在初稿內並沒有把他的這一面好好發揮出來，所以他的個性描寫是很不到位，有些失敗的。

而這位讀者就像老天爺派來暗示我、點醒我的，因為我一直想著這篇要改、要改，但就是不知道該怎麼改，所以老天爺指引她來回應我了XD。

在意識到這篇故事該如何修改後，其實我只在「考慮」要不要讓它先出版，因為它一共有三部，太長了，不符合我初期先出單本完結故事的計畫，因此就先將它放在一旁，想再觀望一段時間看看。

結果沒想到，接下來就發生另外兩件事，逼得我不得不正視這個問題。

其中一件事是，我在某個小說中盤商的臉書上看到一本叫做《天下為聘》的小說出版資訊，看到時我愣了一下，因為本故事最原始的書名就叫《天下為聘》，當初（二〇一一年）我剛取完故事名時覺得這個名字很大氣，我還挺滿意的，結果沒多久就發現有另一本已經出版的小說叫做《江山為聘》，和《天下為聘》太像了，頓時我有種想吐血的衝動，覺得這兩個書名很容易混淆。

在掙扎猶豫了一番後，我還是決定換書名，就換成現在的《許妳天下聘》了，所以當我看到《天下為聘》也被其他人使用出版時，只是莞爾一笑，心想幸好我早就改書名，要不然現在就要再吐血第二次了。

看到這個熟悉的書名出現時，我還沒什麼聯想，而緊接著發生的另一件事，才讓我真正醒悟，原來這一切真的全都是暗示，老天爺就是要逼我決定接下來要出版的作品就是《許妳天下聘》。

那一天，我發現工作桌四周出現許多小螞蟻，似在很有規律的搬遷，但我卻看不出牠們想搬到哪裡，等到夜深後，我的眼睛一轉，發現工作桌旁的透明置物櫃裡有小螞蟻出沒，頓時驚覺不妙，牠們該不會要在我的櫃裡築巢吧？

那一個櫃子內，放的大多是這些年來我收到的實體信件與卡片，有讀者送的、朋友送的，也有出版社送的，我趕緊打開櫃子，把信件與卡片一封封拿起來，終於發現小螞蟻一直從某張卡片的信封封口縫隙進進出出，沒完沒了。

那張卡片，是前東家二〇一二年過年寄給我的賀卡，卡片是厚紙板印成的，大概有零點五公分厚，我一打開信封，看到裡頭的情景，頓時有種想暈倒的衝動。

天～～哪～～上百隻螞蟻密密麻麻的走來走去，實在是太可怕了！或許是卡片的厚度撐起信封，讓信封四周有空間可以活動，不像其他卡片被壓得扁扁扁，想進去都沒辦法，所以小螞蟻們決定在這美好的小空間內築巢了！

直到現在，我還是想不透這群小螞蟻是怎麼發現的，尤其這張卡片還被壓在挺下面的，簡直是不可能的任務呀！

在發現這個驚人的狀況後，我腦袋先是空白了幾秒，才拿著卡片衝到廚房，連卡片帶信封放到洗碗盆內，打開水龍頭注水，將卡片與螞蟻淹了！這些小螞蟻們對不起，你們不來招惹我，我也不會這麼做，希望你們下輩子能投個好胎吧！

因為卡片是厚紙板做的，上頭的文字又是用油性筆寫的，所以就算泡水了，寫什麼還是清楚可見，完全沒化開，我也趁這個機會最後看一次卡片上到底寫了什麼（因為滅了螞蟻之後就只能丟了）。

一看到卡片內容，我愣了愣，真有種想抱頭尖叫的衝動，那是前東家的主編寫的，她說他們那一陣子忙翻了，所以我交給他們的「那個大長篇」還沒時間審稿，接著問我想寫這麼大長篇的故事，有沒有多找資料？架構有沒有嚴謹？最重要的其實還是愛情等等叮嚀的事。

而主編所指的「那個大長篇」，就是——《許妳天下聘》！這部作品我曾交過前兩卷給前東家，希望能出版，但最後不了了之，這時才知道原來是他們無緣擁有這部作品，是留著要讓我自己來出版的。

又是與《許妳天下聘》相關的事件！誰知當年主編寫的卡片，在將近兩年後居然靠著小螞蟻的牽引，以如此「不可思議」的方式重現眼前，就在我一直猶豫到底要選哪個故事出版時？

看完卡片後，我馬上在內心大喊：好啦好啦，老天爺我明白了，所以別再派螞蟻大軍來嚇我了（幸好不是蟑螂大軍，那我大概就真的昏了吧，囧）！

以上兩個事件，就在短短兩天內接連發生，已經不是單純的巧合能說得通了，而這也已經不是暗示，直接是「明示」了吧，大概老天爺已經受不了我的遲鈍，第三次就直接對我下猛藥了，我也正式決定，第三本出版的作品就是《許妳天下聘》了，免得我要是再猶豫不決，真不知老天爺又會出什麼「創意」怪招來嚇我，好懲罰我的不受教，囧。

對我來說，前兩本書的出版都是有意義在的，那麼第三本老天爺指定要這個故事，意義又在哪裡呢？我還在細細的體會摸索中，希望，答案能很快浮現，之後再與大家分享……

目錄

楔子 甦醒

陰暗的小倉庫，方方正正，泥牆高築，裡頭沒有任何擺設、沒有窗戶、沒有燈火，只有一扇大門由外緊緊鎖著，將內外徹底隔絕開，無人可以出入。

室內瀰漫著一股難聞噁心的血腥味，漸趨濃厚，地上隱約可見散躺著六具屍身，年紀都不大，最小十四，最大二十，而他們的共同之處，都是男的，都是同父異母的親兄弟。

只有他，還活著，還清醒著。他無神的看著兄弟們，想起才剛結束的煉獄之劫，除了空茫以外，他已無任何感覺。

五弟，那麼你呢？將來你打算如何？

我不像諸位王兄胸懷大志，冀望能幹出一番大事業，但無論將來是誰繼承父王霸業，五弟我，都願意貢獻己力，助王兄與關國更上一層樓。

昔日之約猶言在耳，兄弟們還在討論該如何為國盡己所能，結果父王的一道命令下來，他們七兄弟只有一人能活著從這裡走出去，他們竟被逼著手足相殘。

他們被關在陰暗的室內，手中各持一把劍，空氣沉悶凝窒。先是大家都不願互相殘殺，甚至討論著如何才能讓父王打消瘋狂念頭，但突然間，二王兄動手了，氣氛驟變，肅殺之氣瞬起，場面也快速的失控、混亂起來。

他錯愕的看著兄弟們猶如被魔附了身，兵刃相向，殺氣騰騰，將兄弟之情拋諸腦後，只剩不想死的念頭逼迫自己狠下心來，不再對兄弟留有任何情面。

他們之間，只能活一個！足以逼人發狂的強大恐懼在室內蔓延開來，幾乎無一倖免，讓大家都成了殺人不眨眼的魔！

但他真的不想手足相殘！面對兄弟們毫不留情的攻擊，他只能盡力擋禦，非不得已絕不還擊，但兄弟們還是在自相殘殺下一個個倒了，直到剩下他與三王兄還在繼續纏鬥，轉眼間就剩他們倆還活著了。

五弟，你不需要再掙扎了，太子之位終究是我的，最後能活著走出去的，當然非我莫屬，你還以為會是你嗎？

看著三王兄猙獰的笑顏，分明已經入了魔，他擋劍擋得辛苦，幾乎想要放棄，卻又不甘白白赴死，內心糾結萬千，只能繼續掙扎。

他不想死，但他也不想踩著兄弟們的屍身而活，為何要逼他做如此痛苦的抉擇？難道真的沒其他辦法了？

夠了！他已經受夠了！放過他吧！

在這種生死關頭，你還猶豫什麼？不是你死就是他亡，他可不會感謝你對他手下留情。

若你真下不了手，那麼你就退到一旁，讓我來吧！

就在他最掙扎痛心的那一刻，內心深處突然冒出了另一個聲音，某種沉睡已久的力量也跟著復甦、狂湧而起，轉眼便壓過他的神智，讓他陷入失神狀態。

什麼都感覺不到、什麼都聽不到，好似這世上只剩他一人、只剩無始無終的黑暗寂靜，除此之外，什麼都沒有了……都沒有了。

他不知自己失去了知覺多久，這其間又發生了什麼事，反正當他回過神來時，三王兄已經倒在他的腳邊，再無動靜，寂靜的室內只剩他一人還活著，而他內心的掙扎恐懼早已消失無蹤，取而代之的是……茫然，無止境的茫然。

他活下來了？

他踩著六位兄弟的屍身活下來，為的到底是什麼？

為了搶得太子之位，成為將來的關國之王？還是……只是單純的不想死？

他在人間煉獄得到唯一的生機，終於能活下來，但他覺得自己的心卻死了，死在兄弟相殘之下、死在父王病態瘋狂的念頭之下。

咿……

此時緊鎖的大門逐漸打開，陽光從門縫射入，終於替陰暗的內室帶來一線光明，他眼睛忍不住瞇起，一時之間無法承受刺激光線，難受了好一會兒才適應光亮。

奉命守在外頭的中年太監慢慢開門，心驚膽戰的往裡頭瞧，景象可怕至極。六名青少年的屍身凌亂散躺著，地上、牆上到處血跡斑斑，腥臭味瀰漫難聞，只剩一名少年佇立在中央，一動也不動，連他開門了也沒半點反應。

少年手握染血長劍，劍身已有多處缺口，可知戰況是多麼激烈，少年身上也有多處傷口，遍身的血跡已分不出是他的還是別人的，他蒼白的臉木然無神，像是失了魂，魂魄早已不在軀殼裡。

太監認了好一會兒，才認出倖存的少年究竟是誰，微顫著嗓音喚道：「五……五殿下……」

少年又木然了一陣子，才慢慢偏過頭，無神的瞳眸終於與太監對上，沉默在兩人間蔓延多時，那詭譎的氣氛讓太監忍不住打了一個寒顫，總覺得此刻的五殿下……很不對勁！

終於，少年的表情有了轉變，那幾無血色的薄唇微微勾起，一抹輕淺的笑意跟著顯現，襯著他蒼白的臉、一身的血，再度讓太監打出一個大寒顫來。

那是毫無情感的笑容，像是死魂般的詭笑，直透人心，膽寒心悸！

沉睡在少年心中的「魔」，就此——甦醒了！

第一章 神醫兄妹

十年後，關國呂善縣城——

縣城內，人來人往，百姓們各自忙碌，街道上熙熙攘攘的，吆喝叫賣聲不絕於耳，展現出源源不絕的活力與熱鬧。

而某一戶葉姓大商賈的宅邸裡，靜肅的氣氛與外頭是截然不同，宅後一處典雅的院落內，幾名丫鬟正聚在房門外頭，不斷的互相低語，頻頻關注房內的動靜，表情有些凝重。

「不知這回來的大夫有沒有用……」

「之前那幾位大夫都老資歷了，對小姐的病也沒輒，這位大夫如此年輕，究竟有多少能耐……」

丫鬟們討論的，正是葉家夫婦最疼惜的掌上明珠，今年一十七歲。葉小姐前幾個月突然生起怪病，全身虛軟無力，整日只能躺在床上，連起來用膳的力氣都沒有，葉老爺趕緊延請縣內最高明的大夫來診治，結果吃了好多帖藥都沒多大效果，讓人忍不住心急。

後來葉老爺又請了好幾位大夫前來看診，結果都差不多，至今葉小姐依舊無力做任何事，甚至日漸消瘦，精神越來越不濟。

就在葉家上下急成一團時，總管向葉老爺提及，最近出現一名從外地來的大夫，這位大夫有些古怪，不收窮困人家的診金，但越有錢的人向他求診，他要的診金就越貴。不過聽人說，他的醫術之高明，病人只要喝一帖藥，病況就能即刻好轉，無一例外，所以就算他擺明了專坑有錢人，還是有不少大戶人家求他去看診，被坑得心甘情願。

葉老爺為了女兒的怪病已經憂心如焚，只要有人能治好女兒的病，要他花多少診金他都甘願。反正不試白不試，他馬上要總管將傳說中的大夫請過來看診，而大夫此刻就在葉小姐的房裡。

葉小姐的閨房布置雅致，空氣中瀰漫著一股濃郁的特殊香氣，甚至連桌布、椅墊、床帳都被薰染上香味，無論走到哪兒，都是一樣。

除了大夫以外，大夫身旁還跟著一名年約二十出頭的姑娘，她有著細細柳眉、挺秀小鼻、小巧淡粉的唇瓣，頭綰一個簡單的側垂髻，髻旁插著一支素雅木簪，簪身上刻著三朵盛開秀梅，肩後垂散的黑髮長及腰際，打扮簡單清秀。

她身穿艾綠交領衣裙，外套一件淺紫的及膝長背心，散發著猶如孟春花草初萌般的清新之氣，給人一種舒服之感。

她叫「于藥兒」，是大夫「于非颺」的義妹，她跟著義兄四處行醫已經一年有餘，其中遇到過各種奇怪病症，病因千奇百怪，總讓她忍不住嘖嘖稱奇。

她一進到葉小姐的閨房內，就被四處瀰漫的特殊香氣吸引，除了薰香並非普通人能用得起、也不會用得如此「奢侈」之外，一旁多寶格架上的各種美麗瓶罐，也讓她不由得多看了幾眼，很好奇裡頭裝的是什麼。

此時他們正站在床畔，葉老爺、夫人、總管以及葉小姐的貼身丫鬟也在側，葉小姐正病厭厭的躺在床上昏睡，臉色蒼白憔悴，病得不輕。

葉老爺是個微胖的中年男子，見總管帶回來的大夫非常年輕，應該還不到三十歲，而且感覺……有點怪，不禁懷疑起大夫的醫術到底行不行？但人都已經請來了，也就只能死馬當活馬醫看看，頂多真的不行再趕人就是。「于大夫，要麻煩您替小女看診了。」

「在看診之前，先開窗戶吧。」于非颺用戴著白絲套的手摀住口鼻，眉心微蹙，不客氣的說：「房內香氣已經濃得快嗆鼻了，你們還能無動於衷，我也真是佩服。」

于非颺雖然長得俊帥，但眼神略帶高傲輕浮，不像個大夫，倒有些地痞之氣。他隨興的在腦後綰起一個小圓髻，用一支有著古樸鳳紋的木簪插著，剩下的及肩髮絲就在肩頭隨意亂翹，竟也翹得頗有意思，再加上半敞的深褐色外衣，露出胸前的藕色裡衣，再再散發出濃濃的瀟灑不羈感。

最特別的是，他雙手一直戴著白絲套，他特別在意自己的手，細心照護得很。

于非颺的傲慢讓葉老爺擰起眉，頗為不悅，但他還是忍著氣，命令丫鬟與總管：「去把窗子打開。」

「是。」

丫鬟與總管趕緊開窗散氣，很快的，濃厚薰香味淡去，外頭的清新之氣流入，聞起來舒爽不少，于非颺才終於願意看診了。

總管拿了一張圓椅在床旁放下，于非颺坐妥後就拿下兩手絲套，吩咐丫鬟拉出葉小姐蓋在被內的手，準備把脈。

于藥兒就站在旁邊，靜觀于非颺看診，他用中間三指輕按葉小姐腕上的脈搏處，凝神細覺脈象變化，此刻認真的神情，可終於有些大夫的樣子了。

沒多久後，于非颺收回手，丫鬟就把葉小姐的手放回去，葉老爺心急的向前一靠，即刻問：「診脈的結果如何？」

「脾主運化、肌肉、四肢，令嫒的四肢無力，原因就在脾有所損，導致運化之力低下，無法將所食精微輸布至四肢百骸，因此體力盡失。」于非颺一邊回答，一邊將白絲套套回手上。

「這答案與其他大夫沒什麼兩樣，他們治不好，您能治得好嗎？」

「其他大夫有開藥方吧？能否先讓我看看他們開什麼藥？」

葉老爺朝總管瞧了一眼，總管便轉身拿藥單去，很快就拿了五張藥單來，遞給于非颺。

于非颺翻了翻藥單，發現上頭寫的都是治脾虛的藥，大同小異。「這些藥方都在治脾虛，我看沒什麼不妥的。」

「既然如此，為何小女病情始終未能好轉呢？」

于藥兒一邊觀診，腦中思路也跟著轉動，在于非颺尚未回話前，就代替他回答：「藥沒問題，那就表示，咱們得從其他地方找問題了。」

于非颺微勾起嘴角，讚賞的瞥了于藥兒一眼，心想她的反應機靈，將來大有可為呀。

「其他地方？」葉老爺納悶的與夫人對望一眼，才又問：「什麼地方？」

于非颺與于藥兒同時瞄了內室一圈，想要尋找有異之處，而于非颺見多識廣，很快就判斷出最可疑之處，吩咐于藥兒：「藥兒，妳來聞聞葉姑娘的身子，看是否同樣沾染上薰香之氣。」

「好。」于藥兒點點頭，即刻來到床畔。

她俯下身，握起葉小姐纖細的手臂嗅聞，發現葉小姐不只衣裳沾染香氣，的確就連肌膚也泛著異香。

「義兄，葉姑娘身上的確泛著香，而且香得明顯。」

「那就是了。」于非颺得意一笑。

「是什麼？」葉老爺夫婦困惑的同聲詢問。

于非颺起身來到葉老爺面前，雙手刻意環胸，唇角要勾不勾、要笑不笑的，頓時竟有種地痞來找麻煩的感覺。「葉老爺，咱們來打個商量吧。」

「什……什麼商量？」葉老爺忍不住吞了吞口水，就是被他的氣勢莫名壓迫住。

「令嬡的病其實不難治，但你們得全心信任的配合，無論接下來我的要求如何離譜、沒道理、不可思議，你們都得照做不誤，不得有異議。」

「只要咱們照著做，你就一定治得好小女？你憑什麼要咱們信你？」這個要求太奇怪，葉老爺不得不反駁。

「這樣吧，兩日內，要是她的病好不了，我就收手不當大夫，並留在貴府當一輩子長工，這樣……你可願意賭一把了？」于非颺勾起一笑，胸有成竹。

這分明就在挑釁呀！于藥兒蹙了蹙眉，雖然她知道義兄肯定有十成的把握才敢這麼說，不過她還是忍不住想為他捏一把冷汗，不懂有必要把賭注玩得這麼大不可嗎？

葉老爺自恃閱歷不淺，怎忍得下被年輕後輩挑釁？他當然不能示弱，不再遲疑，衝動的回答：「賭就賭，只怕你輸不起！」

「葉老爺放心，我這個人不會輸不起，就怕我的要求，你們不敢做。」

「我就不信你能提出什麼做不得的要求，快說吧！」葉老爺已不想和他多廢話。

「很好，那麼我要你們做的第一件事，就是在院子內挖一個坑出來，約半個人深，長的話……要夠一個人躺平。」于非颺笑笑的吩咐。

「啊？」葉老爺還以為會是什麼天大難題，頓時錯愕的愣住。「挖坑？」

「這只是開始，真正的重點……還在後頭。」于非颺的笑意微深，多了抹讓人猜不透的深意。

葉老爺困惑的蹙起眉，雖想不透于非颺究竟在搞什麼鬼，還是命總管喚下僕過來挖坑，就照于非颺的要求挖。

挖坑的目的在哪兒？于藥兒腦袋轉了轉，一時想不出個所以然，只能繼續靜觀下去。

總管挑了四名壯碩的男僕，就在葉小姐院落內的空地處開始挖坑，丫鬟們聚在一旁好奇觀看，竊竊私語，真不知醫病和挖坑的關係到底在哪裡。

約半個時辰後，坑挖好了，一行人來到坑邊探查成果，于非颺滿意的點點頭，接著吩咐葉老爺：「第二件事，請將令嬡放到坑裡，而且除了貼身裡衣外，不得再加其他的衣裳被褥。」

「你說什麼？」葉老爺瞬間拔高嗓音，不敢置信：「要我的掌上明珠躺坑裡？這怎麼行，這是什麼狗屁治法！」

「哈，瞧瞧，就如我剛才所言，輸不起的人絕對不會是我。」于非颺挑了挑眉，繼續激怒葉老爺。

果然葉老爺再度中計，火大的說：「放就放，我就看你有多大能耐！來人，把小姐抬出來放坑！」

「老爺……」一旁的葉夫人又驚又愕，害怕不已，但想阻止又沒辦法。

「我去幫忙。」于藥兒轉身入房，越來越好奇接下來的發展。

除了于藥兒之外，還有五名丫鬟一起抬出葉小姐，眾人齊心合力，來到坑邊後，先是三名丫鬟站在坑裡，才與站在坑上的另外三人小心將葉小姐放入坑底，妥妥的躺好，完成吩咐。

葉夫人瞧著女兒，緊張不已，又瞧向丈夫，真不知這齣鬧劇會演變成什麼離譜的模樣。

于非颺蹲下身，瞧著躺在坑內的葉小姐，摸著下巴琢磨道：「感覺力道還不夠，再來人把土覆在她身上，不需要厚，薄薄一層也就夠了。」

「老爺！」葉夫人終於拔高嗓音，趕緊抓住丈夫的衣袖，想制止一切，她可不願見到女兒被活埋呀！

「來人，覆土！」葉老爺早已騎虎難下，只能硬著頭皮命令，不管妻子的驚恐。

男僕們一臉的緊張，拿著鏟子把堆在坑旁的土再慢慢覆回去，戰戰兢兢、小心翼翼，避開葉小姐的頭與脖子，脖子以下全都覆上一層均勻薄土，直到身子全被遮蓋住為止。

看到女兒幾乎與被活埋沒什麼兩樣，葉老爺已經鐵青著一張臉了，激動的質問于非颺：「你要求的咱們都做到了，這樣能有什麼效果？」

「葉老爺，不必急，咱們還需要等一等。」于非颺瞧了瞧天色，氣定神閒的回道：「差不多到午時，就會有些許動靜了。」

「好，我就等到午時，要是午時沒有任何動靜，你就別想走出葉家大門！」葉老爺憤怒的威脅。

于非颺一笑置之，完全不在意威脅，這種情況于藥兒也見多了，病患家眷因為心急，總是會有些心緒不穩的衝動舉措，只是口頭威脅算好了，有些家眷是直接動手，那就挺糟糕的。

所以身為大夫，不只醫術要好，有時還得八面玲瓏、面面俱到，知道如何安撫病患家眷的心緒，要不然有時家眷比病人更危險難應付，救人不成反被家眷所傷，那就得不償失了。

只不過，于非颺全然不吃這一套，病患家眷要是失去理智的對他動粗，他可是會不客氣的回打一頓，絕不吃半點虧，才不管什麼醫德不醫德，于藥兒就碰過好幾回，還得幫忙勸架消于非颺的火呢。

一干人等就站在坑邊等待，忐忑不安、心緒不寧，幸好今日天陰，站久也不怕得了暑熱，葉老爺夫婦卻猶如在熱鍋上的螞蟻，汗早已遍流滿身，煎熬得很，不知于非颺到底行不行。

好不容易，他們熬到近午時分，躺在坑裡的葉小姐終於有反應了。她眼皮子動了動，緩慢的睜開眼，氣虛無力的說：「來人……」

「眉兒！」葉老爺與夫人頓時由憂轉喜，終於看到一絲希望出現。「妳的身子有好些了嗎？」

「我……在哪兒……」葉小姐稍微轉了轉腦袋，竟發現自己躺在坑中，似被活埋，瞬間驚恐不已，害怕的喊道：「爹……娘……救我……」

葉夫人再也忍不下去了，急著命令丫鬟：「快救小姐上來！」

「等等，還不行！」于非颺即刻阻止：「現在救她上來，就前功盡棄了，若你們寧願她繼續病厭厭下去，直至香消玉殞，那就救吧，但後果我概不負責。」

「這……」一被于非颺威嚇，葉夫人馬上失了方寸，不知該怎麼辦才好。

「你……是什麼人？」葉小姐一邊喘息，一邊惱怒的瞪著于非颺。「為何阻止爹娘……救我？你……想害死人嗎？」

「若要說害，差點害死妳的人，其實是妳自己。」于非颺蹲下身，嘴角大勾，笑得萬分惡劣，擺明了在看好戲。「葉姑娘，其實這坑不深，覆在妳身上的土也不厚，何需別人來救？只要妳自己起身，妳就得救了。」

差點害死她的人，其實是她自己？于藥兒察覺到于非颺的話中深意，但她依舊不解，于非颺意指的是什麼？

「你憑什麼阻止別人來救我？爹……娘……救命……」葉小姐還是驚恐的求救著，語氣依然虛弱。

于非颺不再理她，起身對所有人說：「葉姑娘必須自個兒從坑中爬起才有活路，誰要是敢在此刻下坑救人，將來她要是有什麼萬一，帳就得算在救人反害人的傢伙頭上，與我無關。」

僕人們面面相覷，不敢有任何動作，就連葉老爺及夫人也猶豫不決，怕女兒承受不住刺激，卻又不敢拿女兒的性命開玩笑，左右為難。

「爹……娘……」

所有人只能眼睜睜看著葉小姐在坑底呼救，不敢妄動分毫，無論葉小姐求救多少次，沒人幫她就是沒人幫她，眾人都不敢違逆于非颺的話。

葉小姐呼求了好一陣子，發現始終沒半個人來救她，感到又憤怒又絕望，忍不住低聲啜泣起來，心想乾脆真的別活算了。

聽到女兒的哭聲，葉夫人的心都痛了，真想代替女兒受罪，但一看到于非颺警告的眼神，她只能硬生生的咬唇忍耐，默默跟著流淚。

葉小姐哭了一會兒後，轉而又氣又不甘，求生本能也跟著甦醒，試圖掙扎，只不過她四肢無力多時，根本使不上多少力氣，因此掙扎的力道非常輕微。

她不死心，休息了一會兒後再次掙扎起來，就這樣掙扎一會兒停一會兒，接連不斷，竟覺得力氣似乎有些恢復，使不上力的感覺好像消退了不少。

葉老爺夫婦見女兒不再虛弱無力，連動都動不了，掙扎態勢越來越明顯，似有好轉跡象，原本的緊張擔憂也跟著淡去，反倒開始期待起來。

「眉兒，再多使些力，妳就能夠起身了……」葉夫人趕緊鼓勵。

「小姐，就差那麼一點，別放棄……」丫鬟們也跟著鼓勵。

葉小姐繼續掙扎，好不容易，雙手破土而出了，她一邊喘氣，一邊用手撐起上半身，轉眼間，就只剩下半身還覆著土，她已經逃脫出一半了。

葉老爺夫婦喜出望外，這是他們盼了許久的事，現在可終於讓他們盼到了！

葉小姐又休息了好一會兒，才接著撥開腳上的覆土，並且雙腳同時使力動作，很快的，下半身也跟著破土而出了。

于非颺一直觀察著葉小姐的狀況，直到此刻終於微微點頭，知道已經差不多，可以收手了。

葉小姐試了好幾次，才勉強站起身，頻頻大口喘息，還是覺得全身無力、頭昏腦脹、腳步虛浮，但已沒過去那般嚴重，連想坐起都沒辦法。

「好了，你們要幫，現在可以幫了。」于非颺揚聲說道。

「快、快點！」葉老爺夫婦馬上催促僕人幫忙。

僕人們即刻聚到坑邊，兩三下就拉起葉小姐，一離開土坑，葉小姐便虛軟的跪在地上，不停喘氣，腦袋一片空白，有種劫後餘生的空茫。

等她喘息夠了，神智也恢復了些，她看著自己一身是土的髒身子，還散發著明顯的土味，頓時厭惡的大皺起眉，忍不住抱怨：「噁心死了，我的身子都被土味沾染了……」

「哪裡噁心？就是這些土味救了妳，別不識好歹。」于非颺來到葉小姐面前。

葉小姐抬起頭，胸中怒火頓生，恨不得將可惡的他大卸八塊，驕氣十足的質問：「你什麼意思？看到我如此狼狽還不夠，竟要我感謝這些土？」

于非颺蹲下身，與葉小姐平視，微帶笑意的問：「讓我猜猜，妳是不是嗜香成癖？」

「呃？」葉小姐心一虛，有些支吾的辯解：「我……我只是比一般姑娘家更愛薰香罷了，不行嗎？」

「妳愛香不是不行，但妳嗜香過頭，成日浸淫在濃烈的香氣中，反倒害自己中了香毒。」

于藥兒即刻想到他們初入葉小姐閨房時的感受，香氣瀰漫，而放在多寶格架上的罐子，看來很有可能就是各種香罐。凡事過猶不及都不好，就像有些藥材，適度的使用是良藥，但只要不慎用過量，就會變成毒藥，于非颺的意思就在此。

「香毒？」葉小姐錯愕一愣，就連葉老爺夫婦也一樣。

「香能開竅，咱們醫病時也會利用濃烈氣味開竅醒腦，但妳長期浸淫在香氣中，致使身上諸竅大開，香氣入體，脈緩筋弛，脾也因此被香氣所蝕。」

葉小姐繼續愣愣著，從沒想過，自己只是單純嗜香，竟也會嗜出問題來！

此時葉老爺好奇的問：「那把眉兒埋入土內，為的又是什麼？」

「葉姑娘香已入體，首要之務是將香氣排出，以驅香毒，因此埋土吸香，再加上土地化育萬物，帶有生之氣，葉姑娘的身子先被土吸走香毒，再得土生之氣，四肢無力之狀自然好轉，接下來只要再服幾帖藥養回氣血，就沒什麼大礙了。」

這下子于藥兒終於明白，之前的大夫為什麼都醫不好葉小姐了，導致葉小姐中香毒的就是那香氣瀰漫的閨房，原因不除，再如何服藥補脾虛都沒用，她的身子會一直受香氣所擾。

謎題終解，葉小姐的病況也不可思議的迅速好轉，葉老爺終於對于非颺心悅臣服，佩服不已，感激萬分的拱手道謝：「于大夫，您的醫術之絕妙，稱您為神醫也不為過！之前有諸多冒犯，是在下有眼無珠，請神醫絕對不要放在心上。」

「說神醫太抬舉我了，一山還有一山高，真正的神醫能耐，是你們如何也想像不到的。」于非颺站起身，不見得意，反倒有一絲悵然之慽。

只有他明白，真正的神醫究竟是什麼樣子，只可惜……就連他也見不到「她」了……

于非颺突如其來的感慨，同樣盡收于藥兒眼底，她知道，他應該又想到「師傅」了，因為會讓他出現悵然若失之態的，也就只有他一直心心念念的師傅了。

「好了好了，話題別偏了。」于非颺正色起臉，告誡葉小姐：「妳的嗜香之癖要是再不收斂，再多來幾個神醫也拿妳沒奈何，妳好自為之吧。」

葉小姐愣了愣，才微帶羞意的低下頭，驕氣盡失，輕輕的點了點頭。「嗯。」

「那就好。」于非颺滿意的勾起嘴角，病人願意聽話配合，對他來說就是最好的結果了。

※　※　※

在親眼見到于非颺的絕妙醫術後，葉老爺佩服至極，力邀于非颺兄妹留下來作客，不過于非颺最討厭應酬了，所以很乾脆的拒絕，拿到豐厚的診金後就與于藥兒一同離開葉府。

走在回住處的路上，于藥兒想著剛才的醫病細節，越想越覺得有意思，忍不住讚歎：「用土吸香毒，再用土氣助葉姑娘恢復生氣，義兄你這一招用得真是絕妙，一石二鳥，難怪葉老爺會稱你神醫。」

需要經過多少年的歷練才能信手拈來都是好醫方？若不是聰明絕頂，隨時都能觸類旁通，就得要閱歷深厚，不是每個人都有如此能耐。

像她在成為于非颺的義妹前，對醫理就已經略有涉獵，但她在跟著于非颺一同行醫後，才發現醫術之博大精深，是學也學不完的，再加上于非颺治病方法非常隨興，不拘泥於形式，總是就地取材，常有眾人想不到的神來一筆，更讓她覺得光死背醫書是沒用的，必須因時制宜的活用醫理，才是上上之醫。

于非颺剛才還不願別人喚他神醫，此刻倒是頗得意的笑道：「天地間，萬事萬物皆是藥，只看會不會活用罷了，妳天資聰穎，多跟著我走走瞧瞧，下一個神醫就非妳莫屬。」

瞧他得意的模樣，他要是有尾巴，肯定早就翹起來了。于藥兒不由得輕笑出聲，順著他回：「那你可絕不能藏私啊。」

「哈，妳放心，我不怕妳學，就怕妳學不完。」

「這可是你說的……」

兄妹倆就這樣一路說說笑笑的，回到他們暫居的小宅院，感情之好，相處之自然，要是他們不說，別人還真看不出他們不是親兄妹。

在葉府發生的事，他們很快就拋諸腦後，不去多想，因為總是有新的病患來找他們，讓他們忙於新的病症中，日子過得非常充實。

幾日後，葉府又派人請于非颺去看診，這時診間內還有病患在休息，于非颺就留于藥兒下來照顧，自己一個人出診去。

還在診間內的是一位上了年紀的胖大嬸，她休息了好一會兒後終於坐起身，于藥兒馬上過來扶住她，柔聲提醒：「大娘，妳的腰才剛舒坦，當心一些，免得又扭傷了。」

「我已經好很多了，不礙事、不礙事。」胖大嬸笑著握住她的手，拍拍她手背，對她很有好感。「于姑娘啊，妳與于大夫都有副好心腸，誰能成為你們的另一半，肯定都是福報來著。」

「大娘您過獎了。」于藥兒笑意盎然的道謝。

「我就不懂，像你們倆這麼好的人，怎會到現在依舊孤家寡人，沒個好對象呢？這不是很奇怪嗎？」

「呃……這個……」于藥兒頓時尷尬起來，某種熟悉的不好預感也跟著浮現。

總是會有些熱心腸的大嬸，在知道他們倆尚未成親後，好奇的不斷探問，想幫他們作媒的大有人在，他們知道這些人都是好意，但好意太過，對他們來說就是困擾，常常讓他們難以招架。

果然，接著大嬸終於露出她的真正目的：「于姑娘，我看妳是越看越喜歡，恰巧我還有個兒子尚未娶妻，妳要不要與他見面，看合不合眼緣？若是不方便去咱們那兒，我帶他過來也行！」

「大娘，我想還是……」

胖大嬸根本不讓她拒絕，繼續連珠砲的說：「雖然我那兒子長得沒于大夫好看，但他是個老實人，吃苦耐勞又認真，相信我，他絕對會是個顧家顧妻顧子女的好丈……」

胖大嬸的話都還沒說完，小院大門卻突然碰的一聲被人猛力推開，嚇了她們一大跳，緊接著于非颺疾走入屋，不但臭著一張臉，還急喘不休，像是遇到了什麼麻煩。

謝天謝地，他回來得正是時候！于藥兒趁機收回手，順利從胖大嬸身邊離開，來到于非颺面前，關心的問：「義兄，怎麼了？」

于非颺一手插腰，一手扒了扒前額瀏海，厭煩又火大，最後還是決定：「藥兒，東西收一收，咱們要走了。」

「這麼快？」她訝異的眨了眨眼，知道他的意思是他們要離開這座縣城，改到其他地方去了。之前他們總會在一處地方居留至少幾個月，但這一回卻不到一個月又要搬遷，于藥兒才會覺得訝異。

「再不走，我就走不了了。」于非颺開始收拾桌上的各種藥罐，一個個迅速塞回藥箱內。「那個葉老頭，竟要將他的閨女硬塞給我，還不許我說不，要不是我揍了他一拳，讓他們府中亂成一團，恐怕這會兒還無法脫身！」

那個葉老頭，說什麼自家閨女在他離開後，就為他犯了相思病，他得為這個病負責，硬要將他留在葉府，挑個最接近的好日子成親，非逼他就範不可。

這種「移情」之例，他碰得太多了，很清楚是怎麼一回事，她只是因為被他所救，由崇敬轉而依賴戀慕，要不然她根本不認識他，與他只有一面之緣，甚至連他的脾氣好惡都不清楚，哪裡談得上喜歡他？

她要為誰犯相思，那是她的問題，關他屁事？他要是那麼容易屈服，他就不叫于非飀了，當然不客氣的給葉老頭一點苦頭吃，之後立馬閃人，免得沾染更多腥上身。

于藥兒恍然大悟，也有些哭笑不得，該說他們兄妹倆還真是「有難同當」嗎？都在同一時刻被莫名其妙的逼婚，只不過于非飀更慘！

這下子于藥兒也顧不得胖大嬸了，趕緊收拾行李，幸好他們帶的東西本來就不多，很快就能收拾完畢走人。

然而他們還沒來得及離開，葉府的好幾名下僕已經追來小院，大聲嚷道：「于大夫，你不能走！」

「狗屁！誰理你們！」于非飀一手抓住藥箱，一手抓住于藥兒，即刻往後跑。「咱們從後門撤！」

「好！」于藥兒將包袱揣在懷裡，腳步飛快的跟著，身手非常俐落。

她平時看起來與一般姑娘沒什麼兩樣，但在逃跑時，就顯露出不同之處，冷靜鎮定，反應敏捷，就算體力沒于非飀好，也不會成為拖累。

「于大夫！于大夫──」

他們倆默契十足的從後門逃竄出去，在巷道內左彎右拐，很快就甩掉追趕的僕從，混入人潮洶湧的大街上，不敢鬆懈的繼續奔跑，當日就離開呂善縣城，逃之夭夭，順利擺脫掉一個大麻煩。

只不過他們不得不感嘆，當大夫當到避婚像在逃難似的，也真夠累人的！

第二章　義風寨

離開呂善縣後，于非颺他們走了十日的路，進到關國的另一個縣城——百會縣。

他們察覺此處氣氛與呂善縣很不一樣，街上行人不多，攤販也少了許多，街市不太熱絡，百姓們的表情大多凝重，隱隱有一種壓抑窒悶的氛圍瀰漫著。

這裡發生了什麼事？于非颺與于藥兒對望一眼，決定先來探聽一下情況。

于非颺來到一處賣圓餅的攤販前，發現餅價比他們在呂善縣時高了不少，不過還是掏出碎銀，語氣乾脆：「老闆，來兩塊餅。」

「好的。」中年男攤販用油紙包餅，遞給于非颺。「公子，您要的餅。」

于非颺接過餅後，順勢問：「老闆，咱們剛從其他縣城過來，發現這兒氣氛不太對，大家都沒什麼勁兒，你知道是怎麼一回事嗎？」

「公子，您有所不知呀。」攤販嘆了口氣。「這一年多來，咱們很不好過，也不知什麼時候才能熬過去，大家當然都死氣沉沉的。」

經由攤販的解釋，他們才明白，關國近兩年天災頻傳，先是與孫國交界的領地發生大地震，震壞了不少民居，死傷慘重，流離失所的百姓不少，緊接著又發生旱災，部分地區已有一年下雨過少，穀物難長，糧食短缺，而百會縣正是旱災嚴重之處，與附近幾縣同為災區。

于藥兒想起他們在呂善縣時不曾感受到旱災帶來的影響，不解的問：「咱們剛從呂善縣過來，總覺得那兒的情況還好，為何這裡卻有如此大的差別？」

「因為那兒旱情沒咱們這裡嚴重，況且……他們的父母官算好的，至少還會做一點事。」一提到地方父母官，攤販馬上語帶怨意，非常不滿。

其實關王早已在半年前下旨賑災，分派糧食到旱災嚴重的這幾縣，其他縣的百姓都有分到糧食，大抵上還過得下去，獨獨他們百會縣，百姓們想得到賑災糧食，竟還被惡意刁難。

他們的縣令辛進譽是個大貪官，仗著自己堂兄身為兵部尚書，手握朝中重權，在遠離王都的百會縣作威作福，當自己是此處的土霸王了。

他不顧百姓生死，刻意扣住賑災官糧，說百姓若是要領取，得付上一筆「請糧費」，要是付不出來，那麼官糧也就請不出來。

百姓們聽到消息，敢怒不敢言，對辛進譽恨到了極點，但人們總是要過活，能湊出請糧費的還是領到了官糧，而湊不出請糧費的……就只能自求多福了。

在了解百會縣的狀況後，于藥兒與于非颺的心緒都略微沉重，難怪百會縣會出現這種蕭瑟之氣，有天災已是不幸，再來個「人禍」雪上加霜，百姓們哪裡好過得起來？

在向攤販道完謝後，于非颺及于藥兒繼續往前走，沒一會兒于非颺心中已有打算。「藥兒，咱們就在這兒暫時落腳吧，我想……咱們在這兒會挺忙的。」

富貴之家，只要有錢有門道，沒什麼東西他們拿不到手，所以就算身處災區，他們也能過得很好，受影響最大的絕對是一般百姓，眾人為了繳請糧費，恐怕沒多少餘錢可用在其他地方，而他們恰巧來此，可以辦些義診，能幫多少忙就幫多少忙吧。

「我的想法與義兄相同，忙一些也沒什麼大不了的。」于藥兒淡淡一笑，很欣慰他們倆有志一同。

個人身上的病痛還算好治，但因為天災人禍而造成的廣大百姓痛苦，那才是最難處理的，一想到此，于藥兒的心就隱隱泛疼，替這些受苦受難的百姓們難過。

如果她有能力扭轉這一切，不知該有多好？只不過她一介女流，心有餘而力不足，只能在自己能力所及之處多幫一些忙，其他的就只能聽天由命了。

他們很快在縣城內找到一處小宅院，可以做為居處以及診間，在租下小宅院後，他們將裡裡外外簡單整理一遍，就開始辦義診了。

就如他們所想的，義診消息傳出去後，很快就有窮苦的百姓過來求診，又過了幾日，前來看診的百姓越來越多，讓他們倆從早忙到晚，整日下來幾乎沒得喘息。

于非颺負責看診，于藥兒負責照料病人及所有雜事，兩人合作無間，義診的名聲也越傳越遠，越來越多人慕名而來。

雖然累，但他們累得很充實，每每看到病人感激的向他們道謝時，他們心裡都是滿滿的欣慰，再累也值得。

只不過知道他們的人越來越多，免不了，也引來了意想不到的麻煩——

這一日，夜極深，萬籟俱寂，忙累整天的于藥兒與于非颺早已熟睡，渾然不覺危險已經悄悄接近。

五名蒙面男子從外翻牆而入，進到小院子內，悄無聲息，帶頭者眸光銳利的盯著兩間房中的右房，那正是于藥兒的睡房。

他們來到于藥兒的房門外，拿一條細鐵片插入窗縫，往上慢慢挑起窗栓，沒多久就順利打開窗。

窗子一開，發出了些許聲響，于藥兒即刻從沉睡中驚醒，迅速起身，眸光警戒。「是誰？」

一抹身影從窗外快速跳入，奔至床畔，在于藥兒還來不及呼救前猛一掐住她喉嚨，沉聲警告：「別尖叫，免得受到無謂的傷害。」

對方雖然掐住于藥兒的脖子，但有拿捏分寸，不至於讓她太疼痛，看來非到萬不得已，他不想傷人，所以于藥兒也不掙扎，冷靜的與他應對：「你是誰？為何夜闖進來？」

「咱們只是想請你們幫個忙，只要你們乖乖配合，我可以保證，絕不會傷你們半根寒毛。」蒙面男子低聲允諾，並對于藥兒異於常人的態度感到訝異。

一般姑娘家遇到這種情況，早就驚慌恐懼的哭成一團了，又怎會像她一樣，不但冷靜，還有勇氣質問他的意圖，完全不擔心自身安危？

「這就是你們請人幫忙的態度？不覺得太過魯莽？」

「咱們自有不得不這麼做的難處在，只能請姑娘見諒了。」

「你們是誰？憑什麼擅闖民宅？」此時隔壁房出現于非飈的憤怒質問，看來他也被驚醒了。

蒙面男子瞧了窗外一眼，對于藥兒說：「請妳下床隨我出去，別想有任何小動作，免得自找苦吃。」

迫於形勢，于藥兒只能照著蒙面男子的話做，冷靜下床，蒙面男子繼續從後掐住她的脖子，兩人一同走出房。

一來到房外，于藥兒就見于非颺被另外四名蒙面男子包圍，他們並沒有動粗，只是限制住他的行動，不讓他輕舉妄動。

于非颺火大的瞪著這些人，看到于藥兒被另一名蒙面男子挾持出來，擔心的雙眉緊蹙。「不許傷她！要是她身上有丁點傷口，我就算拚了命也絕不放過你們！」

「于大夫，只要你願意跟咱們走，去救個人，我向你保證，這位姑娘絕對安然無恙。」挾持于藥兒的蒙面男子承諾。

「這就是你們請我救人的態度？挾持別人逼我就範？」于非颺忍不住譏諷。

「咱們身分特別，就怕你知道了不願幫忙，所以只能出此下策，請于大夫與姑娘委屈一會兒了。」

「嘖！」于非颺氣歸氣，卻只能不甘願的屈服，畢竟于藥兒在對方手上，他不想連累她受害，若只有他一人，他早和他們拚命了。

在得到于非颺的同意後，蒙面男子再度帶于藥兒回房，讓她換上出行的衣裳，而其他人則監看著于非颺去拿藥箱，一行人最後在小宅院外會合。

宅院外有五匹黑馬，由帶頭蒙面男扣著于藥兒坐在最前頭的馬匹上，于非颺與另一名蒙面男坐在第二匹馬上，其他三名男子殿後，馬兒一個接著一個奔跑起來，在黑暗無人的街上快速移動。

于藥兒坐在蒙面男身前，他一手控制韁繩，另一手緊扣住她的腰，以防她妄動，她知道他一直防備著她，便開口說：「既然我義兄已經答應看診，那麼我也不會輕舉妄動，你大可放心趕路，不必擔心我會趁機脫逃。」

蒙面男子訝異的瞥了她一眼，再度對她的冷靜沉著感到意外，而她坐在奔馳的馬上卻不見慌亂無措，甚至安然自適的，像是會騎馬。

據他們探查到的消息，于非颺與她是一對行醫的義兄妹，但從她的種種反應看來，他不禁懷疑，他們的身分恐怕並不簡單。

但此刻救人要緊，他只能將困惑暫時擱在一旁，盡快趕路。

兩人不再說話，蒙面男子認真趕路，于藥兒則一路注意，猜測他究竟想帶他們到哪兒去，卻發現，他一直往城門的方向前行，但距離開城門的時刻還早得很，他能闖得出去嗎？

果然如于藥兒所料，蒙面男的確是往城門的方向奔馳，城門衛發現他們的馬隊即將靠近，沒有攔下，反而迅速開了半扇門，讓他們可以順利出城。

原來他們在城裡有內應，難怪敢如此劫人！但這下子于藥兒就想不透了，出了城，他又想帶他們去哪兒？這群神祕蒙面人的真正身分究竟是什麼？

馬隊出了城後，一路往百會縣附近的山林奔馳，此時東方天際逐漸泛起魚肚白，天快要亮了。

天一亮，四周景象也跟著清晰起來，他們繼續在茂密的山林中行走，一路蜿蜒而上，山路也有越來越陡的趨勢。

他們持續深入，不知走了有多遠，于藥兒終於發現山林內出現裊裊炊煙，飄浮而上，而且不只一處，表示那些地方肯定有人群居。

果然不久後，她就看到山路前出現了用木頭搭建的高聳哨站，哨亭上還站著一個人，正吹著號角，以傳遞訊息。

難道是……山寨？他們居然被劫到山寨來了！

經過哨站後，他們就進到一處大廣場，廣場四周都是用木頭搭建的簡單屋宇，層層向外延伸，看起來範圍頗大。

大廣場旁有一座特別寬大的三層樓屋宇，就是主寨，蒙面男最終停在這棟屋宇前，隨即有兩名男子靠過來，焦急不已。

「寨主，您可終於趕回來了！」

蒙面男先下馬，才拉于藥兒下來，扣住她的手腕往主寨走，于非颺與其他手下即刻跟上，一行人很快就進入主寨內。

蒙面男帶他們前往一處小客房，還沒踏入房門，就有痛苦的呻吟聲不斷傳出，他們一進到房裡，就看到一名十多歲的男孩躺在床上，抱肚蜷曲著，臉色蒼白，流了許多汗，床邊有一名婦女不斷安撫，紅著眼眶，一臉的焦急擔憂。

病人的安危最要緊，所以于非颺馬上來到床畔，暫時放下對這群人的不滿，脫下白絲套，肅起表情看診。

他先幫男孩把脈，之後再壓按男孩的肚腹，很快就做出診斷：「是『腸癰』。」

腸癰？于藥兒擔心的微蹙起眉，這病症是腸中有癰膿，導致腹痛如絞，要是拖久了，癰膿擴至腹中他處，可是會危及性命的。

蒙面男終於扯下面罩，露出剛毅的面容，擔心的問：「可還來得及醫治？」

「放心，既然遇上我，就表示這小子還死不了。」于非颺打開藥箱，尋找針灸袋。「藥兒，來幫我下針。」

「好。」男子不再扣著于藥兒，讓她過去于非颺身邊幫忙。

于藥兒一靠過來，于非颺即刻吩咐：「盡量壓住他右腳，免得我下針時他妄動。」

「嗯。」于藥兒點點頭，立即幫助男孩躺平，並拉起他的長褲，露出小腿，接著使力壓按住，免得妄動時害于非颺的針下偏了穴位。

于非颺盯著男孩膝蓋下幾寸的穴位，眸光銳利，精準下針，轉眼間針已沒入腿內，迅速解決。

男孩的母親緊揪著一顆心，不知兒子何時才能脫離險境，然而在于非颺下完針後沒多久，她就發現兒子痛苦的模樣似乎緩解不少，病情好像已經得到控制。

「病況已穩，不過還需要一帖『大黃牡丹皮湯』下膿。」于非颺瞧向男子。「大黃、牡丹皮、桃仁、冬瓜仁、芒硝這五味藥，你們這兒有嗎？」

「咱們寨裡存了些藥材，但我不確定是否齊備，若是有缺，我會命人想辦法盡快取來。」

「那我去看看吧。」于藥兒來到男子面前。「藥放在哪兒？能否帶我過去？」

男子點點頭，旋即轉身。「妳隨我來。」

※　　※　　※

于藥兒跟著男子進到一座專放藥材的小倉庫，發現藥材種類東缺西少的，非常不足，但萬幸的是，他們此刻亟需的藥材都有。她迅速抓好藥，就向男子詢問廚房所在之處，趕緊去煎藥。

藥煎好後，她就與于非颺合力餵男孩喝下湯藥，過了段時間，男孩再度鬧肚子疼，跑出房去拉肚子，拉完肚子，頓覺神清氣爽，病已經好了大半。

男孩腸中的癰膿已經順利排出，接下來只要再調養一下身子，就沒什麼大礙了。

忙了一上午，終於救回男孩一條小命，男孩母親感激得痛哭流涕，不斷向于非颺道謝，甚至把他當成救苦救難的神仙來著。

而帶頭劫他們過來的男子也拱手道謝，感激不已：「感謝二位出手相助，若非二位幫忙，這孩子恐怕就難逃此劫了。」

救人的要事已經結束，這下子于非颺可板起臉色，雙臂環胸，開始質問：「好了，現在你總該告訴咱們，你是誰？這又是什麼地方？為何非得粗魯的抓咱們過來治病不可？」

「在下是『義風寨』的寨主，『朱立和』。」男子坦承以告：「寨裡收留的百姓，都是在百會縣內過不下去的人，他們已經對官府徹底絕望，在走投無路下，才會聚集到這兒來。」

朱立和年近三十，有著濃而黑的劍眉，膚色偏深，五官輪廓明顯，有種剛毅之氣，身上穿著淡褐色毛邊的豹紋外衣，再加上厚實的胸背，很有氣勢，像座能穩定人心的大山。

而義風寨是半年前才出現的山寨，朱立和看著鄉里百姓苦不堪言的模樣，再看到辜進譽不斷搜括民脂民膏，恣意花天酒地，卻無人可以管束，終於憤而挺身而出，建立義風寨，組織義軍，反抗官府，以推翻貪官辜進譽為目標。

義風寨出現的消息傳出去後，不斷有對辜進譽不滿的百姓主動加入義軍，也有越來越多百姓攜家帶眷的來到義風寨，因而形成現在的景象。

這就是官逼民反！要不是走投無路，誰會想這麼做？他們完全是逼不得已的。

在知道義風寨出現的原因後，于藥兒的心頓時沉了不少，替寨內的所有百姓難過。

她與義兄來到百會縣沒多久，已從病患口中得知不少辜進譽的惡行惡狀，再加上義風寨的事，她不得不感嘆，活在最下層的百姓之苦，總是最無助無力，且難有改變之機，因為他們的苦，總是被掩蓋在最底下，不為所知。

辜進譽隻手遮天，仗勢欺人，不知何時關王才會知道百會縣真正的問題所在，那比天災還要更嚴重的人禍所在？只可惜歷來欺下瞞上的事情屢見不鮮，只要地方官有心隱瞞，處於最上位的王者很難知道下層百姓的真實狀況，也就難以改善此種困境。

再加上百姓們敢怒不敢言，選擇隱忍承受，更是助長這些貪官汙吏的氣焰，有恃無恐，長久下來，狀況也就越來越糟糕。

于藥兒輕嘆了口氣，瞧向朱立和。「你之所以要咱們上山，是因為這兒並無大夫駐足？」

朱立和表情凝重的點頭。

「寨民們不時都會生些病，難道你們每回都如此『請』大夫上山？」她客氣的用「請」代替「劫」，給他留些臉面。

「若只是簡單小病，忍個幾日也就捱過去了，要不然就用大家口耳相傳的偏方自行醫病，真到萬不得已的地步，才會使出『請』大夫上山的手段。」朱立和有些尷尬的回答。

要不是這回男孩得了急症，有性命之危，男孩的母親哭著求他救命，在無計可施下，他才不得不做出這種事。

「然後咱們就倒楣的被挑上了？」于非颺不悅的哼了哼。「你覺得咱們是從外地來的，很好欺負就是了？」

「絕對不是！是因為咱們聽聞于大夫在縣內義診的義行，再加上義風寨現已成為官府的眼中釘，城內許多大夫不願招惹麻煩，不敢來看診，逼得咱們不得不出此下策。」朱立和無奈一嘆。

之前辜進譽不將他們放在眼裡，他們還能找到大夫醫病，但最近辜進譽開始緊盯他們的一舉一動，他們也不得不小心謹慎起來。

果然萬般不得已，由來皆有因，于藥兒深深感受到朱立和的無奈，心弦一動，瞧向于非颺。「義兄，既然這兒缺大夫，那咱們乾脆就暫時留在這裡一段時日，好嗎？」

他們四處行醫助人，雖然無法遍救天下蒼生，總是能救一個算一個，眼見義風寨的困境，要她視若無睹的離開，什麼都不做，她真的很不忍。

朱立和訝異的看著于藥兒，雖然他本就很希望寨內能有個大夫駐留，但這種強人所難的要求他還真開不了口，沒想到她卻主動提了！

「藥兒，妳沒聽他剛才自己說的，官府已把這兒視為眼中釘，隨時派兵來勦寨我都不意外，妳還想留在這兒？」于非飊大蹙起眉，救人歸救人，但他也不想無端招惹麻煩，能避開當然要避開。

「難道因為危險，咱們就不行醫了？眾人避之唯恐不及的災區疫區你都敢進，不顧自身安危，區區一個義風寨又怎會難得倒你？」于藥兒試圖遊說。

「那不一樣。」

「哪裡不一樣？」

「災區疫區的險我能掌握，想避開不是什麼難事，但義風寨不一樣，什麼時候會出大事沒人能預料，我不想冒這種無謂的險。」

「但正如你所說，會不會出事並不一定，或許什麼險都不會發生，不是嗎？」

「妳……」于非飊一時語塞，有些惱她，竟抓他語病反堵他的嘴。

「寨主！」此時一名寨內兄弟衝到房內，緊蹙著眉。「好多寨民突然聚集在外頭，都想進來，現已將大門堵住了。」

「為什麼？」

「他們聽說寨裡來了個大夫，就連忙跑過來，希望大夫也能幫他們看看病。」

沒想到消息這麼快就傳了出去，難以抵擋。朱立和微蹙起眉，想著該如何安撫。「我出去看看。」

朱立和出去後，于藥兒與于非飊也跟著走出去，想看看情況究竟如何。

一行人來到主寨外，就看到廣場上已經聚集約二、三十名百姓，他們帶著自己的孩子、病弱父母，殷殷盼望的瞧著朱立和，想抓住這得來不易的機會。

「寨主，我的孩子這幾日身子也有諸多不適，可以請大夫順道瞧瞧嗎……」

「寨主，我家老母已咳了許久，能不能請大夫開些止咳的藥方……」

「寨主……」

眾人只認識朱立和，不知站在他後頭的于藥兒與于非颺就是他們要找的人，紛紛對著朱立和懇求，此起彼落。朱立和左右為難的不發一語，因為治不治，並不是他說了算，還是得看于非颺的意願。

朱立和偏頭瞧了于藥兒一眼，只能將期望放在她身上，希望她能說動于非颺，就算不留下來，在離開之前，也替這些寨民們看看病吧。

于藥兒環視著場內的百姓們，感受到他們強烈的無助與期盼，那一張張既期待又怕希望落空的臉孔，一直刺痛著她的心，胸口也出現了像是被人緊緊掐住的痛苦與難受。

她真的無法放下這些人，無論如何，她都要為這些人做些什麼，絕不輕言放棄！

于藥兒轉頭面對于非颺，柳眉緊蹙，表情凝重的說：「義兄，你感覺得到嗎？比起城裡百姓，這兒的百姓……更需要咱們。」

城裡的百姓沒了他們，還是有其他地方可以求醫，但這裡的百姓，如果連他們也不理會，就真的什麼希望都沒了。

身為醫者，他真忍心親手捏碎這些百姓們的最後希望，看他們陷入徹底絕望中，還能無動於衷、鐵石心腸嗎？

于非颺板著一張臉，緊抿住薄唇，與于藥兒對視良久，就是不想受她影響，但最後還是大嘆了口氣，就是拿她沒輒，輸得一敗塗地。「罷了罷了，要留就留，反正生生死死我碰多了，連死我都不怕，區區一點危險又算得了什麼？」

他早就是從死裡走回來的人，早就不把自己這條命當一回事，老天爺隨時都能收回去，他才不怕，就怕老天爺沒法子收他！

好不容易終於等到于非颺心軟，于藥兒由憂轉喜，連忙感激：「多謝義兄！」

「多謝于大夫！」朱立和也難掩激動，能有一位大夫駐留在義風寨，可是他一直求之不得的事，沒想到今日真的實現了。「我代義風寨內所有百姓感謝于大夫的大恩大德！」

說完朱立和就要跪下行大禮，于非颺趕緊伸手制止：「別跪我，我可承受不起！另外你謝錯人了，要跪就去跪她吧。」

他們真正的大恩人是于藥兒，若非于藥兒為了這裡的百姓與他僵持，他也不會心軟妥協，認命的來蹚這場渾水。

與她一同行醫的這一年多，他總覺得，比起他來，她更有著濃厚的悲天憫人之心，總是不由自主的苦蒼生之苦、痛百姓之痛，願意奉獻所能去幫助任何一個人，直到心力用盡為止。

他有脾氣、有好惡，自認做不到像她那樣，所以在這一點上頭，其實他還挺佩服她的。

朱立和即刻向于藥兒行禮：「多謝于姑娘……」

「朱寨主，我也受不起這大禮。」于藥兒也趕緊制止他，就怕他真的跪下。

「在下絕對會保護于大夫及姑娘的安全，不會害你們被連累的！」朱立和慎重承諾，他的感激千言萬語也道不盡，只能化為行動，好好的保護大恩人。

「你放心，既已決定留下，咱們就不怕被連累的。」于藥兒淡柔一笑，的確是無所畏懼。

瞧著她的溫柔淺笑，朱立和突然感到心房一動，不曾有過的情愫悄然浮現，就只一刻，便徹底為她折服。

映在他眼眸內的她，清淡秀雅，雖不豔麗，那柔和的笑容卻足以暖人心魂，讓人感到舒服不已。最重要的是，她的心之美，無能人及，那發自內心的良善之美，不是任何人都能擁有的。唯有與她接觸過，才會發現她真正的美麗之處，她那顆溫柔中又帶著堅毅的心，比世上任何東西都還要珍貴。

能遇上她，或許是他這輩子最大的幸運，可遇而不可求……

※　※　※

在于非颺與于藥兒確定留下來後，朱立和即刻要寨內兄弟清出兩間房，讓他們倆住在主寨裡，然後又命一些兄弟趕緊在主寨旁的空地上另建一間醫廬，專門讓于非颺看診用。

于藥兒與于非颺的房間很快就清理好，比鄰而居，好互有照應。于藥兒一個人走進安排給她的房內，房間雖小，但乾乾淨淨的，桌椅窗櫃都有，且明亮通風，感覺起來挺不錯的。

「于姑娘。」朱立和接著走入房，親自關心她是否有其他需要：「房裡只準備了簡單的床被，沒有多餘他物，若妳還需要些什麼，儘管開口，我會命人拿過來，千萬別客氣。」

「這樣就很好了，多謝朱寨主關心。」于藥兒笑意盎然的答謝。

「那就好。」

于藥兒走到窗邊，好奇的瞧著外頭景色，而朱立和依舊駐足在原地，欲言又止的，表情有些懊惱，內心頗有掙扎。

他腦袋轉了轉，終於想到了些問題：「對了，咱們貿然請二位暫留在此，唐突又匆促，不知是否需要咱們送消息去給家人之類的，好讓他們安心？」

「我與義兄就兩個人，寨主不必擔憂。」

他一邊詢問，一邊觀察于藥兒的神色：「我以為于大夫長得一表人才，雖然脾氣難應付了些，就算沒有妻室，也應該會有幾位紅粉知己，難道不是這樣？」

「紅粉知己？」于藥兒輕勾嘴角，似笑非笑。「我還真無法想像義兄會對什麼樣的姑娘家心動，那太難了。」

而且她很清楚，義兄心中早有一個人了，除了那個人以外，她想再也沒人能進到他心裡了。

「所以他真的沒喜歡的人？」也就表示，他們倆真的只是單純的義兄妹？終於探得某些蛛絲馬跡，朱立和暗暗心喜，忍不住喃道：「那就好……」

只要他們倆並非以義兄妹之名來掩飾彼此的情意，那麼他就有機會，可以不必顧慮于非颺了！

于藥兒終於回過頭，困惑的問：「好什麼？」

他為何會對義兄的事情如此有興趣？難道……他對義兄「有意思」？

老實說，義兄的脾氣雖然風風火火的，不太好應對，但有不少姑娘的確就愛這一味兒，要不然呂善縣的葉姑娘也不會被他訓了一頓後還是為他犯相思，但她訝異的是，難道朱寨主……也好這一味兒？

她很清楚，這世上偏好同性之人並非鳳毛麟角，只是大多隱而不顯，像朱寨主這樣直接向她探問義兄消息，毫不掩飾的，她倒是頭一回遇到！

朱立和不知他的迂迴試探竟讓于藥兒大大誤會了他的意圖，難掩笑意的暫時撤退。「沒什麼，那麼我就不再打擾，于姑娘妳好好休息。」

「呃……」

看著朱立和迅速離去，還帶著滿面的春風，顯然心有所喜，于藥兒卻忍不住蹙起柳眉苦惱，覺得事情似乎不太妙，並有些掙扎猶豫——

她到底該不該提點義兄一下，讓義兄自己……多注意一些？

第三章 琴引初遇

義風寨除了主寨之外，還有許多屋宇以廣場為中心，向四方蔓延開來，所以寨裡就像個小村落，而廣場就是眾人聚集之處，也是最熱鬧的地方。

因為旱象已經逐漸緩解，時有落雨，所以寨民們合力在附近開墾出一片農地，好種植食物，而朱立和在前些日子已經帶著義軍搶了些官糧回來，百姓們在這裡的吃食基本上不成問題。

才待了幾日，于藥兒就發現，寨內井然有序，人人都非常聽話守規矩，朱立和挺有兩下子的，將義風寨治理得很好，並非只是單純的莽夫，若是由他當縣令，百會縣絕不會淪落到此刻的處境。

在眾多人的幫忙下，主寨旁的醫廬很快就建好了，而于非颺與于藥兒也正式進駐醫廬，開始幫寨民看診，大家紛紛過來排隊，非常開心，兄妹倆也很快就與寨民們打成一片，大家都非常喜歡他們……當然，對絕大多數寨民來說，于藥兒還是比于非颺要討人喜歡多了多。

朱立和身負寨主之責，要處理不少事情，但他只要一得了空，就會到醫廬看看，美其名是來看寨民的狀況，其實真正的目的，還是希望能與于藥兒有多一些接觸。

對於朱立和總是特地來與她聊上幾句，剛開始于藥兒還不以為意，甚至覺得他是不是拿她當障眼法？因為醫廬內總是有寨民在，他不好明目張膽的對于非颺「太有興趣」，免得寨主之威有損，但次數多了之後，她才懷疑，自己之前是不是……誤會了什麼？

不過朱立和什麼都沒表明，于藥兒也就當什麼事都沒發生，靜觀其變，免得又再亂誤會一把了。

這一日，于藥兒進到倉庫內清點藥草，發現朱立和雖然命人補了不少藥材回來，有些常用的還是消耗得很快，若不即時補上，大概很快又沒有了。

有些藥草不易取得，必須仰賴寨中兄弟想辦法，不過有些藥草簡單易尋，到附近的山林內繞一圈，應該就能採到足夠份量。

她來到窗邊，推開窗戶，看到豔陽高照，萬里無雲，應該短時間內不會變天。趁著天氣正好，她打算去探探情況，看附近有哪些隨手可得的草藥可摘採。

一旁正好有個大竹籃，她便提起竹籃，離開倉庫，來到醫廬前，對正忙著看診的于非颺說：「義兄，我打算在這附近的山裡繞繞，看有哪些現成的藥材可採。」

「只有妳一個？不多找幾個人去？」于非颺馬上皺起眉，不太放心她自己一個人去，怕會有危險。

「也不知能有什麼藥可採，我自己一個人先去探探就夠了。」她知道他在擔心什麼，不過自己這一年隨著他到處採藥的經驗挺足夠的，應該不會有什麼大問題。「我不會太晚回來的，你放心。」

「啊？藥……」還沒等于非颺回話，于藥兒就轉身走了，他也只能沒好氣的嘖了嘖嘴，由著她去。

他知道她與一般姑娘很不同，挺獨立自主的，不需要人多照顧，遇到問題也能冷靜應對，自行解決，所以就不管她了。

于藥兒提著竹籃，一個人逐漸遠離山寨四周，進到寨外靜謐的森林內，果然走沒多久，就發現有不少野生的藥草可摘，並且都長得挺好的。

藥草貴在自然，比起藥農特別照料的草藥，野生藥草承受著自然的風吹雨打，日夜吸收天地精華，所蘊含的藥性更為顯明豐富，會比一般藥草發揮出更好的治病效果。

于藥兒聚精會神的邊走邊摘，竹籃內很快就累積了不少翠綠草葉，也不知不覺的越走越深入，採得渾然忘我。

不經意間，一抹悠揚的琴音乍起，迴響在山林內，似遠又近，于藥兒抬起頭，瞧著茂密的林梢，有些訝異居然會在幾無人煙之處聽到琴音。

「不知是誰在山裡撫琴？」她輕聲喃道，非常好奇，該不會這山中有仙人？

琴聲持續傳來，空靈縹緲，意境悠遠，彈指間的轉換如行雲流水般順暢，毫無瑕疵，聽得出來撫琴之人琴技高超，絕非等閒之輩。

于藥兒的好奇心被大大勾起，決定找看看究竟是什麼人在山裡撫琴，她開始往琴音來源走去，越過一大片密林，感覺聲音越來越清楚，她應該快找到那個人了。

循著琴音走出密林，她恰巧來到一處陡坡邊緣，差點就不慎踩了下去，她連忙後退一步，有些心驚，幸好她的反應快，要是真滑下去，恐怕就叫天天不應、叫地地不靈了。

接著她一抬頭，就發現陡坡不遠旁，橫躺著一塊灰色大石，大石約有半個人高、兩個人寬，前頭三分之一處就空懸在陡坡外，穩妥妥的，不動如山。

就在大石上，一名男子正側背著于藥兒，獨自撫琴。他盤腿而坐，一把黑色的七弦琴就擺在腿上，隨著他熟練流暢的指法發出美妙樂音，再加上山中自然的迴響之聲，隱隱震撼著聽者心房。

他頭綁月白冠巾，身穿月白直裾，外罩群青色長衫，有著一股濃濃的書卷氣。風從坡底席捲而上，捲得他衣袖翩飛、垂髮飄逸，更有種世外謫仙之感，超塵脫俗。

難道她真的遇到山中仙人了？于藥兒不自覺的挪步向前，想看清楚男子的樣貌，只可惜她站的地方不太對，怎麼瞧都只能瞧到他的側背面，就是看不到他的正臉。

她決定換個地方試試，卻沒想到腳下的土壤突然一陷，整個人即刻滑下陡坡，猝不及防。「啊——」

于藥兒一尖叫出聲，琴音也跟著驟停，撫琴男子轉頭一瞧，發現山裡居然有另一人出現，還在他面前不慎掉下陡坡，不由得訝異。

「啊——哎唷！」

于藥兒一路滑到坡底，沿路壓斷不少小樹小草，好不容易才停下來。大小不一的碰撞痛得她暫時起不了身，只能躺在亂草堆中心驚喘息，慶幸這陡坡不太深，要不然狀況肯定更糟糕。

沙沙沙……

她才剛喘沒幾口氣，不遠處的雜草叢內緊接著出現不明聲響，還越來越靠近，于藥兒立時警戒起來，動作緩慢的撐坐起身，壓下呼吸，感覺……不妙。

有某種東西正在草叢內穿梭，磨擦聲不絕於耳，引人寒毛起豎，接著一顆蛇頭突然往上冒出，血紅色的瞳眸緊緊盯住于藥兒，狠嚇了她一跳。

蛇的頭竟比一般人的拳頭還要粗大，呈現明顯的倒三角，眼眸陰狠，蛇身泛著鮮艷的翠綠色，左右兩側各有一條紅豔條紋，身子光滑油亮，一看就知道有毒，絕不能大意。

青蛇吐出紅紅的蛇信，敵意十足的瞪著于藥兒，上半身越立越高，氣勢驚人，似乎隨時都有可能朝她撲咬過去。

看來于藥兒誤闖青蛇的地盤，惹得牠不快了！

兩方還隔著一段距離，危機隨時一觸即發，于藥兒知道自己是跑不了的，只能硬著頭皮面對。

她右手慢慢移到腰間，伸入綁在腰帶上的一只褐色皮囊內，裡頭放著她隨身攜帶的小東西、于非颺特製的多種救急藥丸，還有一排銀針，那銀針除了拿來針灸之外，必要時也能防身自保！

她很快就摸到銀針，抽了一根出來，牠不動，她也就不動，希望牠能自行遠離，別逼她真的動手。

只可惜被侵犯地盤的青蛇怒火正盛，敵意越來越濃厚，恐怕無法避開一番纏鬥，于藥兒也只能緊盯著青蛇的動作，手中銀針預備，隨時——

「別妄動！」

一抹群青色身影突然從于藥兒背後落下，一眨眼就擋在她身前，她還來不及反應，男子就側抱住她，緊盯著青蛇的舉動。「聽我的話，就靜坐著別動。」

「呃？」

于藥兒定睛瞧著他，心房瞬間震盪起來，隱隱悸動。他年約二十五、六，有著一張斯文俊雅的臉蛋，凝眉戒備的神色卻又多了一股震懾群英的銳氣，只這一眼，他的樣貌就深入她的腦海，心湖也泛起一波強大漣漪，完全不受控制。

她是怎麼了？怎會對個初次見面的陌生男子……心動？

「嘶……」

青蛇的聲音瞬間抓回于藥兒的神智，她看著大蛇蠢蠢欲動的模樣，身子立時緊繃，隨時準備抵抗，男子卻再度低聲示意她冷靜：「放寬心，咱們不會有事的。」

為什麼？于藥兒不解的蹙眉，青蛇明明散發著強烈敵意，早已蓄勢待發，絕不可能沒事的！

但奇怪的事情發生了，在青衣男子介入後，青蛇雖不斷的嘶叫，卻沒有更進一步靠近，甚至高昂的氣勢逐漸減弱，似有什麼顧忌，沒多久便掉頭離去，放棄攻擊他們。

這是怎麼一回事？于藥兒瞧著青蛇漸行漸遠，很快就消失在草叢深處，怎麼想都想不透，那條蛇怎會突然轉了性？

男子在確定蛇已遠離，危機已解後，才對著于藥兒淡淡一笑。「妳看吧。」

「呃？」

于藥兒微愣的瞧著他，心湖再起漣漪。他的笑容俊雅又溫暖，像冬日裡的暖陽，烘得她心頭發熱，甚至連臉蛋也熱了起來。

男子見她呆愣了好一會兒都沒反應，不由得擔心她是不是有什麼問題？「怎麼了？」

「呃？」于藥兒猛一回神，趕緊壓下心頭悸動，力持鎮定的說：「沒事。」

「沒事就好。」男子率先起身，拉起于藥兒，他瞧著有些高度的陡坡，斟酌該如何上去。「這坡有些陡，但勉強還上得去，不過對姑娘來說可能會辛苦些，妳還撐得住嗎？」

「我還撐得住，多謝公子關心。」

「那就好，我先上，我再拉著妳逐步上去。」

「嗯。」于藥兒點點頭。

男子先踩上陡坡，站穩腳步後才握住于藥兒的手，拉著她慢慢上去，于藥兒隨著他的步伐接連而上，很快就離開坡底，終於回到原本所站之處。

一脫離險境，于藥兒忍不住大鬆口氣，看到身上沾了不少枯葉泥土，好不狼狽，也覺得有些好笑。

她將枯葉泥土大致拍掉後，才對男子躬身行禮，感激的說：「多謝公子相救，我叫于藥兒，不知公子貴姓大名？」

「在下李耀。」男子也回以一禮，斯文之氣盡顯。

「你住在義風寨嗎？」

「是。」

于藥兒不得不訝異，沒想到寨內有如此斯文俊雅的男子存在，她怎麼從未注意過？

雖然他的穿著樸素，卻掩飾不了他與普通人迥然不同的氣質，再加上琴藝高超，家世肯定不差，落難到義風寨實在可惜。

李耀望了天際一眼，發現日已西移不少。「時候不早，咱們該動身離開了，免得天色暗下來後，山路難行。」

「嗯。」

李耀將琴擱在大石上，所以回頭去取琴，于藥兒則拾起落在陡坡邊的竹籃，幸好一路摘採的藥草都還在，總算是沒做白工。

李耀抱著琴回來與于藥兒會合，兩人一同上路，他對這附近的形勢較為熟悉，所以由他領路，她只要跟著走就好。

其間于藥兒不時偷瞧他的側臉，他俊朗的眉宇溫文帶笑，有一股渾然天成的溫雅氣度，走在他身旁，竟有一種如沐春風之感，非常舒服溫暖。

兩人一路靜默，總覺得氣氛有些尷尬，所以于藥兒試圖找話題與李耀閒聊：「李公子，你的琴……撫得真好。」

「多謝誇讚，在下曾是琴師。」李耀淡淡笑答。

原來是琴師，難怪他的琴技高超！「你怎會獨自在山裡撫琴？」

「此山靈秀，景致美麗，頗有氣氛，所以我便在山裡練琴了，只是沒想到……」李耀笑睨了于藥兒一眼。「竟會驚擾到姑娘，還害姑娘滑到陡坡底。」

「那是我自個兒不注意，絕不關李公子的事！」于藥兒羞窘的強調。

她本以為自己的性子沉著，與羞答答的小女人扯不上邊，卻沒想到，竟會在李耀面前感到前所未有的手足無措，還難掩心慌意亂。

李耀的笑意又深了些，不再害她羞窘，順勢轉移話題：「倒是姑娘怎會自己一人入山採藥，于大夫難道不擔心嗎？」

「嗯?你知道咱們?」她記得自己可沒說行醫的事。

「二位在義風寨之事早就眾人皆知，再加上姑娘採藥之舉，想猜出姑娘的身分，也不是什麼難事。」

「也是。」于藥兒點點頭，都忘了自己早已是寨內的大名人了。

「下回還是找人陪妳入山採藥吧，免得又發生類似今日的意外，卻無人可以幫忙。」

「多謝李公子關心。」于藥兒不由得尷尬一笑，開始苦惱起來，她這一身狼狽的回去，要是被義兄看到，肯定瞞不住事情，她該如何解釋才好？

不知不覺間，兩人已離開山林，來到山寨外圍了，而此時也已是夕陽西下時刻，寨民們陸續回家，路上行人已非常稀少。

既已到寨裡，于藥兒就不需要人保護了，所以李耀也打算在此分道揚鑣。「前頭這條路直直走下去，很快就會到主寨廣場，而我該往旁走了，只好與姑娘在此告別。」

「多謝李公子今日相救。」于藥兒再次感激答謝。

「不必客氣，後會有期。」李耀溫雅一笑。

「嗯，後會有期。」

李耀率先轉身，舉止從容灑脫，直往旁邊的岔路走去，倒是于藥兒始終停佇在原地，看著他漸行漸遠的背影，多麼希望他能回過頭來，再讓她看一眼。

她不自覺的撫著胸口，有些困惑不解，他們倆明明是頭一回見面，為何她卻對他有種莫名的熟悉感，甚至心底深處似乎有個聲音正激動的喊著，說——就是他了，肯定不會錯！

是什麼？是……一見鍾情嗎？這種有些飄飄然，像是失了魂般的感受，就是所謂的一見鍾情？

「于姑娘！」

此時有兩名寨內兄弟奔跑在路上，迅速朝于藥兒靠近，她猛一回神，完全不知自己對著李耀的背影失神多久，再度訝異自己竟也有如此無法自制的時候。

寨內兄弟在她面前停下，開心的微喘著氣，其中一人說：「于大夫說妳去山裡採藥採了一下午，遲遲未歸，一定有了些麻煩，急得要寨主派兄弟們尋妳，幸好姑娘平安無事，咱們也就放心了。」

「因為不熟悉山路，才不慎晚歸，害你們虛驚一場，真的很抱歉。」于藥兒收回心神，歉然一笑。

「沒事就好，咱們快回主寨去吧。」

「好。」

行走之前，于藥兒再度朝李耀離開的方向望過去，卻已經見不到他的身影，頓時忍不住悵然若失，真希望兩人還有見面的機會。

不過既然他們都在義風寨，這裡說小不小，但說大也大不到哪兒去，她相信，兩人肯定能再相見的！

※　※　※

李耀的住處，位於義風寨最外圍，離主寨有好一段距離，偏僻幽靜，屋內擺設十分單純，除了基本的桌椅床鋪等傢俱外，就只有一把七弦琴放在桌上，沒其他多餘東西。

感覺上，屋裡沒什麼生氣，像是此處之人隨時有可能離去，沒有久住的打算。

此時李耀一個人坐在桌邊，神色淡漠的翻閱書冊，與在于藥兒面前時判若兩人，當時的他溫文儒雅，微帶笑意，而此刻的他，面無表情的俊顏沒半點生氣，透露著一種奇怪的詭譎氣氛。

就像個沒有靈魂的陶偶，漂亮是漂亮，但看著那幽暗深邃的瞳眸，卻總讓人感到不舒服，甚至還有些毛毛的。

他的手一頓，一道鐵灰色身影瞬間翻窗入屋，動作迅捷的來到他身旁，單膝跪下。「殿下。」

來人是一名三十多歲的男子，身形壯碩，面無表情，樣貌並不突出，他的頭髮梳得一絲不苟，並在右腦側上綰成一個小髻，一身散發著沉默之氣，就像是一道影子。

「有任何進展？」李耀就連嗓音也透著一股冷意，不帶任何情感。

「這是屬下在主寨內找到的東西，證明義風寨肯定與孫國有掛鉤。」衛一將一支箭雙手奉上。

李耀接過箭，看著銳利的銀色箭尖、漆黑的箭身、雪白的翎尾，冷冷一笑，心想他們果然沒白來。

因為各國能使用的材料不一樣，所以關國的箭一律是褐色箭身，鄰國孫國的箭則是黑色箭身，這支箭足以證明，義風寨的主事者肯定與孫國有掛鉤，才有門路拿到孫國的武器，好準備起事以推翻辜進譽。

他之所以會來義風寨，是因為近一年來關國的機密要務時常外洩，尤其是軍事布局全被孫國掌握，無所遁形，他們追查到的線索直指百會縣，而且朱立和很有可能就是其中一個通敵賣國者。

李耀將箭隨手擱在桌上。「通敵者不會只有朱立和一人，務必盡快找出與他有掛鉤的相關人等，免得咱們國家機密繼續落入孫國手中。」

「是。」

「那于家兄妹的身家背景？」

「于非颺的確為四處行醫的大夫，來歷不明，居無定所，但並不隸屬任何人，于藥兒則為于非颺一年多前所認的義妹，在他們來到百會縣前，不曾與義風寨的人有任何交集。」

「不曾與義風寨的人有任何交集，卻願意留在寨內，甘冒被一同視為叛匪的風險？」李耀冷哼：「我可不信世上有如此愚蠢之人。」

每個人做任何事都是有目的的，大多是為了自身利益，人不為己天誅地滅，這才是真正的人性，所以他才不信于非颺兄妹的無私奉獻，認為他們肯定有所圖，只不過隱藏得很好，沒讓人發現。

就算是舉世聞名的大善人，之所以行善也是有所圖的，不是求美名，就是求能積陰德，在他看來，都是偽善。

而這一類偽善之人，他最是看不順眼，所以對他來說，于非颺兄妹與有通敵叛國之嫌的朱立和，都是一根欲除之而後快的刺，遲早都要挑掉。

衛一見主子不滿意他的答覆，只好主動懇求：「請殿下再給屬下一些時間，屬下會重新調查于非颺兄妹留在義風寨的真正意圖。」

「不必，咱們此行的目的不是他們，不值得花更多心力在他們身上。」李耀的表情又恢復淡漠。「反正日久見人心，到時義風寨面臨滅寨之危時，我看他們倆還能無私到哪兒去，十之八九為了保命，也隨著寨民鳥獸散而逃。」

就快了，這座義風寨再撐也撐不了多久，他倒要看看，朱立和打算如何應對，而于非颺兄妹，會留在義風寨到最後一刻嗎？

李耀的話才剛說完，眸光一銳，即刻瞪向大門，就連衛一也同時戒備的瞧著，敏銳的察覺到，有人正靠近這兒。

李耀朝衛一擺手，衛一立即從後方窗戶離開，來去皆無聲息，武功高超非凡。

果然沒多久後，門外便出現枯葉被踩碎的小聲響，緊接著敲門聲也跟著響起：「叩、叩。」

會有誰來找他？基本上，他與寨民們幾無往來，唯一短暫相處過的，也就只有「她」而已。

李耀閉起雙眼，沉澱了一會兒，等他再度睜開眼時，淡漠之氣已消失無蹤，又變成一身的溫文儒雅，與剛才是判若兩人。

「**招惹她過來的人是你，所以由你去應付她。**」他內心有個淡漠的嗓音說。

此刻的李耀表情有些無奈，輕聲對另一個聲音說：「咱們只是偶遇，並非招惹，何必對她有如此大的敵意？」

「**呵，這種愚蠢到會不慎跌落坡底的女人，我只有不屑，她根本不值得我費心敵視。**」另一個聲音冷聲辯駁。

但就他所感，「他」的確對她有濃濃敵意，還有不知從哪來的莫名戒備，這個傢伙心裡真正的感受，難道他還會感覺不出來？

「叩、叩！」

敲門聲再度響起，李耀暫停與內心的另一個聲音對話，趕緊起身。「來了！」

他快步來到門前，打開門，在見到門外的人兒時，佯裝訝異的一愣，才揚起溫雅笑意。「于姑娘，妳怎知我住在這兒？」

果然如他們所料，來人正是于藥兒，而距他們倆在山中偶遇的那一日，也已過去三日。

「義風寨就這麼點大，想知道你的住處又有何難的？」于藥兒漾著笑，掩飾不了見到他的欣喜，提高手中的食籃。「為了答謝李公子的救命之恩，我親自下廚做了些小糕點，還望公子不嫌棄。」

她知道義風寨有一本登錄名冊，詳細記載來依靠的百姓姓名，以及寨內所居之處，她回去後就借了登錄名冊翻閱，很快便找到李耀的姓名及住所。

她猶豫了兩日，不知要不要主動來尋他，最後還是按捺不住好奇，決定來一探究竟，正好有個救命之恩的好藉口，今日一早她就在廚房裡忙碌，既緊張又期待，早已迫不及待想與他再會一面。

「于姑娘客氣了，若不嫌棄家徒四壁，就請進來喝杯水吧。」李耀敞開大門，有禮的邀請。

「好。」她開心應答，大大方方的進到屋裡。

李耀沒有關門，以此避嫌，于藥兒將食籃放上桌，一眼就瞧見擱在琴旁的箭，好奇的拿起觀看。「這箭……」

「可能是主寨之人不慎遺落在外的，我怕不小心被孩子們撿去玩耍，會出什麼意外，才收回來的。」

李耀很快的解釋。

「原來是這樣，你真替大家著想。」這下子于藥兒對他的印象更好了。

不過這箭……怎麼怪怪的？于藥兒多瞧了箭好幾眼，總覺得哪裡不對勁，但一時之間又說不上來。

「怎麼了？」李耀納悶的來到她身旁。

「沒事。」于藥兒放下箭，不再多想，接著環視屋內一圈。「李公子怎會住這兒？這裡不但戶數少，且離主寨有些遠。」

大家都是能靠近主寨就靠近主寨，不只人多可以互相照應，要做什麼事也方便許多，所以她才會困惑他為何反其道而行？

「怕琴音擾人，所以乾脆住得遠些，免得多生事端。」

「公子的琴音是天籟，又怎會擾人？」她真心的稱讚。

「那也得遇到像于姑娘般的知音，才不會嫌棄。」李耀再度揚起笑，感謝她的賞識。

她有些嬌羞的抿了抿唇，免得洩露太多欣喜，他真當她是知音，不是客套話？「對了，李公子一個人住？沒有家累？」

「都快自身難保了，哪裡還敢有家累？」李耀自我調侃著。

沒有家累，那就表示他獨身一人嘍？于藥兒不得不暗笑自己，竟也學朱立和費盡心機的拐個彎試探，對他有所期待。

不知他有何感受？他是否也對她有說不出的好感，就好像……兩人本就該相識一樣？

李耀趁著有空檔，就回問過去：「不知于姑娘回去後還好嗎？有沒有被于大夫責難？」

「呃？」于藥兒自嘲的笑答：「的確是被訓了一頓。」

她一身狼狽的回去，當然逃不過于非颺的法眼，再加上手臂有些瘀痕被他發現，他更是氣呼呼的不許她再獨自去採藥。

其實有件事她一直想不透，他怎能在她尚未歸來前，就篤定她絕對出了事，好似有所感應？

「是該訓訓，免得妳繼續不將自身安危當一回事。」如果換他是她義兄，他也會這麼做的。

「結果我到這兒來，還是得聽訓。」于藥兒真有些哭笑不得，她並非總會出意外，那一日要不是他的琴音太誘人，她也不會犯下這等失誤。

「呵呵呵……」瞧于藥兒無奈皺眉的模樣，頗有孩子氣，李耀不由得朗笑出聲。

一看到他笑，于藥兒也跟著輕笑出聲，突然覺得自己的抱怨有些幼稚，一點都不像平時的自己。

在他面前，她真的很不像自己，總會出現之前不曾有過的反應，好似她根本就不認識真正的自己。

兩人笑聲漸停，于藥兒想起另一件一直猶豫的事，最後還是開了口，決定無論如何都要試試：「其實我這回過來，還有另外一件事。」

「什麼事？」

「我和義兄幫寨民義診，經常忙不過來，老早就想找個幫手，我覺得李公子溫文儒雅，頗可親的，應該合適，若是能來幫忙，那不知該有多好？」于藥兒頓了一下，才又解釋：「我只是想想罷了，若李公子覺得強人所難，我當然不會勉強，你就當我沒說過吧。」

李耀思考了一會兒後便答：「這是件好事，有空閒時，我可以過去幫你們。」

「真的？」于藥兒訝異的睜大眼，從沒想過他會答應得如此爽快。

「當然。」李耀和顏一笑。「我平時也受寨裡不少照顧，現在有機會回報，我何樂而不為？」

「**也好，讓我就近瞧瞧，這一對偽善兄妹的真面目究竟為何吧。**」另一個聲音突然嘲諷。

有外人在，李耀對內心的嘲諷不予置評，神色未變。

「李公子，我先代眾人感謝你了。」于藥兒開心燦笑，心想自己這一趟過來果真沒白費。

說到了底，其實她還是有私心的，只要他能偶爾過來幫忙，她就有多些機會與他見面、相處，就不必每次想見他，還得找諸多藉口，畢竟再多藉口也是會有用完的一日。

能在義風寨裡遇到他，她想，是上天的指引，他們注定終究要相遇……

第四章　勦寨之危

于非颺是曾對于藥兒提過，看能不能找個適合的人來醫廬幫忙，但他沒想到的是，于藥兒找來的人，怎麼……感覺不太對？

醫廬內，于藥兒正向于非颺介紹李耀，眉飛色舞的，異常喜悅：「義兄，這位是李耀李公子，從今日起，有空閒時他就會來醫廬幫忙。」

「于大夫，久仰大名。」李耀拱手行禮。

于非颺雙臂環胸，雙眉微蹙，一雙銳眸緊盯著李耀不放，還不斷咬著下唇，似在琢磨什麼大問題，表情非常古怪。

除此之外，他就沒其他反應，李耀與于藥兒納悶的對望一眼，就不懂于非颺現在是怎麼了？

「義兄，怎麼了？」于藥兒只好開口詢問。

「不對……總覺得……氣不太對……」于非颺不由得喃喃自語。

「什麼『氣』不對？」于藥兒還是一頭霧水。

「呃？沒什麼。」于非颺終於回過神，雖然還是滿腦子疑惑。「或許是我少見多怪了。」

少見多怪什麼？于藥兒頭一回見到于非颺反應如此奇怪，還語焉不詳的，像有什麼祕密。

暫時把內心的困惑擱在一旁，于非颺挑了挑眉，開始詢問李耀的來歷：「李公子做什麼的？怎會與藥兒相識？」

「在下曾是琴師，前幾日于姑娘入山採藥時，曾與姑娘巧遇，因而認識的。」

「所以幫她一把的人就是你？」他只從于藥兒口中知道她的確遇到了點「小麻煩」，恰巧附近有人幫了她一把，但更詳細的情況她就是含糊跳過，硬是裝傻，他也就無從得知。

「是。」

「你懂基本醫理嗎？你認為自己哪裡適合來幫忙了？」

「義兄。」于藥兒輕蹙起眉，只因于非颺那隱帶質問的語調，不太客氣，她怕人會被他嚇跑：「誰不是從不會學到會的？你放心，李公子若有任何不懂，我會負責教他的。」

「妳……嘖嘖，瞧瞧妳的胳臂。」于非颺沒好氣的指指。

「我的胳臂？」于藥兒納悶的摸摸瞧瞧，發現正常得很。「怎麼了？」

「往外彎啦！妳與他沒見幾次面，就明顯的護著他，這樣對得起我嗎？」于非颺不平的嚷著。她從沒對哪個男人如此「偏心」過，這個傢伙是第一個，他瞧得一清二楚，別想瞞過他的法眼！

「我……我哪裡護著他了？我只是就事論事。」于藥兒有些心虛。

李耀倒是微微悶笑，不介入兄妹倆的爭執，靜觀好戲。不過這位義兄的醋勁還真是濃厚呀，他真的只把于藥兒當單純的義妹嗎？

「丫頭，我看過的人都比妳吃的米要多，什麼事情看不出來？想瞞我，再回去練個十年吧。」于非颺繼續臭著一張臉。

他會不會太誇張了些？又不是七、八十歲的老頭！「我才沒……」

「于姑娘、于大夫！」此時朱立和突然進到醫廬內，打斷他們的爭執，表情有些凝重，緊接著發現氣氛不太對，納悶的問：「怎麼了？」

「兄妹鬥嘴，不行嗎？」于非飀沒好氣的瞪他一眼。

朱立和微抿了抿唇，沒再多言，因為于非飀的脾氣，就連他也不想領教，能不招惹就不招惹。

「朱寨主，別在意義兄的脾氣。」于藥兒來到朱立和面前，關心的問：「你剛才進來時眉頭深鎖，發生了什麼事嗎？」

「的確有些事情，需要妳及于大夫多多幫忙了。」

「真的？要幫什麼忙？」

朱立和眼一瞥，終於發現李耀的存在。「這位是……」

「他是李耀李公子，今日起會來醫廬幫忙。」于藥兒臉上頓時多了一抹笑意。

「朱寨主，幸會了。」李耀拱手行禮。

「嗯。」朱立和點點頭，隱隱對李耀有些戒備，因為于藥兒在談到李耀時態度特別不一樣，讓他覺得有些……不太妙。

該不會于藥兒對李耀有好感吧？如果真是如此，那他怎麼辦？

朱立和雖然沒多說什麼，但李耀還是感受到他對自己有隱而不顯的敵意，而問題的癥結……看來是在于藥兒身上。

「**挺有意思的，你一過來，就即刻被兩個男人視為眼中釘，看不出這個女人還真有能耐。**」李耀內心的另一個聲音又在嘲諷了。

如果這時能笑，李耀還真想苦笑一下。他根本什麼都沒做，他何其無辜？

「朱寨主有要事相談吧，那在下還是暫時出去，免得打擾。」李耀非常識相的離開醫廬，省得礙眼。

直到李耀已經離開醫廬後，朱立和才再度肅起面容，對于藥兒與于非颺說：「有件事情，望于大夫及于姑娘能多加幫忙。」

「究竟是什麼事？」于非颺不解的挑眉。

「咱們收到消息，百會縣令近日會派兵剿寨，咱們弟兄會有萬全的準備應戰，讓他們上不了寨，但見血恐怕是難免的，只能請二位多多幫忙，趁這時多儲備些傷藥，以備不時之需。」

沒想到剿寨一事還是發生了！于藥兒的表情也跟著凝重起來，非常不願見到衝突避無可避。

辜進譽有沒有想過，義風寨的人也全是他的百姓，他這個地方父母官真忍心傷害自己的子民？

「呵，果然還是發生了。」于非颺哼笑了笑，倒不怎麼訝異。

「二位放心，無論如何，我絕不會讓二位受到傷害，另外也請暫時保密，免得寨民太快擔憂，我會另找時機公開的。」朱立和信誓旦旦的保證。

「嗯，咱們明白。」于藥兒點點頭，如果真的避無可避，他們也只能鼓起勇氣面對了。

而醫廬外，李耀就靠在窗邊靜聽屋內的對話，沒有漏掉任何一句。在發現朱立和已經知道剿寨計畫，並已開始防備後，他的眸光微斂，低聲沉吟：「看來……他們在城裡有內應。」

而原本訂下的勦寨計畫，看來也得改一改，免得出師不利，白打一場！

※　※　※

幾日之後，朱立和特地聚集了所有寨民到主寨大廣場，告知百會縣令即將出兵勦寨一事，想當然馬上引起眾人恐慌，緊接著朱立和強調他們已有防備，絕不會讓辜進譽得逞，寨民們務必冷靜，絕不要自亂陣腳，要不然就會白白便宜了辜進譽。

在朱立和再三保證安撫下，寨民們決定相信朱立和，也願意貢獻己力，一起保護義風寨，這讓朱立和欣慰不已，便將部分寨民組成幾個巡防小隊，到時候負責在寨裡巡視狀況，並且維持寨內秩序。

又過了幾日，辜進譽正式發兵勦寨了，早有防備的義軍在山腳就與官兵打了起來，且因為擁有地利之便，所以穩占上風。

兩方一開打，寨民便聽從命令待在屋內，靜待危機過去，因此寨裡安安靜靜的，幾乎沒有百姓走動，只有巡防隊四處巡視，氣氛肅穆。

于藥兒與于非颺當然是在醫廬待命，隨時準備醫治傷者，李耀也在醫廬內，隨時關注情況發展。

而朱立和則坐鎮在主寨的議事房內，掌握大局，由副寨主王勝帶著義軍力抗官兵，大約每兩刻鐘就會有傳訊兵帶最新戰況回主寨。

戰況陸續傳回，都是他們的義軍占上風，官兵只是靠著人多在撐，照情況看來，官兵們退兵或是敗逃只是遲早的事。

于藥兒這幾日觀察朱立和如何準備禦敵，看他指揮若定，規劃非常周全，總覺得他頗有行軍作戰的經驗，要不然哪裡知道這麼多需要注意的細節？

他只待在這小小的山寨裡，有些大才小用了，若是朝廷能夠延攬他，善用他的能力，她相信他肯定能有一番大好作為的。

又過了段時間，傷兵開始出現，陸續被送回，醫廬內的三人也忙碌起來，傷勢較重的就由于非颺親自處理，傷勢較輕的就由于藥兒及李耀負責上藥包紮。

傷兵持續送入，不知不覺有些包紮物品就快見底了，于藥兒發現後趕緊離開醫廬，去主寨倉庫取東西來補。

她才剛進主寨，一名義軍就急匆匆的從旁經過，往議事房的方向奔跑，表情凝重，頓時有種不好的預感浮上她心頭，總覺得有什麼事發生了。

在好奇心的驅使下，她改變方向，來到議事房外頭，想知道戰況進展究竟如何。

「寨主，不好了！」義軍一衝入議事房內，根本無暇喘息，急忙說道：「有意外狀況發生！」

此時議事房除了朱立和外，還有好幾名重要部屬，他們皆不解的蹙起眉，山下局勢始終在他們的掌握中，又會有什麼意外狀況發生？

「究竟是什麼意外狀況？快說。」朱立和神色鎮定的詢問。

「寨西的哨兵發現有另一批官兵正溯河而上，而且人數不少，若是讓他們順利沿著河道上來，直入義風寨，恐怕咱們寨就不保了！」

「什麼？」朱立和訝異的緊蹙起眉。「他們居然想奇襲！」

義風寨西側有一條蜿蜒而下的河流，因為乾旱少雨，河床遍露，而朱立和在建立義風寨後，就在河流最靠近義風寨之處建了柵門，截存下河水，讓寨民有水源可用，因此柵門之下的河道幾乎乾涸，倒成了可讓人行走的一條路。

「這是聲東擊西之計，看來山腳的官兵只是個幌子，他們真正的目的是溯河而上，直入義風寨，好殺個咱們措手不及！」其中一名部屬激動說道。

「咱們所有軍力幾乎都在山腳，寨內已經所剩無幾，如何能抵禦溯河而上的官兵？」另一名部屬擔心的緊蹙雙眉。

「寨主，若是不快點想出退敵之計，恐怕就要來不及了！」傳消息的義軍緊張催促。

朱立和大蹙起劍眉，沒想到對方竟然還有這一手，但此刻絕不宜調動山腳義軍去河道那兒抵禦，他一分散自己的軍力，就中了對方的計，最後會導致兩邊都守不住的。

辜進譽怎麼可能想得出這種聲東擊西之計？該不會……另有高人在他身旁下指導棋？

于藥兒聽了他們的談話，也不由得擔心起來，一種熟悉的衝動油然而生，促使她瞧著朱立和背後的義風寨山勢地形圖，快速思索著，希望能趕緊想出個應變之策。

她知道留守寨內的義軍不多，想力敵是不可能的，既然如此，他們就只能想辦法智取了！

「寨主，你可有什麼好辦法？還是咱們趕緊調一些義軍回來幫忙？」其中一名部屬焦急的問。

「山下的義軍絕不能動，也不能讓他們得知目前的狀況，要不然軍心一動搖，原本可以到手的勝利也會跟著飛了。」朱立和即刻否決。

「寨內就只剩這麼一點義軍能用，如何敵得了另一批官兵？」另一名部屬也憂心忡忡的問。

「這……」

「少有少的用法，兩軍交戰，並非兵力多就絕對能夠獲勝！」于藥兒終於進到議事房，揚聲說道。

「于姑娘？」朱立和錯愕的瞧向她。「妳怎會在這兒？」

「我回主寨拿些東西，恰巧聽到你們的談話。」

「于姑娘不必擔憂，咱們會馬上想辦法應對……」

「我有一計，不知寨主願意聽嗎？」于藥兒眸光堅毅，不顯慌亂，反倒有種穩若泰山的大將之風，與其他已慌成一團的部屬有著天壤之別。「這一計若用得好，不需要多少軍力，也能起到極大效果。」

朱立和凝眉瞧著于藥兒，忍不住訝異，她臨危不亂的沉穩氣度，這裡居然沒有一個男人比得過她，其他人都該感到慚愧。

而她，真的有好辦法嗎？

※　※　※

另一批勦寨官兵，此刻正快步走在河道上，河道不寬，約只能容十人並排而行，河床與河面的差距高低不一，最淺處大概到人的腰腿，最深處幾乎是兩個人高。

隊伍蔓延成好長一條，非常有規律的一直溯河而上，目標是直接深入義風寨西側，在寨內留守軍力不足下占領義風寨，再與山腳的官兵們形成前後包夾之勢，這樣義風寨的義軍就無所遁逃了。

他們一路行軍，幾乎沒遇上什麼障礙，順利的逐漸深入，但就在他們來到一段特別窄且深的河道段落時，狀況發生了——

「啊！」

「哎呀！」

走在最前頭的官兵們突然滑倒，一個接著一個，才一眨眼就倒成了一片，驚叫聲四起，想爬都爬不起來，後頭的隊伍也不得不暫時停下。

滑倒的官兵們手一摸，發現這一段河床上竟灑滿了油，才害他們站不住，立時喊道：「河床上有油，當心有埋伏！」

「哈，現在才知道有埋伏，已經太遲了！」朱立和突然出現在兩人高的河岸上，後頭還有好幾名義軍跟隨，居高臨下的對官兵喊道：「我乃義風寨寨主朱立和，在此恭候大駕多時了！」

領路官兵們一慌，軍心頓時微亂，他們本以為奇襲計畫經過保密，他們肯定能順利攻入義風寨，沒想到才走到一半就遇到埋伏！

「保持冷靜！」帶兵指揮高喊：「當心有詐，或許他們只在虛張聲勢！」

朱立和氣勢萬千的繼續說：「你以為咱們不知你們想奇襲嗎？這一切早在咱們掌握之中，也早有周全防備，就等著你們自投羅網！」

「殺——」

「殺殺——」

河道兩岸的密林內接著出現咆哮聲響，為數眾多，伴隨著隆隆戰鼓聲、草葉不斷搖曳聲，聲響震天，迴盪四周，就像有千軍萬馬埋伏在密林裡，隨時都有可能衝出來。

朱立和緊盯著官兵的反應，發現他們正如于藥兒所料，被密林內的聲響徹底震懾住，有越來越不穩的態勢——

這一路官兵走河道，必定受困於河道大小，隊伍勢必拉長，咱們只要能讓最前頭的隊伍潰散開來，後頭的就不必擔心了，他們自會受到牽累。

所以咱們首要之務就是「虛張聲勢」，挑一處河岸與河床落差最大之地，咱們在上、他們在下，他們自會受到無形壓迫，再用戰鼓聲加上山林自然迴響之助，就能製造出極大聲勢，讓他們誤以為山林內埋伏了許多人，將他們左右包夾。

他們站在河底，無法窺知上頭真正的情況，就會驚疑不定，只要他們軍心一動，開始誤判兩方形勢，咱們就有很大的機會以少勝多！

朱立和一邊回想著于藥兒吩咐的作戰細節，一邊緊盯情勢，然後抓準時機，大聲命令：「兄弟們，放箭——」

咻咻咻——數不清的箭從河岸兩方的密林射出，直往河道下的官兵，官兵們趕緊舉起盾牌抵擋，井然有序的隊形開始混亂起來。

官兵們不甘示弱，兩兩成組，一人舉盾擋箭，另一人找空檔射箭回擊，但他們根本不清楚上頭的敵人到底躲在哪兒，只能盲目的亂放箭。

朱立和身旁的弟兄用火箭射向河床灑油處，火勢就在河床快速蔓延開，形成一道龐大火牆，最前頭的官兵嚇得連連後退，就怕被火勢波及。「後退、快後退！」

「他們用火攻了！」

「兄弟們，倒油——」朱立和再度下令。

河岸兩旁頓時出現不少人，他們將木桶內的油奮力往下灑完後，即刻退回林內，被灑到的官兵立時驚呼出聲，害怕不已。

「他們灑油了！」

「當心他們射火箭！」

其實倒在官兵身上的並不全然是油，絕大多數只是水，寨裡一時之間根本集不了那麼多油可用，只因為有前頭的油攻為例，再加上朱立和喊倒油，官兵們一時驚慌，不加思索，就以為他們倒的全是油，已經完全分不出虛實了。

于藥兒為確保計畫順利進行，也跟著來到這兒，甚至混在寨內兄弟裡，幫忙灑水嚇敵，誰知她才剛灑完一桶水，一支流箭就猛朝著她飛來，她根本來不及閃躲，只能依著本能舉起木桶擋禦。「啊——」

「當心！」

就在同一時刻，另一人瞬間從旁竄出，撲向于藥兒，流箭從兩人身側一掃而過，插入後頭的草地裡，只差那麼一點點，他們倆險些就避不開了。

兩人驚險萬分的趴倒在地，連聲喘息，真有種從鬼門關前繞了一圈的感覺。于藥兒的腦袋一片空白，忍不住心驚膽跳，等稍微回過神來後，才偏頭往後瞧，看究竟是誰救了她。

那熟悉的俊雅面容一映入眼簾，她的心房便強烈怦動起來，曾有過的悸動再度傾巢而出，猶如脫韁野馬，難以自抑。

是李耀！他又在她有危難時救了她了！

「李公子……」

「于姑娘，妳又在冒險了。」李耀拿她沒奈何的笑道。

她的雙頰頓時泛紅，難掩羞澀，他怎會知道她有危難，甚至在最關鍵的時刻衝過來救她？難道他一直注意著她嗎？

他為何要注意她呢？他是否……也對她有什麼特別之感？

「撤兵——」

「撤退——快往後退——」

此時下方出現撤兵命令，官兵們也不再射箭反擊，隊形混亂的陸續往後撤，軍心已散，方寸大亂，再也無法構成威脅。

直到官兵已經撤了好大一段距離，埋伏在密林內的弟兄才走出來，開心的大吼：「喔喔喔——」

「咱們成功了——」

眾人的叫喊再度震撼林梢，聲傳遠播，朱立和也興奮不已，與兄弟們一起大笑出聲，終於可以好好的鬆一口氣。

天佑他們義風寨，這一個難關終於有驚無險的度過了！

河道上的官兵們撤退後，沒多久山腳下的官兵們也收到撤退命令，迅速掉頭離去，不再戀戰。

幸進譽這一回的勦寨行動，正式宣告失敗，而且還失敗得徹底。

寨民們在知道義風寨的危機解除後，歡聲雷動，寨裡瀰漫著濃濃的歡樂氣氛，與早先時是截然不同。

于藥兒他們依舊在醫廬內忙著替所有傷患包紮，無暇顧及其他，朱立和繼續帶著義軍們收拾善後，直到入夜了才大致告一個段落。

※　　※　　※

好不容易傷患全都處理完畢，于藥兒才有空來到李耀身邊，感激答謝：「今日受到李公子諸多幫助，藥兒感激不盡。」

「哪兒的話，這是應該的。」李耀客氣的笑答。

他沒說的是，他之所以會出手相助，是知道奇襲計畫即將失敗，才會乾脆做個順水人情，讓她對他心存感激，好利於他繼續在義風寨埋伏。

于藥兒羞澀一笑，這哪裡是應該？要是弄得不好，他撲過來救她時也很有可能受傷的。

「倒是于姑娘妳……其實懂兵法？」李耀終於逮到機會詢問。

兵者，詭道也，真真假假、虛虛實實，用兵之道貴在深刻明白敵我雙方的優劣之處，然後靈活運用虛實之勢，出奇制勝，用最少心力達到最大的成效。

她今日的「虛張聲勢」之計，就漂亮的運用地形之利以及虛實手段達成詐兵目的，順利讓軍心潰散，若是不懂兵法，很難想出這種以少勝多的巧計。

而更不簡單的是，她能在眾人慌亂時依舊臨危不亂，並且迅速想出應對之策，若非頗有歷練，那麼她就是天生的奇才了。

「呃？」于藥兒愣了愣，笑意變得有些尷尬。「可能……吧。」

「可能？」李耀不解的挑了挑眉。

「因為我曾出過意外，過去的事都忘了，但曾學過的東西，遇到需要使用時自會從腦海中浮現，因此我也無法肯定，自己究竟是真的懂兵法，還是過去曾遇過類似的事，才會提出這種抗敵之策。」到了這個節骨眼，于藥兒也只能坦承以告。

在他沒問她之前，她是真的沒想到自己有可能會兵法這件事，她只是順著自己的心意行事，腦中就自然出現許多計謀了。

這樣想來，她總覺得比起醫術，她似乎更擅於動腦謀劃一些事情，因為這讓她有更深刻的熟悉感。

她曾出過意外？李耀忍不住訝異，是什麼樣的意外，讓她忘了一切？又是什麼樣的環境，會將一個姑娘家教養成兵法奇才，頗有巾幗不讓鬚眉之勢？

若非親眼所見，他很難相信，于藥兒看似普通，卻有著深藏不露的才智與膽識，一般男子全都比不過她。

「那麼妳又怎還記得自己叫于藥兒？」

「于藥兒並非本名，是我失去記憶後，義兄幫我取的。」

「所以連于大夫也不知妳的身世？」

于藥兒搖搖頭。「的確，他也不知。」

她是因意外受傷，被于非颺救起，兩人才因此相識，進而被于非颺收為義妹，她甚至連自己是如何受傷的，也完全想不起來，更不用說其他事情了。

李耀隱隱有種感覺，于藥兒的真正身分恐怕不簡單，應該不會沒沒無聞才是。

關國曾有什麼以智取勝的奇女子傳聞嗎？他迅速思索，沒有任何印象，而她給的線索太少，也讓他難以細思下去。

「于姑娘！」

李耀本想再多問些問題，朱立和卻在此刻進到醫廬，頗「不經意」的插到李耀面前，迫不及待的對于藥兒說：「今日多虧了妳，咱們才能打出一場漂亮的勝仗。」

在朱立和風風火火的靠過來前，李耀早就感覺到他的敵意襲來，連忙後退一步，不想與他正面衝突。

「**莽夫！**」李耀心裡另一個聲音不屑的輕斥。

「呃？」于藥兒不確定朱立和擋住李耀是不是故意的，笑意也顯得有些僵硬。「朱寨主謬讚了。」

「這絕不是謬讚，妳的機智大家有目共睹，任誰都會如此稱讚妳的。」朱立和將注意力完全放在于藥兒身上，無視李耀的存在。

他真的沒想過，一個姑娘家居然能想出如此絕妙的計謀，並且精準掌握住敵方會出現的所有反應，分毫不差，就像她能未卜先知一樣。

她一而再、再而三的讓他驚喜連連，義風寨有她幫助，簡直如虎添翼，她若能一直留在這兒，那不知該有多好？

他正需要這種智勇雙全的人，若能有她相伴，他將何等的幸運？他的眼光果然沒錯！

「若不是朱寨主的氣勢足夠威嚇住官兵，我的計謀也不一定能起效用。」于藥兒也笑笑的回讚。

朱立和穩若泰山的氣勢的確起了非常大的效果，如果他在計畫進行時有任何遲疑、退卻，讓敵方官兵感覺到他很有可能在虛張聲勢，那麼她的計謀再高明，也會被識破，義風寨恐怕就不保了。

她就是相信朱立和的膽識與氣魄足以擔此大任，才會大膽的出此計謀，所以計畫能夠成功，朱立和的確功不可沒。

「哈哈哈，于姑娘妳太謙虛了，這一回最大的功績，還是該算在妳身上。」朱立和難掩得意與欣賞。

「要是沒這個女人突然插手，搗亂計畫，義風寨早滅了，他還能得意的在這兒大笑？」李耀心裡另一個聲音輕蔑的冷哼。

的確，若是沒有于藥兒這神來一計，奇襲計畫不可能會失敗，他們並不是輸給朱立和，而是輸給意料之外的于藥兒。

李耀的眸光微斂，看來他們絕不能小看于藥兒，不把她當一回事，如果于藥兒繼續為朱立和所用，那狀況會變得棘手許多。

她究竟是何來歷？還藏了什麼能耐？在這之前，他只把她當成普通女人，沒有太大感受，而「他」則一直對她存有莫名敵意及戒心，但經過這一戰，他們倆倒有志一同的對她興起「興趣」來了。

接下來她還會帶給他們什麼樣的「驚喜」？他們已經忍不住期待起來了……

第五章　暗中角力

于藥兒獻計退敵一事，很快就在義風寨傳開，眾人本就對她頗有好感，此刻更是欽佩她，沒想到她竟是個有智有謀的姑娘。

寨裡剛度過一場危機，而朱立和也得到消息，韋進譽暫時不會再對義風寨出手，寨民們非常開心，就在主寨廣場前舉辦了一個小慶典，大家拿出自己釀的酒、烤大山豬、瓜果小菜，圍在大火堆旁歡樂慶賀，場面非常熱鬧。

星斗繁天，不時有流星劃過天際，大火堆散發著耀眼光芒，恰如黑夜中的太陽。

身為寨主，朱立和早被寨民們拉到廣場內慶祝，幾乎脫不了身，于非颺不喜歡熱鬧，所以寧願待在醫廬內納涼，而于藥兒則應邀來到廣場，與民同歡，她也順道把李耀一同邀出。

看著眾人開心的表情，于藥兒心頭也盈滿著欣慰，他們能快快樂樂的過活，對她來說，就是一種最好的回報。

她很難不被這歡樂的氣氛感染，一時興起，她期待的對李耀提議：「有段日子沒聽到公子的琴音，趁著熱鬧，能來一曲助興嗎？」

「有何不可？」李耀欣然答應。

李耀離開廣場，回屋去拿七弦琴，一會兒之後又重回廣場，在場邊挑了一個較無人的位置坐下，小試一下琴音，想了下曲子，就準備大顯身手。

琴音一盪，即刻吸引不少人注意，他們紛紛轉過頭，往琴聲的來源望過去，才知道寨內有人會撫琴。

李耀旁若無人的沉浸在撫弦中，指法流暢，連綿不絕，隨興所至，一首輕快美妙的琴曲便流瀉而出，渾然天成。

眾人就算不懂樂理，也覺得這琴曲好聽極了，舒心悅耳，原本的歡樂氣氛也變得更加高昂。

先是幾個孩子隨著琴音笑笑跳跳，依著本能擺動身子，接著有幾個大人也興高采烈的跳起舞來，雖然沒有任何章法，但跳得快樂，很快就吸引不少人一起手舞足蹈，翩然起舞。

「于姐姐，妳也快來呀！」一名男孩將在一旁觀看的于藥兒拉過來，帶她進入歡樂的人群裡。

「呃？」于藥兒可沒跳舞的打算，但還是盛情難卻的進到人群內，有些手足無措。

她瞧著自在起舞的眾人，起先實在放不開，但在旁人的鼓勵引領下，她終於慢慢放開身子，隨著琴音擺動，笑容洋溢，也感到越來越自在。

寨民們陸續圍過來看熱鬧，歡呼聲不絕於耳，沒想到寨內臥虎藏龍，居然有人撫琴撫得這麼好，可比天上仙音了。

而朱立和也站在圍觀的人群內，對於李耀突然吸引眾人注意，頗不是滋味，也很不想見他再繼續出風頭下去。

就只是會撫琴罷了，又不是會帶兵打仗，對寨內能有什麼幫助？

他蹲下身，在地上摸了一塊與指頭差不多大的石子，才又站起身，輕勾一抹惡劣笑意，打算要讓李耀好好的出個糗。

他眸光一銳，朝李耀猛一彈指，小石子便以迅雷不及掩耳之勢彈向李耀，無人察覺。

然而李耀卻在此刻朝朱立和一瞥，緊接著指尖暗使勁力，一根琴弦嘎然繃斷，彈起的斷弦恰恰打中飛來的小石子，並將石子猛力反彈，它從哪裡飛來的，就又往那裡飛了回去。

朱立和沒想到石子居然回彈，根本無法防禦，小石子瞬間正中額心，又痛又暈，他不由得後退一步，撫額悶哼一大聲：「唔！」

「寨主，怎麼了？」一旁的寨民不明所以，納悶詢問。

「沒事，大家繼續，不必理我。」朱立和被打得頭昏眼花，差點站不住腳，有些狼狽的趕緊撤退。

李耀也在這時中斷琴音，看著繃斷的琴弦，只能對眾人歉然一笑。「琴弦斷了，不好意思掃興了。」

琴音一停，于藥兒也從跳舞的群眾中走出，關心的問：「李公子，還好嗎？」

她一眼就瞥見李耀的指尖滲出血珠，顯然是被琴弦割傷的，即刻緊蹙起眉。「你的手受傷了。」

「只是一點小傷，不礙事的。」相較於于藥兒的擔憂，李耀倒不怎麼在意。

「身為琴師，就是靠這一雙手吃飯，怎能不好好照顧保護？若是義兄，早就大呼小叫了，哪裡會說不礙事？」于藥兒立即拉他起身。「咱們進醫廬去，我幫你上藥。」

「所以于大夫總是戴著一雙手套，是為了保護雙手？」

「是呀，他說把脈靠的就是指尖的靈敏感受，怎能不好好護著？所以他最在意那一雙手了，平時養護得很，半點傷都受不得，其他地方就不甚在意。」

原來是這麼回事，于藥兒不說，李耀倒以為于非颺有潔癖，碰不得髒，才會幾乎手套不離身。

在于藥兒的堅持下，李耀也只能抱著琴與于藥兒一同離開廣場，進到一旁的醫廬。

兩人才踏入醫廬，于藥兒就發現朱立和居然坐在裡頭，正讓于非颺幫他上藥，不禁困惑的問：「朱寨主，你怎麼受傷了？」

朱立和神色微僵，有些尷尬，早知道他們也會進醫廬，他就不會在這個節骨眼來上藥了。「沒什麼，寨民們玩得太過火，失了節制，一不小心就被他們手裡的東西劃了一下。」

于非颺挑了挑眉，朱立和分明是被某種小東西砸中，而且力道還不輕，才不是劃出來的，這其中肯定大有文章。

「沒大礙就好，恰巧李公子也不慎受傷，有義兄幫你包紮，我就能安心幫李公子上藥了。」

瞧著于藥兒領李耀在一旁坐下，開始張羅上藥的東西，朱立和想不吃味都不行。他不經意與李耀對上眼，李耀客氣一笑後，便不再與他對視，由著他繼續盯自己。

剛才那一場意外，真的只是湊巧嗎？無論朱立和怎麼想，都覺得巧合過了頭，哪有這麼剛好的事？但他又找不出李耀刻意反擊的跡象，若真要如此反擊，得要有多麼深厚的內力才能辦到？

「李公子，把手給我。」于藥兒拿著傷藥回到李耀面前，語氣溫柔的說。

「麻煩妳了。」李耀伸出手後，于藥兒先用乾淨的濕布擦掉血跡，再塗上一層膏狀藥物。

于藥兒一邊上藥，一邊發現，李耀不只指尖有厚皮，就連掌心也有厚繭，看起來……不太像撫琴之人的手。

照理說，撫琴的手頂多就是指尖有厚皮，應該不至於連掌心都有繭，所以這些繭是怎麼來的？李耀見她微蹙起眉，似有疑惑，不由得問：「有什麼問題嗎？」

「呃？」于藥兒即刻回神，淡淡一笑。「沒事。」

誰說撫琴之人就不會做其他事了？所以他的手上另有厚繭，又有什麼好訝異的？于藥兒很快就放下沒來由的困惑，專心上藥就是。

※　※　※

經過一場護寨危機，寨內儲備的草藥又不足了，于藥兒又打著入山採藥的盤算，只不過這回她不再單獨行動，免得又被于非颺責唸，特地詢問李耀是否能與她一同前行。

知道她要採藥，李耀是欣然應允，樂意陪她走這一遭。

這一回，一切順利，沒再遇到任何意外，兩人很快就採了滿滿兩簍的藥草，收穫頗豐的踏上歸途。

在回程的路上，李耀趁機找話題詢問，想要更進一步了解這對神祕義兄妹的來歷：「于姑娘，于大夫是為何開始四處行醫的？」

「他在找人。」于藥兒知無不言，對李耀沒有任何防備。

「找什麼人？」

「找他師傅。」

「妳指的是，教他醫術的師傅？」

「嗯。」于藥兒點點頭。「我常聽義兄說，他的師傅醫術之高超，這世上無人可及，若要說天地間誰最能得神醫之美名，除了他的師傅外，絕無第二人選。」

「那麼于大夫又為何會與其師分開，因而必須四處尋找？」

「其中因緣我就不太清楚了，只知道他的師傅曾對他說過，只要他能用其醫術救到十萬百姓，到那時兩人就會再度相見。為了能盡快實現『十萬之約』，義兄才會四處遊歷，一路尋人及救人。」

李耀挑了挑眉，總覺得這個「十萬之約」有些奇怪，得行醫多少年才能湊到如此龐大的人數？又是為了什麼原因，于非颺的師傅才會給他這一個難題？「于大夫已經救到十萬人了嗎？」

「這我倒未問過，改日我找機會問問。」被他一提，她也跟著好奇起來。

「那于姑娘妳呢？居無定所的四處行醫，絕非輕鬆事，妳又是為何甘之如飴，不曾有過怨言？」

「呃？」于藥兒從沒想過這個問題，一時之間不知該如何回答，她思考了好一會兒，才答道：「我沒特別想什麼，只是看到那些受苦受難的人們，總是會心生不忍，便想伸手拉他們一把。」

義兄總說她有著與生俱來的菩薩心腸，比他更像醫者，若是生為男兒身，而不是事事受限的姑娘家，或許已經為百姓福祉闖出一番大事業也不一定。

她每回聽義兄這麼說，總是有些哭笑不得，她自認心願沒這麼大，能力也沒這麼強，只能跟著義兄盡力幫人，能幫多少算多少。

「妳真的不曾想過，幫助那些人，對自己有什麼好處？就像于大夫其實也是有目的在的？」

「何必想這麼多呢？只要順著心意去做，覺得無愧於心，那就好了。」

「就算這麼做會替自己招惹麻煩？」

「我不怕麻煩，只怕錯失能救人的機會，而後悔莫及。」

「如此的菩薩心腸，這世上不知還能找到多少個？」李耀眸光微斂，頗有感觸的低喃。

「你別太抬舉我，我真的沒這麼好。」于藥兒有些羞赧的低下頭。

「**偽善！人不為己，天誅地滅，我才不信這世上有什麼菩薩心腸，那只會出現在傳說故事裡，不切實際。**」李耀內心的另一個聲音又在譏諷了。

他忍不住蹙了蹙眉，心裡在想，「他」就一定得如此憤世嫉俗不可嗎？

「**我憤世嫉俗？倒不如說你還是不願面對現實。她能無私的對百姓施捨憐憫，那是因為普通百姓們大多無害，能招來的麻煩也不大，不足為懼，若她遇到有可能危及己命的惡人，她還有辦法一視同仁嗎？這種有分別的憐憫，說到了底，還是偽善。**」

李耀眉心的皺痕又更深了些，頗不想認同心裡的另一個聲音，他想了想，決定出言試探：「若現在有個十惡不赦之人倒在妳面前，妳明知救他會害自己陷入危險之境，妳還會替對方治病，將他一視同仁的看待嗎？」

「罪人是人、惡人也是人，在醫者眼裡，同樣有生存下去的資格。」于藥兒毫不猶豫的回答。

「但救了他們，會危害世間，帶來更多傷害，妳這麼做就違反了行醫救人的最根本信念。」

于藥兒低頭沉吟著，似在思索，之後才又抬起頭，試著解釋：「當你見到一位惡人時，你只注意到他最後犯下的惡行，可曾想過，他為何會一步步的慢慢走偏，最後讓自己淪落至萬劫不復的境地？」

「就算想了，又如何？」

「若你真的想過，就會發現，他們可恨，卻也可憐。很多惡行是可以避免的，因為善與惡只在一念之間，關鍵就在於他們即將犯下惡行前，有沒有人拉他們一把，將他們的心念導回正途。」

于藥兒摸著自己的心口，繼續解釋：「若是義兄來回答這個問題，他會直截了當的告訴你——他們有病，但我會說，他們是心受傷了，傷得很重、傷得無人聞問，最後只能任由己身沉淪，連自己都選擇拋棄自己。」

李耀雙眸微張，忍不住訝異，沒想到她竟是如此解釋惡人與其犯下的惡行，胸口也跟著緊緊一縮，像是有股無形力量狠擊了他一下，竟讓他有一瞬間的喘不過氣。

為什麼？她怎有辦法以如此不同的眼光看待這個問題，猶如感同身受？

「這其實是一種心病，最終導致行為失序、人生崩壞，因為看不到、摸不著，所以總是被人們忽略，而他們最需要的心藥，其實是『救贖』。」

沒有人一生下來就是惡人的，他們會心生惡念，進而行凶犯案，肯定都有原因在，並且是日積月累而成的，只要將造成惡念出現的原因解開，她相信就算是十惡不赦的罪人，也會痛改前非，改過向善，重新成為一個好人。

所以救人不是只有一種方法，也不是只有大夫能救人，能給予那些惡人「救贖」並且導引他們回正途的人，在她看來更是了不起。

前所未有的震撼繼續在李耀心房震盪著，久久不絕。她的一言一語，竟像一根倒鉤針，深深刺入他心底最深處，然後狠狠挑起久違的痛意。

他本以為自己的心早就死過一回，已經無所謂、沒感覺了，卻沒想到，原來還沒死透，原來還是感覺得到痛……

于藥兒偏頭瞧著李耀，發現他的神色變得有些木然，竟有種失了魂的感覺，擔心的問：「李公子，你還好嗎？」

「呃？」李耀即刻從木然中回神，努力壓下胸口持續不斷的震盪，勉強一笑。「我沒事。」

「真的沒事？」但她看來卻不是這樣。

「真的沒事。」他不想再繼續下去，趕緊轉移話題：「妳的心地太善良，于大夫都不怕妳吃虧嗎？」

于藥兒還是覺得他有問題，但他不想多談，她也不好勉強他。「我不是個會任人宰割的軟柿子，必要時，我當然還是會反擊。」

「也是，就如之前的勦寨奇襲一樣。」他笑了笑，一時倒忘了，她可以溫柔善感，也能堅毅機智，是個可剛可柔的女人，很不一樣。

于藥兒繼續觀察他的表情，想不透是什麼原因讓他出現如此不尋常的反應，總覺得自己似乎不期然的碰觸到某個問題，但……究竟是什麼問題？

「于姑娘！」

朱立和的叫喚突然打斷于藥兒的思緒，她轉回頭，才發現他們倆已經不知不覺回到主寨廣場前，而朱立和正朝著他們走過來。

朱立和來到于藥兒面前，接過她手中的竹簍，盡顯體貼。「又去山裡採藥？怎麼不找我多帶一些人去幫忙？」

「已經有李公子幫忙，這樣就夠了。」于藥兒有些不好意思，卻又阻止不了他的好意，只好讓他將竹簍拿走了。

「人多總是好辦事。」

「幫忙人手在精不在多。」李耀有意無意的插話。

始終沒正眼看他的朱立和終於瞥了他一眼，雖然揚起一抹笑，卻隱隱帶著敵意。「說的也是，李公子辛苦了。」

「只是幫于姑娘一點小忙而已，算不上什麼辛苦。」李耀回以溫文淺笑。

滋滋滋……于藥兒看著他們倆似乎互相散發著詭異氣息，眼神交會的中間似乎迸出無形火花，燒得猛烈，害她都不知該說什麼好，好像說什麼都不對。

這陣子她察覺到，只要他們倆同在她面前，兩人間的氣氛就不太對勁，像在暗中角力些什麼。

她不確定是不是自己的錯覺，總而言之……這兩人似乎不太適合擺在一塊兒，還是分遠一點會好些！

「哈哈，咱們藥兒果然魅力無邊，正引著兩個男人為她爭風吃醋呢。」于非颺早就站在醫廬門邊看熱鬧，還刻意煽風點火：「一個是氣宇軒昂的英雄，一個是溫文儒雅的翩翩琴師，一武一文，各有特色，真不知該選哪一個好呀？」

朱立和與李耀的暗中角力，同為男人的于非颺可是感受得一清二楚，朱立和的敵意較明顯，李耀則是沉穩以對，兩者的氣勢很不一樣，誰會占上風，還很難說得準。

「義兄，你在瞎說什麼？」于藥兒又羞又窘的紅起臉蛋，真惱他唯恐天下不亂。

朱立和也顯得有些尷尬。「于大夫，哪來的爭風吃醋，你別拿咱們尋開心。」

他的確喜歡于藥兒，當然不樂見李耀如影隨形般的待在于藥兒身邊，非常礙眼，偏偏他身為寨主，必須顧及臉面，再加上寨內要忙的事不少，無法經常與于藥兒見面，更是對「遊手好閒」到能長伴她左右的李耀非常不以為然。

要是他也能這麼做，區區一個李耀又算得了什麼？于藥兒的芳心肯定早就被他握在手中了！

倒是李耀對于非颺的調侃沒有太大反應，以不變應萬變，甚至也有點看好戲的意味在，想看于藥兒打算如何應對。

「當然是朱寨主比較好啦。」剛巧找于非颺看完病的一名婦人笑道：「誰不喜歡如英雄般的男人？若我再年輕個幾歲，還沒嫁人，我就倒追朱寨主了。」

「李公子也不錯呀。」這下子換另一個也在看熱鬧的少婦說：「越有才學的男子，就越讓女人欽佩仰慕，有誰希望自己的丈夫是大草包一個？」

李耀在醫廬幫忙，本已讓不少女子對他心生好感，再加上他展露高超琴藝的那一回，更是讓他聲名大噪，知道他的人也越來越多。

「要是我，我就選朱寨主……」

「我站在李公子這一邊……」

眼見圍在四周湊熱鬧的人越來越多，不分男女，甚至還分成兩派拚命瞎起鬨，于藥兒羞得真想馬上找個地洞鑽起來，丟臉都丟到天邊去了。「你們……你們就饒了我吧。」

她是知道朱立和對她有好感，但她一直謹守與他之間的距離，兩人的往來相處也是規規矩矩的，可沒給他半點會錯意的機會。

倒是李耀……她羞赧的偷瞧李耀一眼，她與他之間的關係倒是和朱立和完全顛倒，換她對李耀釋放善意，但他卻始終與她保持著一定距離，客氣有禮，所以直到現在，她還是不知他對她是否有特別的意思，還是只單純視她為朋友？

「當然要選咱們寨主大人呀！」朱立和的忠心屬下此時大拍起馬屁：「咱們寨主比當今太子關耀天還要厲害，不選他還想選誰呢？」

一提到關耀天，李耀的眸光瞬間掃向那一名屬下，一抹寒意跟著疾閃而過，快得沒有任何人發現。

于非颺本來還好整以暇的看著于藥兒左右為難，卻在這時訝異的睜大眼，只因他發現李耀的「氣」突然變得非常奇怪。

此刻在他的眼裡，每個人周身都被一團半透明的氣包圍，平穩如罩，唯獨李耀的氣場瞬間激烈奔騰，並且帶著非常不尋常的晦暗之色。

這是怎麼一回事？他從沒見過如此詭異的狀況發生！

其他人聽到關耀天的名，表情各異，都是不太好的模樣，甚至有人還打起寒顫來，忍不住說：「喂，你誰不好比，拿那個『混世魔王』來比做什麼？」

「就是說嘛，要比也拿其他人比呀……」有不少人附和著。

于藥兒困惑的瞧著眾人。「怎麼了？那位太子……很可怕？」

「于姑娘，妳沒聽過太子的事情？」朱立和有些訝異，關耀天的事可說是無人不知、無人不曉，說誇張一點，連三歲的娃兒都知道。

「可能聽過，只不過記不太得了，朱寨主可以稍微說說嗎？」她有一點熟悉感，卻又不是很確定自己是否聽過，反正多聽聽總是好的。

既然于藥兒都開口了，朱立和當然樂於解釋：「關耀天那個人，聽說喜怒不定，視人命如草芥……」

關耀天，今年二十六，是關王唯一子嗣，身旁有忠心的「十二影衛」死士保護，但他自身的武功比十二衛還高強，放眼望去，關國內鮮少有人比得過他。

聽說他長得溫文儒雅，性格卻是極端扭曲，前一刻還笑臉迎人，下一刻就大開殺戒，不把人命當一回事，冷血至極。

他喜怒不定，行事詭譎，任性妄為，完全無法以常理判斷，百姓們聞關耀天之名莫不色變，朝臣們也極怕惹到關耀天，甚至連關王也控制不了自己的兒子，還得反過來敬畏他三分。

而他的冷血事跡，最最有名的就是他得到太子之位的原因，眾人都傳他親手殺了六名兄弟，讓關王只剩他一個兒子，只能立他一人為太子，手段之殘忍血腥，恐怕是前無古人，後無來者了。

「聽說直到現在，被他殺死的六名兄弟，還陰魂不散的糾纏著他，不願瞑目，宮人時有所見，嚇都嚇死了。」朱立和表情凝重的說。

其他人拚命點頭附和，他們聽到的傳聞差不多也是這樣。

「也有人說他早被魔附了身，甚至聽說宮內曾對他舉行驅魔之儀，不但沒有效果，負責此事的巫祝還嚇得說他根本是『混世魔王』再世來著，反正最後不了了之就是。」另一人趁機補充。

于藥兒睜大雙眼，訝異的聽著關耀天的種種劣行，卻不像其他人忌憚害怕，忍不住輕聲喃道：「這位太子……應該有很深的心傷吧……」

她的確不害怕，甚至感到一股沉重的憂傷之情瀰漫胸口，很想知道是什麼原因促使關耀天變成眾人口中的魔王太子，她相信絕不會沒有任何理由，肯定有個轉變的重要關鍵存在。

李耀的眸光再度一變，這一回則是瞧著于藥兒，神色複雜，心頭的震撼再起，隱隱激盪著。

「他是不折不扣的喪心病狂。」朱立和敵意十足的冷哼：「只要一想到將來關國會落入這種人手中，我就替關國以後的處境擔憂。」

「所以他的存在，已經造成關國國政的混亂了嗎？」于藥兒不解的反問。

「呃？」朱立和錯愕一頓，一時之間竟不知該如何回答。

關國國政有因為關耀天當上太子而開始混亂嗎？說實話，沒有，關國現在遇到的天災及人禍，追根究底，都不是關耀天引起的。

但光憑關耀天冷血無情、喜怒無常這兩點，朱立和就不認為關耀天有資格成為一國之王，其他人也是這麼認為的。

「寨主。」此時有另一名屬下從圍觀人群外擠入，對朱立和使了一個只有彼此明白的眼色。

朱立和在得到暗示後，神色一整，對于藥兒說：「于姑娘，我又有事情得忙了，真遺憾無法再與妳多說一會兒。」

「正事要緊，朱寨主你趕緊忙去，不過別忙過頭，也要適時顧一下身子。」于藥兒禮貌性的關心。

就算這只是基於禮貌的關懷，還是讓朱立和心頭一暖，開心一笑。「多謝于姑娘關心。」

朱立和幫于藥兒將竹簍搬到醫廬內放好後，才轉身離去，與那一名屬下快步進到主寨，而湊熱鬧的百姓們也陸續散去，惋惜他們的起鬨沒個結果，倒是于藥兒慶幸的暗鬆口氣。

李耀提著他的竹簍後進醫廬，發現于非颺緊盯著自己不放，雙眉緊鎖，似在提防戒備些什麼，不由得問：「于大夫，怎麼了？」

于非颺繼續觀察李耀的氣場，發現已經回歸正常，但剛才的不尋常已讓他疑慮漸深，甚至覺得……待在這樣的人身邊很危險！

于非颺沒有將擔憂說出，逕自轉身，決定私底下找于藥兒好好的談一談。「沒事。」

李耀微微挑眉，于非颺要真的沒事，他就不知如何才叫有事了。

他也不多問，繼續來到于藥兒身旁，放下竹簍，于藥兒正好趁機對他說：「李公子，剛才那群人都是鬧著玩的，你千萬別放在心上。」

「妳放心，我不會在意的。」李耀溫雅一笑。

「呃？」他回答得毫不彆扭，還真的一點都沒有在意的跡象，于藥兒反倒被一股氣突然悶住胸口，有些難受。

難道他……真的對她一點意思都沒有？好歹也遲疑一下吧？

于非颺裝作在椅子上休息，其實一直暗中注意于藥兒及李耀之間的動靜，看來他這個義妹是踢到鐵板了，對她有意思的她不喜歡，而她喜歡上的卻沒對她顯露出任何意思，白費情意。

也好，這個男人恐怕碰不得，沒有外表那樣單純！

李耀沒有理會于藥兒的沮喪神色，倒是注意到掉在竹簍邊的一個東西。「于姑娘，那是妳的嗎？」

「嗯？什麼？」她趕緊回過神來，低頭一瞧。

那是張折疊起來的紙張，于藥兒撿起打開，發現裡頭寫了一長串人名，應該是朱立和剛才不小心遺落的。

這些人名沒有一個是于藥兒認識的，似乎不是寨內之人，所以她也不懂這代表什麼意思。

「上頭的人名，似乎都是百會縣內有錢的大戶人家。」李耀只瞥了一眼，便給了她答案。

「真的？你怎會知道？」

「其中幾位曾請我過府教琴，其他幾位也多有耳聞，妳在百會縣待得不久，不清楚是正常的。」

「也對。」于藥兒點點頭，那麼朱立和想拿這個名單做什麼？

她雖然感到奇怪，卻沒有多想，重新折妥紙張。「應該是朱寨主掉的，我拿去給他。」

于藥兒走出醫廬，往旁邊的主寨走過去，但她只走了幾步，就見朱立和帶著一小隊人馬奔馳出寨，不知要到哪去。

「真不巧，錯過了。」于藥兒停下腳步，看著朱立和一行人的身影越來越遠，只好暫時收起紙張，等朱立和回來後再找機會還給他。

而李耀則站在門邊，同樣看著朱立和離去的身影，眸光微斂，很明白朱立和打算做什麼去。開始了，今晚的百會縣城，肯定會非常的「熱鬧」……

第六章 闇耀天

當天夜裡，于非颺就來到于藥兒的房裡，打算好好與她說一說李耀的問題。

「藥兒，李耀這個人不太對勁，以後妳還是盡量別與他走在一塊兒。」

「為什麼?義兄覺得他哪裡不對勁？」于藥兒訝異的反問。

于非颺與于藥兒一同坐在桌邊，他輕咬著下唇，猶豫不決，不知該如何向于藥兒解釋他看到的。那樣的不尋常，只有他看得到，也只有他明白，看不到的人是很難體會的，所以他也很難向于藥兒說明一切。

于藥兒從沒遇過于非颺對人如此忌憚過，而且還是溫文儒雅的李耀，她更是不解，也很難接受。「若義兄說不出個所以然，我很難照做，因為在我看來，李公子沒什麼不對勁。」

「妳看不到，當然不覺得他有什麼不對勁。」他沒好氣的輕斥。

「看不到什麼?從剛才到現在，義兄一直語焉不詳，似乎多有顧忌，到底在顧忌些什麼？」

「這……」于非颺掙扎再三，還是決定豁出去，要解釋就來吧：「好了好了，我就與妳說明白吧！」

「藥兒願聞其詳。」于藥兒專心聆聽。

「先說說『氣』吧，每個人周身都有一股氣場圍繞運行，以護己身，而隨著每個人身子狀況不同，他們表現出的氣也會不太一樣，但基本上還是有個規則可循。」

「義兄指的是『營氣』、『衛氣』那一類的？」于藥兒想到曾學過的醫理。醫書有載，人身蘊含著許多不同的「氣」，以推動身體內外的氣血運行，也是人們生命活動的泉源之一。其中的「營氣」，是行走於脈中的精氣，有化生血液，以營養周身的功用，而所謂的「衛氣」，則行走於脈外周身，保衛肌表，抗拒外感風邪入侵，因此人要是受了寒，大多是衛氣減弱，寒邪趁機侵入，而衛氣足盛之人，就算衣裳短薄，也不容易受風邪所擾。

于非颺點點頭。「大致與這些有關，只不過要更複雜萬千就是。人身之氣無形無影，雖醫書有記載，但少有人見得，而普通的醫書，也只記載了皮毛，更多深奧之處根本沒領略到。」

「少有人見得？義兄的意思是，真有人可以看到人身之氣？」于藥兒好奇的詢問。

「當然，我師傅就是一例，她看診不必『望聞問切』，直接觀察人們周身之氣，就知病灶所在，不曾出過差錯。」想到過去跟在師傅身邊的日子，于非颺不禁露出了懷念神色。

所謂的「望聞問切」，是指診病的四種方式，望其神色、聞其聲氣、問其病史、切其脈象，以此綜觀病患內外狀況，再做出診斷。

于藥兒想起于非颺初次見到李耀時，就自顧自的喃著「氣不太對」，難道……于非颺也看得到人身之氣？「該不會義兄也看得到氣吧？」

「本來看不到，但或許是時機到了，近幾年開始能見到各種氣，只不過我已無師傅教導，只能自個兒慢慢摸索其中奧妙了。」于非颺坦白以告。

所以他現在看診，會先觀病患周身的氣場，抓出可能有問題之處，再行切脈印證所想，以此慢慢累積經驗。

而他也明白，會出現這種轉變，表示他已經熟練了最普通的醫病之法，已有資格進入另一層新的、更高深幽妙的醫術境界，終於接近他師傅神妙的醫境一點點了。

這可是于非颺頭一次透露自己的祕密，于藥兒當然好奇不已。「所以人的氣場究竟是什麼樣子？如一團迷濛薄霧？」

「雖似薄霧環繞周身，卻又如天上虹彩，時刻變化萬千。」于非颺淡淡一笑。

于藥兒不解的微蹙眉頭，無法想像是如何的變化萬千，如七彩霓虹。

于非颺指著她的心口，試著解釋：「人身變化，甚至七情六慾，皆會影響周身氣場呈現出的形貌。像妳，平時好端端的，沒什麼異樣，但只要遇到李耀出現，心房這兒的氣就會變得紅紅粉粉的，分明是春心萌動。」

「呃？」于藥兒連忙掩住胸口，心虛又害羞，沒想到連這也看得出來？

「不必遮，遮不了啦，總而言之，只要仔細觀察人們的周身之氣，任何問題都無所遁形。」于非颺賊笑了笑。

「喔……」她也只能尷尬的放下手，繼續詢問：「那麼義兄曾說過李公子的氣不太對，究竟是如何的不對？」

一提到李耀，于非颺的表情又重歸凝重。「他的氣場表現與一般人不太一樣，是我頭一回看到，但我也無法解釋究竟是哪裡不同，反正我看到他的第一眼就覺得他不太對勁，隱隱有些古怪。」

「凡事都有例外，或許他只是氣場與一般人不太一樣罷了，何必就要我別再靠近他？」

「若只是單純的不對勁，我也不會有這麼大的反應，重點是他的不尋常改變，讓我強烈感受到某種危險存在，不得不提醒妳最好離他遠一點。」

「如何的不尋常改變？」于藥兒依舊不解。

「今日你們在廣場談論關耀天時，他的氣場瞬間大變，瀰漫著一股濃厚奔騰的晦暗之氣，像是準備吞噬掉周遭一切，那感覺讓我極不舒服，甚至覺得，他似乎在那一刻變成另一個人，已經不是本來的那一個李耀。」于非颺的表情越顯凝重。

如果說李耀原本的氣場只是有點怪，那一瞬間的氣場就是「邪」了，他不曾看過一個人的氣場能在短時間內有如此大的轉變，並且帶有強烈的壓迫感，所以不得不忌憚。

于非颺所說的氣場改變，于藥兒根本感受不到，所以也很難感同身受他的擔憂，不知該如何面對這個問題。

她一見鍾情的對象，竟讓于非颺有如此深的顧慮，他有救她之恩，又是她的義兄，這一年多來處處照顧著她，她當然不願壞了兩人的兄妹之情，頓覺左右為難。

「藥兒，我是為妳好，不希望妳受到傷害，記住一句話，知人知面不知心，妳對他認識不深，根本不知他心裡在想什麼，所以千萬別太早對他投入情意，免得在真正認清他後才感到後悔莫及。」于非颺語重心長的勸說。

于藥兒的表情也跟著凝重起來，繼續左右為難著，無論聽不聽于非颺的話，都讓她很不好受。

「我知道妳一時之間很難接受這些事，我也不逼妳現在就得做出決定，只希望妳能慎重考慮，在答案出來之前，還是盡量與李耀保持些距離。」

于藥兒沉默了好一會兒，才無奈的點頭。「我知道，我會好好考慮的。」

難道她對李耀的熟悉感、一見鍾情都是個錯誤？經過這一晚，她究竟該以什麼樣的心緒面對李耀，才不會讓他察覺出有什麼不對勁？

他真的藏有看不見的危險在嗎？于非颺的判斷究竟是對或錯，有誰能給她一個確切的答案？

真棘手，也真不好受呀……

※　※　※

因為于非颺的話，于藥兒一夜輾轉難眠，好不容易捱到天亮，還是想不出該如何處理李耀的事。

于非颺對李耀的疑慮頗深，除非能提出李耀絕對無害的確切證據，要不然很難扭轉他對李耀的既定成見，所以，她該如何證明呢？

她知道，自己的心還是偏向李耀那一邊，還是希望于非颺能接納他，所以她不能太快放棄，再給她一段時間，總是能讓她想出一丁點辦法的。

天亮後，于藥兒與于非颺一如往常般的到醫廬，沒再多說什麼，恰巧李耀沒有現身，省去了可能會出現的尷尬。

但于藥兒不禁擔憂，他怎麼沒知會一聲，就不來醫廬了？還是……他出了什麼事情？

她心神不寧的等了一上午，遲遲沒等到李耀出現，晌午過後她終於決定去一探究竟，好搞清楚狀況。

她一個人來到李耀的屋前，伸手敲門。「李公子，你在嗎？」

她等了一會兒，沒聽到裡頭有任何聲息，只好再次敲門詢問：「李公子，你在裡頭嗎？李……呃？」

就在此時，屋門微開了一個小縫，原來並未上鎖，于藥兒乾脆推門而入，發現李耀不在屋裡，七弦琴安放在桌上，看來也不是入山撫琴，那麼他是跑到哪兒去了？

她滿懷困惑的等了一會兒，始終沒等到李耀回來，只能沮喪的大嘆口氣，離開李耀的屋子，回醫廬去幫忙。

然而于藥兒才剛回到醫廬外，就發現氣氛怪怪的，她趕緊進到裡頭，就見于非颺正替一名滿身是血的傷患處理傷口，還有好幾名寨中兄弟在一旁幫忙，卻是手忙腳亂，越幫越忙。

「義兄，怎麼了？」于藥兒趕緊來到臥榻邊，雙眉蹙起。

「藥兒，妳回來得正好，白布巾快用完了，快去拿一些過來！」于非颺包紮的雙手始終沒停下。

「好！」于藥兒暫時拋下李耀的問題，開始忙碌起來。

受傷的人于藥兒有印象，是昨日跟著朱立和出寨的其中一人，而他身上幾乎都是刀傷，為數不少，像是經過一場大混戰。

朱立和徹夜未歸，直到現在只有他一人回來？那朱立和與其他人呢？

于藥兒幫于非颺處理完傷患的傷勢後，才詢問一旁的山寨弟兄：「發生什麼事了？他怎會一身傷的回來？還有朱寨主呢？」

弟兄們的臉色很難看，難掩焦急，其中一人開口說：「聽說寨主他……被抓住了！」

「什麼？被誰抓住？」于藥兒訝異的睜大眼。

「辜進譽！」

昨晚是辜進譽娶七姨太的日子，七姨太是縣內黃姓富商的小女兒，頗有姿色，這本來是件喜事，但問題是，辜進譽看中對方的美貌，想要占為己有，就不顧對方意願，強行下聘，硬娶為七姨太。

他更是藉由娶七姨太的事，廣發請帖，要縣內富商們都來參加喜宴，目的就是要他們送上賀禮，他一舉兩得，有了美人也有了錢財，卻苦了這些被逼著出席的富商們。

黃姓富商不甘女兒被辜進譽糟蹋，暗中與朱立和聯繫，希望他能幫忙，因為放眼望去，整個百會縣敢與辜進譽對抗的人，也只有朱立和了。

朱立和在知道狀況後，很有義氣的答應幫忙，打算在辜進譽成親當晚破壞喜宴，沒想到辜進譽事先得到消息，早已派兵埋伏，當一身黑衣的朱立和與手下闖入府邸時，官兵也即刻現身，兩方立時大打出手。

當時場面非常混亂，且朱立和這一方處於劣勢，寡不敵眾，最後只有一名弟兄勉強逃離，回到義風寨報訊，其他人恐怕都被抓住了。

而在得知消息後，寨內兄弟都想救回朱立和，但大家意見多又雜，遲遲沒個結論，連動都動不了。

「你們別慌。」于藥兒雖然同樣擔心，卻非常冷靜，腦筋又開始動了起來。「我有一個辦法，如果能順利執行的話，或許能將朱寨主救出。」

「于藥兒，妳又來了！」于非颺忍不住氣呼呼，她一而再的不顧自身安危，總是與危險擦身而過，他已經不滿很久了。

「義兄，我會量力而為，盡可能不讓自己陷入危險，你別擔心。」于藥兒信誓旦旦的保證。

「那麼前幾回又是怎麼一回事？啊？」

「前幾回我不都平安度險？那就表示我命不該絕，就算有危難，也能遇到貴人相助，這樣你就更不必擔心了。」

還有這種理由？難道她以為她的好運永遠都用不完嗎？「妳……」

人命關天，越拖下去朱立和的處境就越危險，于藥兒也管不了于非颺的氣惱，趕緊問山寨兄弟：「寨內現在是由誰主掌大局？」

「是副寨主王勝。」兄弟們同聲回答。

「副寨主現在在哪兒？可以領我去見他嗎？」

兄弟們點點頭，就領著于藥兒離開醫廬，快步進入主寨，來到鬧哄哄的議事房前。

議事房已有許多人聚集，正為了朱立和被擒之事吵成一團，站在主位的魁梧大漢就是副寨主王勝，他一臉不耐的聽著眾人吵來吵去，最後乾脆咆哮出聲，猶如獅吼：「夠了！閉嘴——」

「副寨主！」領著于藥兒前來的兄弟高喊：「于姑娘說有辦法救寨主出來，能否讓她說說話？」

「哪個于姑娘？」王勝大蹙起眉。

席間有些人認得于藥兒，對她的才智印象深刻，馬上向王勝解釋：「副寨主，上一回勦寨奇襲就是靠她出的計謀解圍，咱們或許真能聽聽。」

「沒錯，聽聽也不會有什麼損失。」其他人即刻附和。

王勝一臉狐疑的瞧著于藥兒，他是聽過上回的事，但並非親眼所見，總覺得傳聞會不會誇大了些，也有可能是這些人少見多怪，反正他就是不信在領兵作戰這事上頭，女人會比男人厲害。

「于姑娘，救寨主之事刻不容緩，妳若沒有把握，就別來蹚這渾水，浪費咱們的時間。」

「副寨主，我不會浪費太多時間，你聽完後，要是覺得沒有幫助，我會馬上離開，不再打擾。」于藥兒冷靜以對，不因王勝不信任的態度而動氣。

「那好吧，妳有什麼辦法，趕緊說出來聽聽。」

「朱寨主一行人若真的被辜進譽抓住，一定是押入縣府大牢，短時間內就會被判罪處刑，免得節外生枝，咱們若要救寨主，動作是越快越好，最好明日或後日就得去劫牢。」

「這我當然知道，但對方肯定也想得出來，這會兒恐怕已經加強大牢守備，就等著咱們劫牢去，好一網打盡。」王勝語氣不屑，只覺得她在說廢話。「我才不會愚蠢的上當，也一併去牢裡與寨主作伴。」

「不，咱們絕不能讓他們失望，非得劫一次牢給他們看不可。」于藥兒淡淡一笑。

王勝挑了挑眉，總覺得于藥兒那一笑……很不尋常。「什麼意思？」

「誠如副寨主所言，對方一定已在大牢四周加強戒備，等著咱們出現，但沒人規定，咱們劫牢只能劫一次，若是一連來個『兩次』，恐怕他們連想都沒想過，也難以招架得住。」

「兩次？」王勝的眉心蹙了蹙，不解她的意思。

「咱們可以將劫牢人馬分成兩批，第一批專挑腳程快、善於躲藏的當誘餌，先行假裝劫牢，此時守在大牢四周的士兵就會出現，而第一批人馬最重要的目的就是逃，一邊逃跑之餘，一邊將士兵引出去，這樣剩下的士兵就變少了，他們的防禦也就立時薄弱下來。」

王勝的眸光一亮，被點醒了腦袋。「等防禦薄弱之後，第二批劫牢的人再出現，殺得他們措手不及，這樣救出寨主的機會就大大提高了。」

于藥兒點點頭。「就是這樣，他們會以為咱們果然只是一群莽漢，還狼狽逃跑，根本不足畏懼，肯定料想不到，會有第二批人接著出現，這些人才是精銳，再加上到時留守的士兵以為危機已解，防心鬆懈，更是容易被攻陷。」

這一招不但是智取，連敵方的心思反應都盤算到了，王勝頓時對于藥兒刮目相看，真沒想到區區一個柔弱姑娘，居然會有可比軍師的聰明才智。

「多謝于姑娘的建言。」王勝一改態度，對于藥兒恭敬行禮。「之前是我小看于姑娘了，態度有所冒犯，請姑娘見諒。」

「沒事的，副寨主不必介懷。」于藥兒淡淡一笑，慶幸王勝雖然有些魯莽，還是將她的話聽進去了。

「若沒別的事，我要趕緊去召集弟兄了。」王勝已經迫不及待要去徵召人手，打算明晚劫牢。

「等等，副寨主，能否答應我一件事？」

「什麼事？」

「我想與眾位一同前去。」她表情認真的要求。

「什麼？」王勝訝異的蹙眉，其他人也不由得錯愕。

「我有自保能力，遇到危險也能想辦法自行解圍，所以副寨主不必擔心我會拖累你們的腳步，而我也不會參與劫牢行動，純粹當後援，若是有突發狀況，我也能在最短時間內幫忙想解決辦法。」這是她的習慣，既然要參一腳，她就會參到底，就像上回一樣。

「這個……」王勝有些猶豫，不知該不該相信她的自保能力，但又很希望遇到問題時，能有她幫忙出主意，頓時陷入掙扎當中。

「副寨主，請相信我，我一定能對你們有所幫助的。」于藥兒再次請求。

瞧著她堅定的眼神，一點都不像一般的柔弱女子，甚至正散發著一種讓人安心的力量，王勝搖擺不定的心也跟著穩了，終於做出決定：「好吧，我只希望于姑娘別逞強，覺得不行時就馬上退出。」

「多謝副寨主！」于藥兒漾起燦爛笑意，也鬆了口氣。

※　※　※

隔日午後，于藥兒與王勝一行人分散進入百會縣城，再聚集在一處無人的幽靜住宅內，這一間大宅院本就是義風寨在縣內的隱密據點，因此他們暫時在這兒休息也不會被人發現。

進到縣內後，王勝也得到消息，朱立和一行人正關在縣衙大牢內，隨時都有可能被問罪，並且縣衙的戒備森嚴，一切就如他們預想的，對方料他們會來劫牢，所以早就加強防衛。

他們靜待夜深，直到百姓們皆已睡去，縣城內寂靜一片，再也見不到丁點燈火後，他們才開始行動，悄悄往縣衙聚集。

縣衙後幾尺外有一棵參天大樹，非常顯眼，于藥兒身手俐落的爬上樹，一望下去，剛好可以完全掌控縣衙的動靜，牆內的狀況看得一清二楚。

看來爬樹這種事她挺駕輕就熟的，她不由得自嘲一笑，心想自己過去究竟是做什麼的，怎會一點都不姑娘家，該不會自己從小就被當男孩子養吧？

正自嘲之際，寂靜的夜裡突然出現一記烏鴉長鳴，于藥兒即刻回神，密切關注縣衙內的情況，因為這是他們約定好的暗號，第一批誘餌即將行動，希望一切都能照她預想的順利進行。

「有刺客闖入大牢！」

「他們可終於來了，一個都別放過！」

埋伏在暗處的士兵一批批出現，很快就與闖入的第一批寨內兄弟打了起來，第一批兄弟們與縣衙士兵打了一會兒，就佯裝不敵撤退，逃跑的速度飛快，一下子就跑得老遠。

「快追，別讓他們跑了！」

士兵們陸續追出縣衙，被刻意四散的誘餌分散兵力，往四面八方追了過去，頓時衙內的守備就減弱非常多。

很好，就是這樣！于藥兒欣喜一笑，等待下一波襲擊。

「嗷嗚——」

沒多久，暗示的狼嚎聲響起，第二波行動開始了，于藥兒密切注意衙內情況，渾然不覺有個身影已經來到樹下，早已發現她的行蹤。

「于姑娘，妳怎會在這兒？」

「呃？」是誰在喚她？

于藥兒往下一瞧，不敢相信下方的人居然是李耀！他一改書生般的儒雅裝扮，頭髮盡數往後綁起，用一個銀冠束著，身穿便於行動的深色勁裝，頗有傲視群雄的英氣在。

他怎會出現在百會縣城，他不是該待在義風寨？等等，她從昨日開始就沒見到他的行蹤了，他之所以消失，是入城裡來了？那他進城的目的又是什麼？

而他不同於平時的打扮，也讓她困惑極了，不懂現在是怎麼一回事。

「于姑娘，在上頭很危險，妳還是趕緊下來吧。」李耀訝異又擔心的說。

于藥兒從樹梢上小心滑下，面對李耀，盡是困惑不解。「李公子，你怎會在縣城裡？」

「我才想問妳怎會在這兒？」李耀沒回答她，反將問題兜回她身上：「這裡很危險，妳不該來的。」

「若我不該來，你又怎會來？」

「因為我和妳……不一樣。」李耀微勾嘴角，淺淺一笑。

哪裡不一樣？突然間，某種奇怪的氣氛瞬間瀰漫四周，竟讓她寒毛豎起，她覺得事情有些詭異，有某些地方不對勁，但要她說出哪裡不對勁，一時之間她又說不上來。

真要說的話，就是李耀此刻的笑意……似乎沒半點溫度，她不知是不是因為四周昏暗，只有微弱月光所生的錯覺，要不然他怎會與她印象中的感覺不太一樣，有種說不出的陌生？

他……到底是誰？他真的是李耀嗎？

「嗷嗚——」

第二個狼嚎聲接著出現，代表計畫成功，第二批人已經救到朱立和，要撤退了。于藥兒聽著狼嚎聲，有些心急，不知該如何處理與李耀在這兒偶遇的事。

真的只是偶遇嗎？她總覺得……事情沒這麼單純！

「這聲狼嚎是撤退的暗號？」李耀往縣衙高牆瞥了一眼，單眉微挑。「沒想到會有第二批劫牢之人，是誰想出這招調虎離山之計的？」

「你怎知咱們是來劫牢的？」她訝異的蹙起眉來。

越來越不對勁了，他的氣定神閒，像是什麼都知道，除了剛見面時顯露的訝異之外，接下來他的表現都太過冷靜。

「我知道的事，比妳想的要多太多了，義風寨除了朱立和及少數幾人較有腦子外，其他都是有勇無謀的莽漢，想不出這種調虎離山之計，所以……是妳幫忙出的主意？」李耀靜定的瞧著她。

如果真是她出的主意，他反倒不訝異，因為他早已見識過她的深藏不露，有著少人可比的聰慧機智，劫獄之計，對她來說可能只算小意思。

「難道你……是埋伏在義風寨的奸細？是辜進譽派你來的？」于藥兒的表情越來越凝重，多麼希望自己猜錯。

她終於明白哪裡不對勁了，朱立和離寨，李耀也跟著消失，而朱立和行動之所以失敗，分明就是有人洩露消息，再加上李耀又在這當下湊巧的現身，要她不懷疑他是奸細都難。

李耀這會兒倒是笑了，只不過是嘲諷的冷笑。「辜進譽那個傢伙，根本沒資格支使我做任何事。」

「那為什麼……」

此時有十多人陸續跳牆而出，身手敏捷，其中一人是王勝，朱立和也在裡頭，他雖然看起來狼狽，但精神不錯，動作及反應也沒有慢下。

他們距于藥兒約有十步之遠，而李耀站的位置正好擋在于藥兒面前，讓她無法立即過去與他們會合。

「于姑娘，咱們快撤……」王勝頓了頓，不解的看著李耀。「他是誰？」

「李耀？」朱立和倒是一眼就認出他來，難掩訝異。「你怎會在這兒？」

李耀的眸光一冷，銳目瞪向他們，氣質迥然一變，全身散發著極不尋常的狠厲之氣，那反差之大，讓于藥兒冷不防打起一陣寒顫，真不敢相信自己的眼睛。

他像是徹底變了一個人，不再是溫文儒雅的琴師，而是個極度危險的人物，靠近不得！

熟悉的危機感從心底驟起，還前所未有的強烈，于藥兒即刻出聲警告，就怕朱立和他們硬碰硬：「別過來，你們快走！」

王勝不但不聽勸，還提刀朝李耀衝過來，氣勢驚人。「你別想傷于姑娘半根寒毛！」

「副寨主，不要——」

事情的發生全在那一瞬間，于藥兒看著李耀以迅雷不及掩耳之速抓住王勝右臂，手使勁一扭，王勝就慘叫出聲，大刀落地，整個右臂脫臼，動彈不得。

緊接著，李耀另一手橫劈王勝腹部，痛得他五官緊皺，往後倒地，李耀再踢起腳邊大刀，在半空中接住，連眨都不眨一眼，果斷的往下一刺，狠狠穿過王勝的右大腿，將他連人帶刀釘在地面，刀身沒入地裡有一半之多。

「啊——」

王勝的慘叫聲再度響起，嚇壞眾人，沒想到魁梧的王勝居然打不贏書生似的李耀，更想不到李耀的身手之好、下手之俐落果斷，在場或許沒一個人贏得過他。

李耀居高臨下的冷瞪王勝，眸光不帶絲毫情緒，根本不把王勝當人看，只是個在他腳下無助掙扎的可悲螻蟻，而他散發出的冷冽之氣，任誰都會不由自主的畏懼三分，連靠都不敢靠近。

但兄弟被傷，其他人怎能袖手旁觀？就算他們都對李耀產生一股畏懼感，完全不由自主，朱立和他們還是奮勇衝向前，就不信多人圍攻他一個，還打不贏他！

「殺——」

「納命來——」

李耀朝天一彈指，六名身穿鐵灰衣的男子突如鬼魅般現身，護住李耀，與義風寨兄弟們大打出手。這些灰衣人各個身手了得，都是以一擋多的高手，所以就算朱立和他們的人明顯偏多，還是屈居劣勢，看不到什麼勝算。

「于姑娘！」朱立和趁一團混亂之際竄到于藥兒身旁，拉住她就跑。「咱們先撤！」

于藥兒沒有猶豫，趕緊跟著朱立和跑，身旁有幾名兄弟一同撤退，其他的還在與李耀的人手纏鬥中，恐怕很快就會覆滅。

李耀站在原地，冷眸瞧著朱立和與于藥兒的背影，氣定神閒。「衛一！」

衛一即刻從混亂中突破，迅速來到李耀面前。「殿下有何吩咐？」

「傳令下去，緊盯城門，誰敢不經允許擅開城門，死罪一條，然後來個甕中捉鱉，在最短時間內將朱立和逮回，只許活捉，不准讓他死。」

「是！」衛一猶豫了一下，才問：「那于姑娘……」

他知道主子有些介意于藥兒，雖然他不確定那代表什麼意思，還是先請示一下較為妥當。

「讓她逃，誰都不許傷她，但也不能讓她離開縣城。」李耀轉而淡淡一笑。「我會要她主動回來，就算心不甘情不願，她也必須親自來見我。」

「屬下遵命。」衛一行完禮後，迅速離去。

王勝早已痛出一身冷汗，始終動彈不得，他心驚的瞧著李耀掌控局勢，指揮命令一切，那與外表截然不同的強勢、霸氣，竟讓他不由自主想起一個人，一個傳說中非常可怕的男人。

看起來溫文儒雅，卻有著極端扭曲的性格，喜怒不定，行事詭譎，大家只要聞其名，就會忍不住忌憚的……

「你……難道你其實是……」王勝不敢置信的瞪著他。

李耀冷瞥了他一眼，輕哼一聲：「現在才察覺我的真正身分，已經太遲了。」

李耀只是個假名，雖然他琴藝高超，但琴師的身分也是假的，他真正的身分，正是關國當今太子，人人聞之喪膽的——

關耀天！

第七章　挑釁

「太子殿下，是下官失職，請給下官彌補的機會，下官會趕緊將那些叛黨逮回大牢的！」

縣令荖進譽，在百會縣內有一處富麗堂皇的龐大府邸，叫做「富園」，這全是用他搜括的民脂民膏堆疊起來的，看到府內處處都是高貴的擺設，就可以知道他有多麼貪婪。

此刻夜還很深，正是好眠時，他卻被衙衛吵醒。在知道朱立和被劫走後，他嚇得趕緊起身，衣裳隨意披一披就出來了，畏畏顫顫的跪在前廳內，朝坐在主位上的關耀天不斷認錯求情。

他是個肥碩的中年男子，目光如豆，額泛油光，再加上毫不節制的沉迷於美色當中，一臉縱慾過度的模樣，讓關耀天看了就厭惡。

關耀天表情冷淡，身旁站著高大且面無表情的衛一，兩人的氣勢壓得荖進譽幾乎要喘不過氣，連頭也很難抬起。

荖進譽身子越抖，關耀天就越看不順眼，冷眸微瞇。「荖縣令，我都已經派人將朱立和的夜襲計畫告訴你，也叮囑過你他們肯定會劫牢，你連事先提防都能防成這副德行，要我還怎麼信得過你？」

在他還沒來百會縣之前，荖進譽無視義風寨日漸坐大，只會尋歡作樂，他來了之後，命令荖進譽計畫剿寨，荖進譽的動作也慢吞吞的，他只好派個人在他身旁盯著，順道下戰略指導棋。

結果剿寨計畫被于藥兒壞事，那就不提了，這回荖進譽以為萬無一失，放心的將縣衙交給屬下守著，自己則安穩的回富園睡大覺，學不到教訓，沒半點戒慎恐懼，如此縣令，還能讓人指望些什麼？

辜進譽急急的承諾，冷汗已經遍流滿身：「下官會改善、肯定會改善……」

「不必費心，我沒要你改的意思。」

「呃？」辜進譽不解的愣了愣，關耀天刻意提出不滿，難道不是希望自己能夠改過來？

關耀天突然轉開話題，環視這擺放著各種珍貴花瓶、名家字畫、貴氣十足的前廳。「這座府邸，比起王都富商居所，真是毫不遜色，甚至有過之而無不及。」

辜進譽摸不透關耀天的心，不知他此刻提起這事是什麼意思，只好默默聽著，不敢隨意接話。

「官做不好，搜括民脂民膏的能力倒是一絕，連王上發布的賑災命令都能陽奉陰違，趁機中飽私囊，你當真以為天高皇帝遠，咱們絕對不會知道？」

辜進譽暗暗一驚，他仗著在王都有靠山，不會有人敢來找他麻煩，結果沒想到，當今太子竟會出現在百會縣，還直接找上門，擺明就是針對他來著。

他的烏紗帽沒了是小事、嬌妻美妾沒了再找就有，但如果關耀天要將他搜括來的金銀房產全都充公，那可真會要了他的命，心痛都痛死了！

關耀天突然起身，居高臨下的對辜進譽輕勾嘴角，要笑不笑的，非常詭異。「你在公務上連番失誤，毫無進取之心，留下來又有何用？既然你不適合當官，那就別當了，趕緊讓賢，別人才有機會上位。另外無視王上所下的賑災旨意，逕自霸糧為王，在我看來……有謀反之嫌。」

辜進譽驚愣的瞪大眼，這意思是要他死嗎？「下……下官絕對沒有這個意思，請殿下明察！」

「何必麻煩？」闕耀天一回身，抽出衛一手上的長劍，動作刻意緩慢，劍身滑出劍鞘的銳利聲，綿長刺耳，讓人聽了忍不住心驚。「在闕國，向來我說什麼就是什麼，我認為你有罪，你就是有罪。」

「就算下官真的有罪，國有國法，也該交由國法審判處置！」宰進譽全身大竄疙瘩，害怕的又冒出不少汗來。

傳聞闕耀天殺人不眨眼，全憑自己的喜好行事，不顧法紀，難道自己真要莫名其妙的死在他劍下？

「然後再讓你有時間找靠山救命嗎？」闕耀天將劍身輕放在宰進譽肩上，與脖子只剩一寸之距。「的確，國有國法，而本太子的決定……就是國法。」

宰進譽恐懼得臉孔都扭曲了，豁出去的說：「我堂兄是兵部尚書，就算你是太子，也不該——」

「你太囉嗦了！」

「啊——」

一道銀光閃過，淒厲的慘叫聲響起，在寧靜的夜裡聽來格外恐怖。宰進譽瞪大雙眼，往後倒地，從左肩斜下的一道劍痕幾乎將他一分為二，觸目驚心的血跡在地上迅速擴散，濃濃的血腥味也瀰漫在四周。

就在宰進譽倒下的那一刻，廳門外恰巧來了一名男子，男子目擊一切經過，嚇得呆站在門外，一動也不動，像是魂都飛了。

「你若是不服，就去託夢吧，叫兵部尚書那個老頭來找本太子講國法。」闕耀天冷哼一聲，不把宰進譽的死當一回事。

在他的盤算裡，宰進譽本來就要死，只是早死晚死的差別，他本打算先處理完朱立和這個大問題，再來清理辜進譽，只不過辜進譽的連番失誤，已讓他無法再容忍，是辜進譽自己把死期提前的。

關耀天將劍俐落插回劍鞘，順道對門外的人說：「你就是縣丞文宥服？」

男子猛一回神，隱隱發抖的進到廳內，跪下行禮。「下官文宥服，參見……參見太子殿下。」

關耀天坐回椅子上，瞧著文宥服的樣貌，他的年紀應該不大，但嘴上蓄著八字鬍，看起來頓時老了好幾歲，細鬍細眉再加上微潤的白皮膚，就是典型的小人嘴臉，跟在辜進譽身邊倒是絕配。

只不過……他似乎有點面善？關耀天沒有多想這個問題，世上長得相似之人多的是，小人嘴臉他也看得不少，或許才會產生錯覺。

關耀天指指死狀可怕的辜進譽，微勾冷笑。「文縣丞，想與他作伴嗎？」

文宥服拚命搖頭，根本不敢再看辜進譽的慘狀。

「那就好，我相信你不會跟辜進譽同樣愚蠢，在新的縣令指派過來前，我都會留在這兒坐鎮，而縣內所有公事暫由你處理，我希望你能善盡代理縣令之職，讓百會縣的混亂在最短時間內恢復正常。」

「下官自當竭盡所能，絕不讓殿下失望！」文宥服滿頭冷汗的激動保證。

「衛一。」

「屬下在。」衛一躬身聽令。

「將辜進譽的屍身掛在城牆，示眾三日，以平民怨，並以官府名義發命令至義風寨，要寨民三日內回到縣城，各歸原處，只要在三日內回歸的，既往不究，三日後還繼續留在義風寨的人，無論老少，皆當叛黨處置。」

「遵命。」

「而文縣丞你……」關耀天淡淡一笑。「你可知自己成為代理縣令後，最要緊的第一件事是什麼？」

文宥服早已嚇得全身濕透，為了保命，他趕緊動起腦筋，可不想太早與辜進譽作伴，急急回答：「將該放的災糧都放出去！」

「看來你的腦袋還算清醒，還有救。」關耀天冷冷一哼，相信有辜進譽的前例在，文宥服會懂得「好自為之」的。

文宥服不知到底該哭還該笑，總覺得自己的身子與腦袋隨時有可能會分家，要不然就是會被這個殺人不眨眼的恐怖太子給嚇去半條命。

他只能暗自祈禱，接替縣令的人能夠快快到來，然後關耀天趕緊離去，別再待在百會縣嚇人了！

※　※　※

于藥兒與朱立和他們分散開來了！

經過一夜奔逃，驕陽高高掛起，遍照大地，此刻已近午時，于藥兒已經筋疲力盡，無力再逃，只能暫時躲在暗巷內休息，苦思逃離縣城的方法。

回想起昨晚逃跑時發生的事，她一直覺得詭異，她與朱立和一行人逃到一半就被不少灰衣人襲擊，朱立和他們與灰衣人陷入苦戰，明顯屈於劣勢，呈現節節敗退的狀況。

她雖然善於動腦，卻對動手之事無能為力，只能焦急的看著情勢對他們越來越不利，最後朱立和拉著她突圍，就剩他們倆繼續逃跑，其他人一個個被擒住，無力再戰——

「朱寨主，你別顧慮我了，一個人逃吧！」

「那怎麼行？無論如何，我絕不能放下妳！」

她知道對朱立和來說，她是個負累，他帶著她逃跑只會拖慢腳步，只有放開她，他才有逃脫的機會，他若不放，最後只會被灰衣人追上。

但無論她如何勸說，朱立和不放就是不放。眼見灰衣人快要追上了，朱立和終於在路中央放了手，卻是推她繼續往前，自己則留在原地，決定與灰衣人硬碰硬，能幫她拖延多久算多久。

「快走！我會如何都不要緊，但妳不該受牽累，趁這最後機會快逃！」

「可是——」

「沒時間可是了，走！」

在灰衣人追至前的最後空檔，她終於做出抉擇，咬牙繼續奔跑，那些灰衣人明明看到她，卻沒一個人來追她，都將目標鎖在朱立和身上，放任她越跑越遠。

再之後，也沒半個灰衣人追上來，她相信依他們的能耐，想要逮到她是易如反掌，但他們卻刻意放過她，任由她獨自離去，目的是什麼？

其中肯定有問題！她不會以為自己已經躲過劫難，一定還有什麼事尚未發生，一切都還沒結束！

她雖然擔心朱立和他們的情況，卻暫時無計可施，在人單力孤之下，她只能先想辦法逃離縣城，回到義風寨，重新聚集幫手，才能琢磨接下來的行動。

只不過，此刻城門衛肯定會嚴加盤查出入人等的身分，她又該如何出城才不會被認出來？

「你們瞧，有新的公告……」

「發生什麼事？上面寫了些什麼？」

「縣令辜進嚳死了！」

「什麼？他死了……」

于藥兒正苦惱之際，巷外的大馬路卻聚集了不少人，大家議論紛紛。不經意聽到辜進嚳已死的消息，她當然錯愕，不知到底發生了什麼事？

之前都還好端端的，怎麼才過一夜，辜進嚳就突然死了？她猶豫了好一會兒，還是冒險走出暗巷，想看看公告上寫些什麼。

她小心翼翼的左右張望，確定附近沒有官兵的身影，才低著頭來到已擠滿人群的告示欄邊，看著上頭貼的最新公告。

公告上寫著，辜進嚳因故身亡，百會縣諸事暫由縣丞文宥服代理，等待王都指派新縣令赴任，原被扣下的賑災米糧即將盡數發下，之前曾向百姓收的「請糧費」，也將在清算完繳納名單後盡數返還。

而被視為叛黨的義風寨寨民，只要在三日內回到縣城，就既往不究，也能領到賑災米糧，但帶頭作亂的朱立和及其義軍，則無法免罪，一律押入大牢等候審判。

于藥兒看完告示，就知道辜進嚳亡得蹊蹺，而其他決策，又是誰下的令，真的是縣丞文宥服嗎？

「聽說辜進嚳死狀可怕，屍身正吊在東城門上頭，有人氣不過拿石子丟他，一旁的城門衛竟裝作沒看見，由著他們丟。」其中一人憤慨的說。

「真的?那我等會兒也要去瞧瞧，順道丟幾顆石子洩忿!」馬上有人激動附和，早就對辜進譽積怨許久。

「但辜進譽是怎麼死的?絕不會無緣無故就死了吧?」

「這我知道!聽說太子出現在咱們縣裡，昨晚不由分說就殺了辜進譽，還聽說辜進譽死前的慘叫聲之淒厲，連地獄惡鬼聽了都會害怕。」又有另一人語調誇張的說。

「什麼?太子在咱們縣裡……」

原本辜進譽的死還大快人心，眾人覺得所有苦難終於結束了，但一聽到關耀天在縣內，大家都毛骨悚然的一抖，忌憚恐懼，本來的欣喜轉眼就被嚇光了。

雖說辜進譽作惡多端，讓他們恨得牙癢癢，但辜進譽卻還遠遠比不上關耀天帶給他們的害怕，再聽到辜進譽是關耀天親手殺死的，正好印證了他冷酷無情的傳言，百姓們更是恐懼不已。

于藥兒默默的聽著，眸光逐漸黯淡，內心隱隱抽痛，關耀天……真的是她原本認識的那個李耀?

其實昨晚見他態度丕變，她就明白他的身分不單純，再加上那些灰衣男子絕不是普通士兵，而是一等一的高手，她的腦袋一轉，他的真實身分就呼之欲出，只是她一直逃避那個答案。

她不願相信，那麼溫文儒雅的和藹公子，怎會突然間就變了性子，殺人不眨眼，被眾人視為比惡鬼還要可怕的存在?但偏偏她就是親眼見到了，清清楚楚見到他冷厲無情的一面。

他明明救過她的，還陪她入山採藥，就怕她又會在山中遇險，他甚至曾不顧己身安危，助她避開流箭之險，這樣的人，怎會是惡人?

還是他救她的舉動，根本就是算計，存心引誘她上當？但她有什麼可圖的？她不懂，真的不懂……

記住一句話，知人知面不知心，妳對他認識不深，根本不知他心裡在想什麼，所以千萬別太早對他投入情意，免得在真正認清他後才感到後悔莫及……

沒想到，還真被義兄說中了，知人知面卻難以得知其真正的心思，她不由得自嘲苦笑，笑自己的一相情願，識人不清。

心很沉，甚至有一股濃濃的失落惆悵，她沒想到自己第一次對人動心，得到的竟是這種結果，她從頭到尾都被他溫文的假面具欺騙，他一定覺得她很可笑，一定在背地裡嘲笑她的盲目愚蠢，連被騙了都不知道……

恍惚間，于藥兒不經意發現公告旁還有另一張名單，上頭列了目前被關押大牢的人名，朱立和及王勝一干人皆在上頭，毫無例外，果然最後只剩她一人還沒落網。

看著名單，她的心也沉得越重，有種無力可回天的悲嘆，但在見到名單上的最後一個人名時，她卻錯愕的睜大眼，簡直不敢相信。

「于非颺……怎麼會？」

劫獄行動于非颺根本沒有參與，他甚至沒來縣城，又怎會被抓？只一會兒，于藥兒就明白意思了，這是關耀天對她放的餌，要她主動出面。

他當然清楚于非颺對她的重要性，料定她見到時必會上鉤。她微咬下唇，沒有猶豫太久，決定不再躲避，往縣衙的方向走去。

不管義兄被關是真是假，她都要去看看，如果她當初聽義兄的勸，不蹚這一場渾水，義兄也不會被她拖累，所以無論如何，她都必須保下義兄的安全！

于藥兒一人走在路上，雖然疲憊，還是盡可能的快步行走，希望能趕緊確認于非颺的安好。

好不容易，她終於回到縣衙前，微喘著氣，守門衙衛見陌生人出現，馬上斥喝：「妳什麼人？沒事別隨意靠近！」

「我叫于藥兒，太子殿下在這兒嗎？請讓我見他一面。」于藥兒冷靜的開口。

「于藥兒？」兩名衙衛對望一眼，他們事先得到上頭的吩咐，說近日會有一名叫于藥兒的姑娘上門，沒想到果真來了。

「妳先在這兒等等。」其中一名衙衛對她說，另一名衙衛則轉身進到衙內通報。

約過了半刻鐘，一名灰衣男子隨著衙衛出現，他來到于藥兒面前，態度恭敬。「于姑娘，殿下有請，請姑娘隨在下前往富園。」

于藥兒微微挑眉，他們不打算將她關起來？她猜不透關耀天在琢磨什麼，只能點點頭，耐著性子跟灰衣男子走，轉而到富園去。

富園是辜進譽搜刮民脂民膏而建，在辜進譽死後，該如何處理，關耀天打算讓新來的縣令傷腦筋，而他暫時居留在百會縣的日子，就住在富園。

于藥兒跟著灰衣男子進富園，無心觀賞一路上精心設計的庭園景色，只掛記著義兄的安危，兩人進園後不久，衛一便在其中一條穿廊上出現，接替灰衣男子的引路工作。

「于姑娘。」衛一同樣對于藥兒恭敬行禮。「殿下此刻在後花園，接下來由在下替姑娘引路。」

「麻煩你了。」于藥兒謹慎的應答。

于藥兒繼續跟著衛一走，最後進到一處美輪美奐的花園裡，此處造景都是典雅精緻的小橋流水、曲橋假山，一花一草、一石一樹的擺設都經過特別雕琢，走入其中，就像是進到仙境一樣。

關耀天正在一座涼亭內，涼亭架空在鯉魚池上，可以見到池邊的小流瀑、垂楊柳、細草花，觸目所見皆是美景，桌上擺著四色糕點及香茗，淡淡茶香瀰漫在空氣中，氣氛非常祥和，舒心愜意。

衛一只停在銜接涼亭的九曲橋前，就沒再前行。「殿下希望與姑娘單獨談談，在下就此停步。」

「謝謝。」于藥兒挺起胸膛，打起十足的精神，踏上九曲橋，終於進到涼亭內。

關耀天挺拔的身子正靠在亭柱旁，一臉閒適的瞧著池中鯉魚，但還是隱隱感覺得到，他身上有一股無形的壓迫感，她一靠近就倍感壓力。

雖是同一張臉，但他此刻的氣質就是與過往截然不同，有種不威而怒的王者態勢，不容任何人輕慢。

一個人怎有辦法表現出截然不同的兩種氣勢，而且自然逼真，完全沒有破綻？于藥兒不由得困惑，覺得他身上似乎有祕密，正等著她去挖掘。

直到于藥兒進來涼亭後，關耀天才轉頭瞧她，輕勾淺笑。「妳比我預想的還要快現身。」

于藥兒表情戒備，看得出他的笑意有些冷，只是做做表面樣子罷了。「請放了我義兄，他並無參與劫獄之事，所以你不該抓他。你拿他引誘我出現的目的已經達到，就別再為難他了。」

「我沒關他，只是『請』他入富園作客，飲食起居全以上賓之禮招待，這一點妳大可放心。」

「這是變相的軟禁。」她可沒這麼容易被唬住，雖然于非颺不在牢裡，讓她暗暗鬆了口氣，但她也更是困惑，他到底在打什麼主意？

「呵呵呵……」關耀天倒是笑了，笑容依舊俊雅非凡，只不過多了點邪氣。「妳要這麼想，我也不反對，總而言之，于大夫這個客人我是留定了。」

「你到底想做什麼？你真正的目的是我，就別牽連他人，直接衝著我來就好！」她終於難掩氣憤。她真的不懂他的心思，先是幫著辜進譽抓朱立和，接著卻又翻臉不認人的殺了辜進譽，其間的反覆無常，完全沒一個道理可尋。

難道他真的像傳聞說的一樣，喜怒不定，任性妄為？

「我當然得先握住一些重要籌碼，如此妳挑戰起我來才會有鬥志，事情也才會有趣一些。」

「挑戰？」于藥兒不解的蹙起眉。「你要我挑戰你什麼？」

關耀天不急著回答，逕自在桌邊坐下，姿態優雅的倒茶，頓時茶香四溢。「妳忙亂了一日，肯定疲憊不堪，先坐下來歇歇吧。」

「你先逼她在外頭逃了一圈，心驚膽戰、筋疲力盡，才又誘使她不得不回來見你，一身的狼狽，你分明就在玩她，此刻還裝什麼好心？」關耀天內心的另一個聲音已經看不過去了。

關耀天嘴角微勾，並不否認自己的確在玩她，看她髮絲微亂、衣有髒汙的狼狽樣，嗯……還挺「賞心悅目」的。

果然人非完人，她再如何機智聰慧，也是有居於劣勢的時候，尤其又是栽在他手裡，當然是「大快他心」呀。

「**沒肚量、小心眼！**」另一個聲音再度批評。

他在笑什麼？于藥兒不解的瞧著他，真有種霧裡看花之感，完全沒個頭緒。

關耀天不再理會內心另一個聲音，將一杯茶放在最靠近于藥兒的桌邊，示意她聽話坐下。

此刻占上風的人是他，于藥兒就算萬般不情願，也只能順著他的意落坐，看他究竟想玩什麼把戲。

她雖然已經忙累一日，筋疲力盡，可一點胃口都沒有，香茗糕點散發出的氣味倒讓她有些反胃，連動都不想動，只希望關耀天能快點結束他的故弄玄虛。

關耀天神態自若的喝完一杯茶，又替自己倒了一杯，看著杯中浮起的一根茶葉梗，他沉吟了一會兒，終於開口：「在妳看來，我病得很嚴重，是嗎？」

「呃？」于藥兒一愣，隨即想起，之前在義風寨時，朱立和曾批評他喪心病狂，而她則說他肯定心傷很深。

「妳說的話，很有趣。」關耀天輕勾一抹意味深長的淺笑，也有種說不出的詭譎。「妳是第一個認為我病了卻不帶忌憚嘲諷的人，所以我想瞧瞧，妳有辦法治得了我嗎？雖然我一點都不認為自己病了。」

于藥兒錯愕的睜大眼，她幫忙劫獄的事他不當一回事，卻在意起她曾說過心因傷而病的話，還因此刻意給她難題？

「我真的很期待，如果是妳，會用什麼方法『拯救』我？」關耀天話中帶有顯而易見的譏諷：「菩薩心腸的姑娘，妳應該不會拒絕一個病入膏肓且十惡不赦的人向妳求救吧？畢竟妳曾說過，罪人是人、惡人也是人，在醫者眼裡，同樣有生存下去的資格。」

「**你在惡意挑釁，你根本不相信她有辦法處理咱們的問題，只是想刁難她、打擊她，直到她束手無策的認輸為止。**」另一個聲音挑明了他真正的意圖。

的確，他打從心底不相信她的能耐，甚至嗤之以鼻。嘴皮子上的憐憫誰不會？他就要看她偽善的假面具什麼時候滑落，什麼時候才願意承認，自己只是會講好聽話罷了。

他就要她嘗嘗前所未有的挫敗，要她認清自己有多麼可笑，居然天真的以為，這世上所有病痛罪惡都能得到救贖，以為自己真是救苦救難的活菩薩了？

于藥兒當然聽得出關耀天的嘲諷與不信任，分明就是惡意找麻煩，但她沒得選擇，只能接下戰帖，要不然就怕義兄小命不保。「如果我治不好你，我會有什麼下場？」

「都還沒開始，妳就已經打算認輸了？」關耀天冷哼一聲，若真是如此，他會非常失望的。

「我只是想先有個底，才不是認輸。」

「到時再看我的心情吧。」他隨意敷衍而過，輕啜了一口茶。

「你……」她不由得氣結，他果然是任性妄為，她當初怎會瞎了眼，以為他是個脾氣好的人呢？

「我得提醒妳，我的耐心有限，等我耐心用罄時，妳還是醫不好我的話，那就是妳輸了。」

于藥兒忍不住哼了一聲，感到可笑至極。所以他的意思是，他一不開心，就可以馬上喊停，一切全都是他說了算？

「妳如果不滿意這些條件，大可拒絕，我不會勉強妳。」

「然後我就等著替義兄收屍嗎？」于藥兒強忍住氣，咬牙回答：「我答應你，但到時若是我輸了，請你只對付我就好，別牽連到義兄身上。」

「我說了，到時再看我的心情。」關耀天才不理會她，反正一切他說了算。「還有其他問題嗎？」她還能有什麼問題？他根本就不理會她的問題呀！于藥兒氣得都快火冒三丈了，別人是怕死他的喜怒無常，她則快被他的任性專斷氣死。「我要見義兄一面，親眼確認他的安全。」

關耀天輕哼一聲，揚聲喚道：「衛一。」

衛一隨即來到涼亭外，拱手行禮。「屬下在。」

「帶于姑娘去見于大夫。」這他倒是不阻止，因為他不認為于藥兒與于非颺在他的掌心內還能耍出什麼花樣來。

對他來說，他們倆都是微不足道的螻蟻，只要他想，他能立即捏死他們，不費半點力氣！

「遵命。」

第八章 藥引

于藥兒跟著衛一離開後花園，接著來到另一處幽靜雅致的小院落前，院門處有兩名侍衛守著，侍衛一見到衛一出現，馬上拱手作揖。

衛一停在院門前，對于藥兒說：「于大夫就在裡頭，只要不離開這一處院落，是不會有人打擾二位相聚的。」

「多謝。」

于藥兒向衛一點頭道謝，便一個人踏進院門，見到此處的環境不錯，也跟著放心不少，雖是被軟禁，至少關耀天沒苛待她義兄，她就該謝天謝地了。

她來到房門前，輕敲幾下，裡頭即刻傳來非常不客氣的咆哮：「又是哪個傢伙想來煩我？快滾！」

她無奈一笑，恰巧發現門沒鎖，乾脆直接推門進入。「義兄，是我。」

「藥兒？」于非颺馬上從椅上起身，甩開臭臉，開心的來到她面前。「妳怎會來到這兒？又怎知我在這裡？」

「說來話長，他們沒對你怎樣吧？」于藥兒上上下下審視了幾眼，確定他一切安好。

「我沒事，只不過被強迫『請』來這兒，我很難有什麼好脾氣。」于非颺自嘲的輕扯嘴角。

其實直到現在，他還是不太清楚發生了什麼事，昨日半夜突然有一批官兵闖入義風寨，並包圍主寨，與留守的兄弟起了衝突，他眼見情況不對，正要逃離，卻被一名灰衣男子擋住去路。

灰衣男子沒有傷他，只是「請」他入縣城，沒給他說不的機會。迫於形勢，他只能跟著灰衣男子走，進到縣城後，他就被安排在這裡住下。

不過他大概也猜得出來，肯定是于藥兒他們的行動出了問題，他一直擔心她的情況，卻沒有她的丁點消息，現在見到她安然出現，他終於可以放心了。

「義兄，很對不起，是我連累你了。」于藥兒無奈的苦笑。

「到底發生了什麼事？妳快告訴我。」于非颺拉她到桌邊坐下。

于藥兒想著該從何說起，接著面露淡淡愁緒，娓娓道來：「義兄，你果然是對的，李耀他……真的不對勁……」

于藥兒將劫獄失敗、發現李耀的不對勁、李耀其實是關耀天及他給她的挑戰全都道出，劫獄失敗于非颺早就猜到，但李耀的真正身分倒是讓他訝異，而于藥兒竟然接受關耀天的難題，更是讓他擔心。

「藥兒，妳不該答應他的挑戰。」于非颺凝眉說著。

「但如果不答應，或許義兄就有危險了。」

「我這條命沒了就算了，反正我已經活膩了，妳不必為我委屈自己。」他可是認真的，絕不是想讓她好過一些。「他擺明就是要刁難妳，妳答應他的挑戰，也只是落入他的圈套，不會有任何好結果的。」

「就算義兄不怕為我丟了性命，我也無法眼睜睜看著義兄受牽連，所以雖然明白關耀天存心刁難，我也沒得選擇。」于藥兒表情也跟著凝重起來。

「他果真有病！」于非飆不客氣的罵，也不怕被其他人聽到，反正是事實。「身病好醫，心病難醫，妳跟在我身邊一年多，也閱歷了不少，難道還不知道？」

心病難醫之處，除了無形無影且無具體病灶可治之外，人心複雜萬千，心病形成之因皆不相同，非得費心抽絲剝繭一番，才有可能窺得蛛絲馬跡，然而窺見了，卻又不一定找得到應對之方，好解開心結。

「我當然知道，但你不也說了，心病只是『難醫』，卻不是『不可醫』，只要可醫，咱們就有機會，不是嗎？」

「……」她似乎挺愛從他的語病上下手治他的？

「況且咱們身為醫者，救病治痛已成天性，除非病人已到藥石罔效、無力可回天的地步，要不然怎忍心拒絕？」

心病雖然難醫，但還是有辦法醫的，她相信只要能挖掘出關耀天心病的源由，再好好的對症下藥，就有可能改變他扭曲的性格。

別人對他的畏懼，其實也等於對他的放棄，她不能和其他人一樣逃避，而是要勇敢面對他，絕不放棄他！

瞧著于藥兒堅定的神情，早有排除萬難的決心在，于非飆大大一嘆，還是輸給她：「唉！罷了罷了，要攪和就來吧！妳在醫術上還太過生嫩，歷練不足，想醫心病更是不容易，我能幫多少就幫多少，其他的就看妳與他的造化了。」

「義兄，謝謝你！」于藥兒欣喜一笑，說實話，她之所以要來確認于非飆的安好，另一個原因就是需要他幫助，她知道自己醫術能力不足，要是沒有幫忙，是很難成事的。

「說什麼謝，妳也太見外了吧？」他沒好氣的睨她一眼。

「據我猜測，造成關耀天性情大變的主因，應該就是當年的太子位之爭，但傳言的真實性如何，我挺疑惑的，義兄可有聽過其他說法？」

她知道義兄見多識廣，懂許多她連聽都沒聽過的智識，再加上四處遊歷行醫，知道的事情比普通人要多更多，或許她能從義兄這兒得到較不一樣的消息。

于非颺一邊思考，一邊摸著下巴，思索了好一會兒後才說：「大概是十年前吧，當時的關王尚未決定太子人選，而他有七個兒子，悲劇……也是從這兒開始的。」

于藥兒聚精會神的聽著，不想遺漏掉任何一點有用的消息。

「關王推崇勝者為王的信念，所以他認為太子之位該傳給最強的兒子，而不是嫡長子，再加上有奸邪小人在旁推波助瀾，最後他終於做出瘋狂的決定，把所有兒子關在一個屋子內，要他們自相殘殺，最後留下來的倖存者，就能得到太子之位。」

于藥兒不敢置信的睜大眼。「這……根本就是在養人蠱……」

這是一般養蠱毒的方法，將所有毒蟲放在一個罈子裡，讓毒蟲互相殘殺、吞食，最後留下來的毒蟲就是最強最毒的蠱王。

怎會有人如此狠心，逼自己的兒子互相殘殺？在她看來，關王恐怕比關耀天病得更嚴重，居然連這種泯滅人性的事情都做得出來！

「的確，就是養蠱，當時關王特別寵幸一位巫醫，就是那巫醫建言，可以來養個『蠱王太子』。」于非颺感慨一嘆：「關耀天排行第五，若論輩分，太子之位本來遙不可及，卻沒想到，最後倖存的人是他，他也因此成為太子。」

原本關王看好的是前三位王子，最後存活的卻是年僅十六的五王子關耀天，出乎大家預料，眾人都想不透他怎有辦法打贏兄長，從而倖存下來？

關耀天也是從那時開始性情大變的，在那之前的他，溫文儒雅，愛好音樂，沒什麼野心，是個很好相處的殿下，但在那之後，他就變得詭譎難測，難以捉摸，完全換了一個性子，眾人都怕他。

「難道關王不曾想過，一不小心，他的七個兒子會全沒了，他反倒無人能繼承其業？」于藥兒真的無法想像，關王當時究竟在想什麼？

「人只要一失去理智，什麼事情都做得出來，根本不會去想後果，等到恢復理智後，才後悔莫及，但已無法挽回任何事。」于非颺感慨頗深的再嘆：「說到底，這世上人人都有心病，有些為權執著到走火入魔、有些為財貪得無厭、有些為情癡迷不醒，這些人身在病中不自知，導致越病越深，最終自毀一切。」

心病多由偏執而起，若能看透偏執之因，心病就跟著迎刃而解，只可惜世上盡是看不透之人，任由心病反過來控制自己，才會有如此多的悲觀離合不斷上演，看不到結束之時。

而多數人的心病皆隱而未顯，要不然就是並未嚴重到影響自己過日子，極少像關耀天一樣顯露出極端的病態，因此也大多被忽略。

于藥兒的心越聽越沉，濃濃的悲哀瀰漫心房，甚至隱隱抽痛著。關耀天經歷過的事實在太可怕、太殘酷，根本不是普通人承受得起的，也難怪他的心會徹底扭曲，再也回不到過去。

「那麼義兄，對於他的心病，我該從何處下手才好？」

「當然是搞清楚這件事發生時，他心中在想什麼，又是他的哪些想法，導致扭曲的行為出現，先抓住這個重要癥結，咱們才有機會解開他的心結。」于非颺認真的面授機宜。

于藥兒點點頭，也開始思考，她必須用什麼辦法，才能得知關耀天當時心中的所有感受？

「不過嘛……在這之前，妳還有個大問題必須先解決，要不然無論妳做什麼，皆會徒勞無功。」于非颺又多了一個但書。

「什麼大問題？」

「那個大問題就是，他不信任妳，所以他絕不會允許妳觸碰到他深藏心底的真實，妳就永遠得不到真正的病因所在。」

這也是心病最難醫的所在之一，只要病人不願卸下心防，坦白一切，甚至有意矇騙、隱藏真正問題所在，醫者就算想幫忙，也無法可幫。

于藥兒的神色頓時凝重起來，于非颺說的沒錯，關耀天根本不信任她，只是想給她難題，他甚至不相信她有辦法治他，又或者該說……他打從心底不相信他的心病有人可治。

「藥兒，告訴妳一個祕密，咱們醫者，就是一種『藥』，病患對大夫的信任就是最好的『藥引』，有這味藥引在，大夫醫起病來事半功倍，但若缺了這味藥引，任大夫的醫術再如何高超，也會英雄無用武之地。」

「大夫就是藥引？這種說法我倒從未聽過。」于藥兒面露好奇。

所謂的「藥引」，就是在諸藥之前行引導作用的藥方，有時缺了一味藥引，主藥的藥效就無法在體內運行到正確之處，也就很難治得好病了。

「妳沒聽過的東西還多著呢，有些病光憑病人對大夫的信任，就能不藥而癒，這例子我碰過太多了。反正總而言之，妳的首要之務，就是先得到關耀天的信任，讓他願意吃下妳這一味『藥引』，如此咱們就成功一半了。」于非颺的眸光微瞇，努力思索「算計」關耀天的方法，一定要讓關耀天上鉤不可！

「我會努力的。」于藥兒慎重的點點頭，腦袋也開始盤算起來。

「藥兒，關耀天不是個好惹的傢伙，要是真的不行，千萬別勉強。」于非颺不得不叮嚀。

「我會量力而為的，義兄別擔心。」于藥兒安撫一笑。

「嘖，我最怕妳說這句話，因為沒一回是真的。」他沒好氣的哼哼，他已經被騙太多次了，不擔心是不可能的。

于藥兒忍不住笑出聲來，凝重的氣氛也跟著和緩不少，但很快的，她微蹙起柳眉，不由得苦惱，因為目前的形勢對她極為不利，她可以說幾無半點勝算。

她與義兄是暫無性命之危，所以她還有時間仔細思索，尋找任何可用之方，她現在倒比較擔心朱立和他們，不知關耀天會如何處置？

朱立和會建立義風寨，是逼不得已，關耀天既然能不治寨民的罪，允許他們回歸，那麼是否也能對朱立和網開一面？

希望能有轉機出現，不論是她與關耀天之間的「心戰」，還是朱立和的問題……

※　※　※

對於朱立和一行人，關耀天沒要文宥服開堂審理他們是否有罪，他直接指示，除了朱立和以外，其他人等一律押解到官營礦場去當礦奴三年，直到期滿為止。

挖礦是種極為危險的事，常會遇到礦坑崩塌等意外，所以關國的官營礦場幾乎都是用罪人當礦奴，他們要是能夠捱過三年歸來，那是他們幸運，但要是服刑期間在礦場發生任何意外，那也是他們的命。

義風寨的寨民大多在三日內回到百會縣城，乖乖歸順，有部分主寨的人逃過追捕，暫時失去行蹤，應該正在尋找機會反擊。

至於被留下來的朱立和，關耀天另有打算，可不會輕易放過他。

「殿下，莘進譽好美色成性，據聞特別偏愛『牡丹鄉』的花魁『紅鴛』，而根據調查，朱立和暗中與紅鴛有所往來，咱們的軍事布局之所以會被孫國掌握，很有可能是由紅鴛從莘進譽嘴裡套出，再轉告朱立和，朱立和才能洩露給孫國。」關耀天的房裡，衛一正報告這些日子查到的線索。

莘進譽的堂兄是兵部尚書，所以他雖然只是個外縣縣令，也有門道得知機要軍政，再加上美人趁著酒意套話，嘴巴不緊的他什麼事都有可能被套出來。

關耀天坐在桌邊，一邊翻閱他命人從王都送來的文書，一邊問：「莘進譽都能強搶民女，一連娶了七名妻妾，怎會獨漏紅鴛，還讓她繼續在青樓當花魁？」

要是照莘進譽的性子，喜歡就納妾，紅鴛早該成為他眾多妾室之一了，他一聽就覺得不對勁。

衛一一愣，倒是沒想到這一層，趕緊應答：「這事屬下再命人去查。」

「還有，將紅鴛的底挖出來，我懷疑她的真實身分不單純。」

「是。」

「另外還是找不出縣衙內誰的行動較可疑？」

有鑑於之前的勦寨行動被洩，關耀天早就懷疑縣衙內有朱立和的內應，因此溯水奇襲行動及辜進譽七姨太之事，他全不告訴縣衙內的人，由自己帶來的人手主導一切。

果然這兩次朱立和都猝不及防，無法招架，證實縣衙內肯定有人向朱立和通風報信，他們得將這個內鬼揪出來不可。

「目前還看不出來，沒有任何人有異樣。」衛一坦白以告。

關耀天眉心蹙了蹙，看來對方已有防範，開始小心行事了。「繼續暗地裡盯著。」

「是。」

同一時刻，關耀天與衛一往門口一瞥，極有默契的不再談論任何事，知道有人正在靠近。

果然沒多久後，外頭出現急急奔走的腳步聲，緊接著焦急的敲門聲響起：「叩叩叩——」

關耀天瞧了衛一一眼，示意他開門，衛一即刻來到門邊，打開房門。

門一開，于藥兒就不顧禮節的直接衝進去，來到關耀天面前，劈頭就問：「你把王勝他們發配到礦場去當礦奴了？」

因為有于非颺當人質，所以關耀天不擔心于藥兒會跑走，她的行動不受限制，才能在富園到處走動，甚至直闖關耀天的院落，也沒被侍衛擋下來。

她才正在苦惱，想幫忙減輕朱立和他們的罪刑，卻沒想到王勝他們已經被發配礦場，一行人即將押解上路，此去不知還有沒有命回來。

「既然妳已知曉，又何必再跑來問我，多此一舉？」關耀天繼續瞧著文件，語氣冷淡。

「他們是被辜進譽逼著造反的，情有可原，為何要下這麼重的懲罰？」她有些激動的質問。

因為礦場的危險性，會被發配到礦場的罪犯大多是犯下重大罪刑的，于藥兒並不認為王勝他們的罪有重到這種地步。

「在我眼裡，造反就是造反，無所謂被逼或是主動。」

「為什麼沒有？他們……」

「他們可以到王都告狀，把辜進譽的惡行惡狀上告朝廷，讓朝廷來處理，而不是直接反叛作亂，以此擾亂國家安定。」

「或許他們曾試著這麼做過，卻沒有下文，要不然就是有其他原因無法這麼做，才不得不選擇反抗這條路。」

「妳確定？」關耀天冷冷一笑。「若我說他們就是逮著這個機會，刻意裝得自己是逼不得已才造反生事，好掩飾他們私底下的真正目的？」

于藥兒大蹙起眉，總覺得關耀天雖用假設語氣，卻是非常篤定朱立和他們根本別有居心。「你是憑什麼如此假設的？」

「我無需告訴妳。」他並不相信她，她也不是他的屬下，當然不可能把正在調查的機密告訴她。

形勢比人強，此刻是關耀天擁有壓倒性的絕對強勢，于藥兒縱有再多不滿，也拿他沒奈何，只能強忍著氣。「那麼朱立和呢？你打算如何處置他？」

她聽說朱立和被用刑用得很慘，而這事也已經傳到外頭去，百姓們議論紛紛。他們說朱立和是為民反抗惡吏，關耀天卻不分青紅皀白對朱立和嚴刑拷打，說不定朱立和會是繼辜進譽之後，下一個慘死在關耀天手中的人。

「與妳無關。」

「怎會與我無關？至少我也曾是義風寨的一份子，他對我及義兄都關照有加。」于藥兒語氣強硬的要求：「讓我見他一面，我要親眼看看他到底被折磨成什麼樣子。」

關耀天終於將視線轉向她，眸光冷了不少。「妳沒有資格要求這種事。」

「是不敢讓我看他嗎？不敢讓我知道，你已將他折磨成什麼樣，是不成人形了嗎？」她無畏的繼續挑釁。

她不能讓他殺了朱立和，她必須阻止他繼續隨心所欲，不將人命看在眼裡，說罰就罰、說殺就殺，這只會讓他嗜血的心態更為扭曲，非常要不得。

就算朱立和真有罪，也該讓他公公平平的接受審判，依法論罪，而不是被私刑逼供，甚至因用刑不當致死！

「妳都已經快自身難保了，還有心思擔憂他的安危？愚蠢的女人，別忘了與我的挑戰。」關耀天眸光一銳，殺氣隱隱浮現。

殿下這是在惱火？一旁的衛一暗暗訝異，他跟在關耀天身邊多年，自是能夠捉摸主子的脾氣，他很少發火，或許該說他沒將任何事情看在眼裡，也就不需要發火，這一會兒卻為了于藥兒動怒？

其實他一直不解殿下為何要留于藥兒下來，他要是真不滿于藥兒，直接治罪就是了，又何必浪費時間與她周旋，才讓她有膽子得寸進尺？

「她不把心思放在你身上，反倒去關心朱立和，所以你吃味了？動怒了？」關耀天內心另一個聲音笑問，頗有看好戲的意味在。

關耀天眉心微擰，他只是將她當猴子般戲耍，只是暫時的消遣娛樂，根本不把她看在眼裡，何來吃味之說？可笑！

「就算不是吃味，你介意她是肯定的，要不然何必動怒？」

囉嗦！閉嘴！

「我當然沒忘了與你的挑戰，但我也不能對朱立和的處境視而不見。」

「呵。」關耀天笑了，卻是嘲諷的冷笑。「妳的同情心太過氾濫，已經替自己惹上不少麻煩，難道妳還沒記取教訓，非得見到棺材才肯掉淚？」

「那是我的事，與你無關。」于藥兒也越來越意氣用事。

「果真是不見棺材不掉淚。」關耀天不再看她，繼續關注文件，重歸冷淡的下逐客令：「不送。」

于藥兒見已無討論餘地，也只能懊惱的輕咬唇瓣，不再廢話，轉身離去。

直到于藥兒已經離開得夠遠後，關耀天才又開口：「衛一。」

「屬下在。」

「派衛七暗中盯住她，但不必阻止她做任何事，只要將她曾做過的事一一回報就好。」

「就算她想要劫獄也是？」

「她沒那麼蠢。」關耀天淡哼一聲。「但她肯定會想辦法見朱立和一面。」

就算見了面，她又能扭轉些什麼？他就等著看，看在他的眼皮子底下，她還能玩出什麼把戲來！

※　　※　　※

的確就如關耀天預料的，于藥兒還是想辦法混入縣衙大牢內，無論如何都要見朱立和一面。

她收買了其中一名獄卒，在某一夜偽裝成送飯的獄卒進到大牢裡，終於看到朱立和現在的狀況。

他坐在陰暗的牢房角落，身上的囚衣看得出有斑斑血痕，模樣很狼狽，但至少人還是清醒著，也不像外頭傳的那樣誇張，被打得只剩半條命。

她在牢門前蹲下，將飯碗從欄杆縫隙放進去，壓低聲音喚道：「朱寨主。」

起先朱立和完全不甩她，連看都不看一眼，在聽到她的叫喚後，才猛然一震，轉過頭來看她，訝異不已。「妳……」

于藥兒即刻用食指抵唇，示意他別太激動，以免引來其他獄卒關切。

朱立和馬上閉嘴，站起身，若無其事的來到牢門邊，蹲下身取飯。

「于姑娘，妳怎會來這裡？」他也壓低嗓音，難掩能見到她的驚喜。

「我不放心你，才會進來看看。」

「這太危險了，妳還是趕緊離開吧。」

「既然我已進來了，那就表示並不如想像中的危險。」于藥兒自嘲一笑。「若不是關耀天刻意鬆手，想在他的眼皮子底下見你一面，我看會比登天還難。」

事情發展得太順利，反倒讓她覺得事有蹊蹺，她不相信有關耀天坐鎮的當下，還能讓她輕易混進來，順利見到朱立和。

她只是姑且試之，料想十之八九應該是不成的，結果倒是出乎預料，她不會蠢到以為是自己運氣好，這只代表一件事，關耀天是刻意讓她見朱立和的，並且不安好心眼。

所以她相信，自己肯定被暗中監視，而她與朱立和見面的情況，肯定也落入某個人的眼裡，即將回報給關耀天。

「那麼妳還是快離開吧，免得被我拖累。」朱立和擔心的蹙起眉。

「朱寨主不必擔心，已經無所謂拖不拖累了。」于藥兒柔聲安撫，旋即問：「對了，關耀天將其他人流放至礦場，獨獨留下你一人刁難，真的只因為你是帶頭者，還是有其他原因？」

她事後想了想，總覺得事情並不簡單，應該還有她不知道的內情在，若她能知道得越詳盡，才能針對真正的問題所在想解決辦法。

朱立和的表情頓時微僵，似有難言之隱。「可能是他埋伏在寨裡時早就看我不順眼，我也沒給他好臉色瞧過，他就藉機報復了。」

真是這樣？于藥兒輕蹙起眉，覺得朱立和並沒有說實話。「朱寨主，現在情況危急，而我是真心想幫你，你不該再繼續隱瞞任何……」

「妳若是真心想幫我，那就只要相信我，別相信他。」朱立和試圖反過來說服她：「他不是正常人，他可以今日讓我生，明日就要我死，全憑他的喜好行事，如此反覆無常之人，怎麼值得信賴？」

于藥兒沉默下來，明知道朱立和說的沒有錯，她卻還是隱隱覺得不舒服，不太喜歡他將所有問題都歸咎到關耀天身上的語氣。

「妳若真想幫我，只要做一件事就好。」

「什麼事？」

「想辦法引關耀天暫時出縣城，縣衙官兵並不足懼，他帶來的十二衛才是威脅，只要十二衛隨著他暫時離開，我的同伴就能來救我。」

他知道劫獄計畫是于藥兒想的，若是沒有關耀天與十二衛從中作梗，早就成功了，所以他相信她會有辦法的。

他雖然不願意于藥兒涉險，但現在除了她以外，就沒其他人能幫忙了，所以他不得不出此下策。

「就算關耀天真的出縣城，也不代表十二衛會一併跟上。」于藥兒並不樂觀的蹙起眉。

「會的，只要妳能引他出城，我的同伴就有辦法讓十二衛也跟著出去。」朱立和非常篤定。

于藥兒的眉蹙得更緊了，這種忙一幫下去，如果失敗，第一個會受連累的就是她義兄，她真的無法貿然答應。

「于姑娘，我知道這事有些為難，妳不必現在做出決定。離開之後妳好好想想，若是決定幫我，妳就直接行動，我的同伴只要看到關耀天離開縣城，他們就會跟著行動。」

「那你要如何把這事傳給外頭的人？」這一點是她最想不透的，難道朱立和在牢中有內應，而那個內應高明到連關耀天的十二衛都抓不出來？

「我自有我的方法，絕對萬無一失，這一點妳大可放心。」朱立和此時露出一抹苦笑。「不過我也不知自己還能撐多久，或許再沒幾日可活也不一定，還能再見妳一面，我就算死也能瞑目了。」

「你別說這種不祥的話。」她擔心的制止，不忍見他失心喪志。

朱立和繼續苦笑，卻是萬般心虛，他知道她心腸軟，見不得其他人遭受危難，才用這一招哀兵之計，希望能順利動搖她的意志，讓她下定決心幫他。

他還有遠大的抱負尚未實現，所以絕不能敗給關耀天，死在這種鬼地方！

第九章　野營之計

寂靜的夜，一道鐵灰色身影融入夜色中，幾乎看不清，轉眼間，就如鬼魅般進到關耀天的院落，無聲無息。

此時關耀天只穿著一襲白色單衣，坐在長榻上，尚未入睡，屋內只有榻旁的一盞燈散發著橙黃光芒，其他地方則是陰暗幽深。

灰衣人來到榻前，單膝跪地。「殿下。」

這名男子正是關耀天的十二衛之一「衛七」，他這幾日專門盯著于藥兒的一舉一動，定時將她做的事情一一回報給關耀天。

他看起來約二十五上下，如墨般的瀏海蓋住右半邊額頭，並綁著玄青色頭帶，樣貌清秀，眸光微帶機靈之色。

關耀天右臂抵著靠枕，右指半支著顏側，正慵懶的閉目沉思。「她又做了什麼？」

「于姑娘買了一張地圖回來，除此之外，就沒有特別之舉。」

于藥兒見朱立和之事，一直被衛七監控著，關耀天預料朱立和必定會向于藥兒求助，而她會因此有所行動，成為朱立和向外的聯絡人。

可是衛七監看了幾日，于藥兒始終沒有特殊之舉，非常規矩的待在富園內，只有今日出了趟門，但她也沒與任何可疑人物碰頭，只是買了張地圖，又去藥鋪買了些藥材，之後就回來了。

關耀天終於睜開眼，單眉微挑，他等著用于藥兒這個餌誘出朱立和其他同黨，卻遲遲沒等到，難道他真的失算了？

他揚起手，衛七即刻離房，不再打擾，他繼續獨自沉思，不懂于藥兒買地圖回來打算做什麼？她絕不會平白無故做這件事，一定有用意，只不過……

「叩叩！」

關耀天從凝思中回神，瞧向房門，不必多想，他也知道敲門的人是誰，在富園裡，除了她以外，也沒人敢三天兩頭直闖他的地盤。

都這麼晚了，她想做什麼？他的嘴角輕勾，有所期待。「進來吧。」

一得到允許，于藥兒即刻端著一個盤子走進房裡，盤上放著一個銅製小薰爐，大約只有巴掌那麼大。于藥兒一眼就瞧見橫靠在長榻的關耀天，發現他只穿一件單薄衣裳，微開的前襟還隱隱露出胸膛，心房不禁一跳，臉頰也跟著熱起，有種不知所措的羞窘。

她這是怎麼了？她跟著義兄行醫，男人的裸身她不知看過多少遍，早已練就不動如山的本事，怎麼現在見到他卻又開始害羞了？況且他……根本還沒什麼露！

此刻的他感覺又不太一樣，沉浸在橙黃光芒下的他，慵懶中帶著一股濃濃的邪魅感，半敞不敞的前襟更是引人遐思，似乎只要他稍微一動，胸前春光也會跟著流洩而出，令人一飽眼福。

于藥兒，快鎮定下來！她懊惱的暗罵自己，明知他是個詭譎難測的危險人物，小心應付都來不及了，怎麼還是控制不了自己的心，竟因他的「美色」而隱隱心動？

不行，她一定要冷靜！她與他的這場對局，先心亂的人就肯定輸了……

「妳打算在門邊站多久？不是來找我的嗎？」關耀天刻意出聲，好喚回她不知飛到哪兒去的神智。

「呃？」于藥兒猛然回神，暗暗吸了口氣，努力壓下浮動心思，狀似冷靜的來到關耀天面前。「殿下似乎每一日都很晚才入睡。」

「妳監視我？」關耀天挑了挑眉。

「這是關心。」于藥兒正色道：「以大夫身分對病人的必要觀察。」

她發現關耀天的院落在夜深後總是還有燈火，也有屬下進出頻繁，今日她故意夜深了才來，果然他尚未入睡，證實了她的假設。

「原來妳還記得咱們的挑戰。」關耀天微勾一笑，淡淡嘲諷：「我以為這幾日妳掛心其他的事，已經將我忘了。」

「我不曾忘過，只是還沒決定好該如何做而已。」于藥兒微微蹙眉，怎麼覺得他這話似乎帶有埋怨之意，還有淡淡的酸味，是她多想了嗎？

應該是她多想，他擺明了不信她的醫術，只是想整著她玩，又怎會在乎她這幾日沒有任何動靜，像是將他忽略了？

于藥兒只當是自己的錯覺，不再細思。她將盤子放在榻旁，跪坐在榻邊，打開爐蓋，處理起薰爐內的香料。

「殿下日理萬機，心思百轉，夜深了也不歇息，神思無法沉定放鬆，長久下來有損身子。這安神香能讓思緒放緩，助於入眠，你可以試試，若是覺得效果不錯，我就再多調配一些，讓殿下隨時都能點來稍事休息。」

于藥兒點燃一支短香，即將放入薰爐，好引燃香料，關耀天卻在此時握住她的手，制止她行動。

「呃？」于藥兒一愣，即刻抬起頭。「殿下？」

他的掌心又大又暖，明顯的暖意直貼在她手背上，又害得她心房怦動，跳得混亂，她必須非常努力才能鎮定的面對他，不顯慌亂。

「我不需要這種東西。」他的表情平淡，語調也尋常，看不出情緒，也讓人猜不出他在想什麼。

「殿下懷疑香料有問題嗎？若是如此，殿下儘管派人來查，我有十足把握，絕對查不出問題。」

「妳的意思是，妳下藥的方式已經高明到一般人都查不出的境界？」他微揚著笑意反諷。

「呃？」她頓了頓，有些氣惱，語調也忍不住揚高了些：「我沒下藥。」

「無論有無，我的答案都一樣，我不需要這種東西。」他收回手，回歸淡漠神態。「撤走。」

手上的溫度一退，于藥兒的心也跟著泛起莫名失落，她懊惱的輕蹙柳眉，氣自己意思不堅，也趕緊重打起精神。「為什麼？」

「無事獻殷勤，非奸即盜。」他沒有用香的習慣，也不想接受她的「好意」，誰知在這個「好意」裡頭，究竟包藏了什麼禍心？

他的防心果然不是普通的重！于藥兒緊抿著唇，沉默了好一會兒，決定不拐彎抹角了。「殿下，有件事情，我想咱們必須談一談。」

關耀天挑了挑眉，倒要聽聽，她想說些什麼長篇大論。

「大夫與病人之間，其一重要之處就在『信任』，你要是不信任我，咱們很難繼續下去。」

「妳覺得自己有何處能讓我信任了？」關耀天毫不諱言：「妳並非我的人，就連我的屬下都不能全然信任，我不信妳那是自然。」

他生長的環境、遭遇，已讓他無法輕易相信任何人，就連自己的父王也是他戒備的對象之一。

所以于藥兒又算得了什麼？她說這種話，簡直沒有自知之明，可笑至極。

「巧婦難為無米之炊，殿下不給我機會，我當然得不到殿下的信任。」

「就算給妳機會又如何？結果也不會有任何改變。」

「你真能肯定，凡事皆不會脫離你的掌控，就像……勦寨奇襲意外被我破壞的那一回？」

關耀天眸光一銳，終於收起閒適之態，她刻意提出勦寨奇襲之事，是已經猜出，那其實是他的主意？

「看來那件事，的確與殿下有關，要不然憑辜進譽的能耐，怎會想得出此種高妙計謀？」于藥兒看他的反應，就知道自己的猜測八九不離十。

關耀天除了身分尊貴外，還擁有不凡才智，如此天之驕子肯定心高氣傲了些，這類人大多不服輸，且自視甚高，不容質疑，所以她想若是從這一點下手，或許會有些進展。

「那是因為不知該提防妳，要不然計畫絕不會失敗。」

「就算事先知道該提防我，你又真能肯定，我絕對想不出解套之招嗎？」

關耀天冷笑了笑，怎會不知她在打什麼主意？「妳到底想激我什麼，直接說出來吧。」

「咱們外出野營一趟如何？」于藥兒豁出去的大膽提議：「野營的吃食起居都得互相合作，這正是產生默契及信任的好方法，我希望殿下能與我試試，不必遠，就近在城外找一處合適之地便行，為期三日，要是結束後，殿下還是無法對我生出丁點信任，我願意認輸。」

野營？關耀天忍不住笑了，她的提議還真是前所未聞，令他大開耳界：「哈哈哈……好一個野營，但妳確定這麼做真能讓我對妳生出丁點信任？或許我該問，妳承受得了野外營生的諸多不便，不會成為一個累贅嗎？」

她果真是個奇特女人，居然有膽子要堂堂一位太子陪她玩野營遊戲，除了她以外，恐怕再無人敢如此要求他了！

她沒有一般女人的嬌弱、美貌，卻有連男人都不一定能達到的膽識與智慧，這也正是她最亮眼之處，其他女人都難以取代。

真不枉費他特地留她下來，比起追查叛國賊的祕密任務，他反而對她的腦袋更有興趣，更想知道她還能想出什麼與他對峙的好法子，甚至來個出奇致勝。

「殿下可別小看我，跟著義兄四處行醫，我餐風露宿的經驗恐怕比一般男人都要多，我知道自己應付得來，要不然絕不會提出這種建議。」于藥兒沒有被看輕的氣惱，態度依舊鎮定。

「很有趣的提議，但我為何得答應妳？」

「因為這是我與殿下的挑戰之一。」于藥兒微揚一笑，擺明了就是要挑釁。「我很不想用激將法，但我還是要說，難道殿下只允許自己挑戰別人，卻不敢接受別人提出的挑戰嗎？」

關耀天意外的挑了挑眉，她這話問得非常巧妙，故意表明自己就是在用激將法，他就無法說他才不會上她的當，又用不敢接受別人提出的挑戰這句話，逼他除了答應之外，沒有第二條路可走。

很有趣，真的非常有趣，他已經許久沒有如此「熱血沸騰」、如此期待與這個女人進一步大鬥法，看究竟是誰技高一籌！

「**別玩得太過火、欺負太過頭，她畢竟是姑娘家。**」關耀天內心另一個聲音不由得擔憂。

是她自己來招惹他的，而且她也是個不簡單的女人，他若因她是女的就有所保留，對她豈不是一種汙辱？

「**就怕你太過『盡興』，那任誰都無法招架。**」

既然是她親手挑起了他的興致，後果如何，那也是她自找的，怪誰呢？

「……」另一個聲音已無言以對。

關耀天傾身向前，與于藥兒的臉蛋越靠越近，直到已經能感覺到彼此的呼吸，他才停住，唇畔笑弧高揚，難得打從心底的非常愉悅。

于藥兒看著他持續靠近，一股魔魅之氣也強逼而來，害她不敢輕舉妄動。她不自覺的屏住呼吸，大氣都不敢喘一下，心房不受控制的加速跳動，終於覺得自己的挑釁實在太大膽、太危險了！

「如此的伶牙俐齒，只當個大夫實在太可惜了。」他幽黯的眸中透著一種妖異之氣，笑意也跟著深濃不少。

「能得到殿下的讚賞，我真要受寵若驚了。」于藥兒努力集中精神，鎮定面對，絕不能被他的詭譎氣勢徹底壓下。

他到底是在試探她，還是在誘惑她？她摸不透他的心思，卻很清楚，若是在這一刻敗下陣來，那就什麼都不必說了。

「呵呵呵呵……」關耀天仰頭大笑，終於靠回長榻，拉開兩人距離。「我倒要看看，區區一個野營，妳真有辦法扭轉乾坤，讓我轉而信任妳？」

他真的很期待，不知她在野營期間會使出什麼意想不到的花招來？果然與她對峙要比查案有趣太多太多了。

關耀天一退開，籠罩在于藥兒四周的詭譎氣氛頓時退去，壓迫感也跟著消失，她終於能暗鬆一口氣，卻不敢完全鬆懈下來。

好不容易達到目的，她卻開心不起來，因為這只是開始，接下來還有一大段路得走，真正的難關在後頭，每一步都大意不得！

※　　※　　※

隔日一早，于藥兒與關耀天各騎一匹馬從富園出發，離開百會縣城，往城西的森林前進。

當然，表面上看似只有他們倆出行，關耀天的十二衛還是有三名暗中隨行，其中之一是衛七，而衛一則留守在百會縣，代替關耀天處理事情。

他們各披著一件斗篷，帶著簡單的野營工具，進入城西森林，由提出這一場「遊戲」的于藥兒帶路。

于藥兒一邊控制馬匹行走，一邊看著手中地圖，決定今晚的紮營處，關耀天則始終在後頭觀察她，許多疑惑也跟著冒出來。

她去買地圖，為的是這一個野營計畫？所以她一開始就料到無論她對他做任何診治，他都不會配合，才事先想好應對之策，以便隨時能夠出招？

但她分明已經見過朱立和，依她多事的性子，這一回又怎會默不作聲，全然沒有幫朱立和的動作？還有，她騎馬的動作很穩、很熟練，似乎什麼事情都難不倒她，他真懷疑，她到底有什麼事情是不會的？

于藥兒終於從地圖中抬起頭，瞧向關耀天。「殿下，這附近似乎有一座廢墟，且臨近一條小溪流，咱們今日就在那裡歇腳吧？」

「隨妳的意。」關耀天淡淡的回答，在哪裡歇腳，他都無所謂，只不過她指的廢墟……似乎是「那一處」？

「那咱們就去那裡。」于藥兒漾起一笑，就此決定。

跟著地圖的指引，他們又走了好長一段路，才找到廢墟所在之處，這一座廢墟幾乎已被荒煙蔓草給掩蓋在林叢間，若是不仔細找，很難找得到。

這裡似乎是一座宮殿，木製屋宇都已腐爛得差不多，殘留下來的盡是以白色大石、紅色磚瓦堆砌而成的倒塌殿閣、半毀宮牆，在廣大的廢墟內四處錯落，瀰漫著一股蒼涼蕭瑟之氣。

兩人將馬栓在廢墟前的樹枝上，徒步走入，每走一步，于藥兒的心跳就快了一些，難掩緊張。

于姑娘，城西森林內有一處宮殿廢墟，若能將關耀天引到那兒，對咱們更是有利，我能順利逃脫的機會也更大！

她最終還是無法看著朱立和在大牢內受苦，性命備受威脅，卻沒有半點動作，所以設了一個「一箭雙雕」的局，由她自己當餌，請君入甕。

既然朱立和提起這一處廢墟，就肯定有什麼特別之處，她苦思多日，才想出「野營」之計，既可試試能否藉由合作打開關耀天的心防，也能「順理成章」的讓他暫時離開百會縣城，替朱立和製造逃脫機會。

雖然連她自己都不敢肯定，野營之計能對關耀天產生多少影響，她是否真能突破他的心防，但總是一個得來不易的機會，她一定要好好把握。

然而在他們野營期間，縣城內無論出現什麼突發「意外」，都是其他人覺得關耀天暫時離城，有可乘之機，一切與她無關。

她不知朱立和的夥伴打算以什麼方式救他出來，能讓關耀天不起疑的隨她出城已是她的極限，其他的她再也無法幫忙了。

兩人一同走入荒廢殿閣，雖然牆壁的漆繪早已脫落，但高大的殿柱、房樑還是看得出過往的富麗，于藥兒緊張的心緒也慢慢被好奇取代，很想知道，這座廢墟曾有過什麼樣的故事，又為何會沒落至此？

「這裡……似乎曾是一處宮殿。」于藥兒一邊看著四周的破敗景象，一邊好奇的問關耀天：「是關國廢棄的宮殿？」

「這不是關國的宮殿。」關耀天淡淡回道。

她訝異的眨了眨眼，在關國境內的宮殿，卻不是關國的？「那麼是誰的？」

關耀天突然神色一凜，迅速偏身一避，一支銳箭恰巧從旁削過，猛力插入地板，就在他腳邊一寸，要是他動作再慢一些，被射中的就會是他自己。

箭是從殿外射進來的，外頭有敵人埋伏！

「呃？」于藥兒轉頭一瞧，訝異的瞪著還在顫動的箭身，這完全不在她的預料之內！

咻咻咻——

無數支箭從大門、窗戶、牆裂縫隙處飛射而入，全都對準關耀天，分明想致他於死地，他一邊閃躲，一邊拔劍打落飛箭，絕不讓對方得逞！

對方有備而來，且來勢洶洶，恐怕已經埋伏多時，但對方又怎知他們會來這裡，進而設下埋伏？

「啊——」

情況正混亂之際，關耀天突然聽到于藥兒在尖叫，他一回頭，就見她坐倒在旁，斗篷一角被流箭緊釘在地，害她難以動彈，同樣陷入危險。

于藥兒立即拉扯脖子上的繫繩，想放棄斗篷，免得繼續受制，但就在她剛解開繫繩時，又有一支流箭朝她飛過去，又快又猛，即將射中她！

「**危險！**」

關耀天體內有另一股力量瞬間凌駕原本意識，完全取而代之，他迅速撲過去，在千鈞一髮之際抱住于藥兒，兩人一同避滾，期間又有好幾支箭射過來，接連不絕，都差一點就射中他們！

滾勢驟停，于藥兒驚魂未定的瞧著關耀天，發現他神色有異，隨即驚呼出聲：「殿下，你中箭了！」

他的左肩後插著一支箭，箭尖沒入暗褐色的斗篷內，四周已經滲出血跡，並且瀰漫著淡淡血腥味。關耀天微擰著眉，迅速將露在外頭的箭桿折短，面不改色，接著拉于藥兒起身。「快走！」

她跟著起身，隨他快速跑向廢墟後頭，以避開埋伏者的射殺。

在他們往後逃之際，宮殿外出現哀號慘叫聲，三名影衛正與埋伏者激烈打殺中，因此箭雨也暫時停了下來。

他們倆快步越過一個白色大石屏風，進入宮殿更裡處，這裡有個頗大的室內泉池，早已乾涸，池子中央有一座展翅的大鳳凰雕刻，東南西北各有一扇門，不知會通到哪裡去。

他們對這裡完全不熟悉，隨意亂闖絕不是一件好事，既然對方已先有埋伏，難保這其中一扇門後也會有埋伏。

兩人正猶豫不決時，爆炸的隆隆聲卻突然響起，由遠而近，整座宮殿也跟著震動起來，搖晃的幅度越來越大，不少磚瓦陸續從頭頂落下，處處都是危險。

這裡居然被埋了炸藥！再這樣下去，整座宮殿全垮了也不稀奇，他們就算不死也會去掉半條命！

「啊──」

于藥兒再度尖叫出聲，她腳下的地磚瞬間裂開，往乾涸的泉池內塌陷，他們倆也跟著滑到有半個人深的池子底部，完全站不住腳。

掉下來的東西越來越多、速度越來越快，牆壁的裂痕也越來越多，已到即將崩塌的邊緣，他們再不離開，恐怕就要被活埋在此了！

關耀天見到池壁上有一個石製大圓環，即刻拉住圓環，想要站起來，卻沒想到，他才一扯圓環，就聽到「喀」的一聲，似乎是某種機關被他誤啟了。

同一時刻，泉池底部的地板開始往他們這一邊傾斜，露出地面下的黑暗通道，關耀天本要抓著于藥兒跳出泉池，但地板傾斜得太快，再加上劇烈的晃動讓他連站都站不穩，完全無法施力，只能與于藥兒一同滑入不明通道內。

「啊——」

他們滑入一個往下傾斜的通道中，沒多久就墜入底部，通道上的入口處迅速閉合，唯一的光源不再透入，兩人頓時陷入伸手不見五指的黑暗中。

劇烈搖晃持續了好一陣子，上頭傳來重物不斷落下的聲音，看來宮殿真的塌了，關耀天與于藥兒只能趴在地上，一動也不動，心驚膽戰的等著混亂平息下來。

不知等了多久，難熬的時刻終於過去，搖晃程度逐漸變小、停止，重物落下的聲音也變得稀稀落落，直到靜止，他們暫時性命無虞，因為上頭的坍塌並沒有影響到他們。

直到混亂完全停止後，于藥兒才慢慢抬起頭，早已流了一身冷汗，有種好不容易才在鬼門關前逃過一劫的感受。放眼望去，黑暗無止無境，伸手不見五指，又過了好一會兒，她才發現兩旁的地上似乎有會發出微弱螢光的東西。

靠著這些微弱螢光，她才勉強看到四周景象，他們在一處頗寬廣的地道裡，地道牆腳鑲著一整排比掌心還要大顆的珠子，前後一路延伸，就是那些珠子散發出微弱光芒。

「難道……這是夜明珠？」于藥兒爬到牆邊，訝異的摸著大珠子，無法想像整個地道內都鑲著夜明珠引路，到底得耗掉多少珠子不可？

在于藥兒之後，關耀天也終於有所動作，他緩慢的撐坐起身，大喘了幾口氣，接著卻笑出聲來，越笑越狂，竟讓于藥兒感到毛骨悚然，覺得……很不對勁。

「哈哈哈哈……」關耀天仰頭大笑，笑聲大大迴響在地道內，讓氣氛變得萬分詭異，甚至有種瘋狂之感。

于藥兒瞧著他陰暗的身影，忍不住提高戒備，總覺得……有事要發生了。「殿下……你還好嗎？」

關耀天突然止住笑聲，咬牙切齒的回道：「好到不能再好了！」

「啊——」

關耀天瞬間朝于藥兒撲過去，猛力掐住她的脖子，將她壓倒在地，那冷厲的眼神、強勁的力道，分明就是要于藥兒死！

他瘋了不成？于藥兒痛苦的拚命掙扎，想要拉開他的手，但他的力量太強大，無論她試了多少次，都是徒勞無功。

「我太小看妳了。」關耀天眼神狂亂，看著她不斷掙扎，痛苦的表情也越來越扭曲，掐住她的力道始終不減，毫不留情。「這座廢墟是個大陷阱，只等著我踏入，結果到了最後，我還是著了妳的道！」

射箭者一定早就埋伏在廢墟四周，他的影衛才無法立即發現，才能殺得他措手不及，而想要使宮殿坍塌，可不是隨時都能辦到的事，一定要事先計畫準備。

「**先冷靜下來，別衝動！**」關耀天內心的另一個聲音喊道，非常焦急，不希望他因此殺了于藥兒。

她差點就害死他們了，「他」還想替她求情什麼？關耀天不理會另一個聲音，甚至刻意壓制住另一股力量，不再讓「他」插手救她。

「**或許有什麼誤會，也可能是巧合，你絕不能意氣用事，掐死她對現況又有什麼幫助？**」另一個聲音還是試圖喚回關耀天的理智。

她湊巧選了此處野營？湊巧這裡早有人埋下炸藥？又湊巧被人引爆來致他於死地？他才不信世上有這麼多巧合，這一切只表明一件事，她聯合其他人一同算計他，想殺死他！既然如此，她就先死吧，他絕不可能放過她！

「**若她真的與其他人一起算計咱們，又怎會陷自己於危險中？這不合理，肯定有誤會！**」

囉嗦！閉嘴！

于藥兒拚死掙扎，已經被他掐得喘不過氣，但她還不想死，她不能就這麼死在他的掌下！

她豁出去的伸長手，奮力往關耀天肩上的傷處狠掐下去，終於逼得關耀天咬牙悶哼，手勁一鬆，讓她逮到逃脫的機會。

她再屈起膝蓋，用力頂撞他的腹部，關耀天再哼一聲，身子不由得往後傾，于藥兒即刻逮住空檔，往旁奮力一滾，終於滾出他的箝制。

她滾了好一段距離才停下，用剩餘的力氣半撐起身子，心驚膽跳的拚命嗆咳，又死裡逃生一回：「咳咳咳咳——咳咳咳——」

「妳——」關耀天霍地起身，神色凌厲，本要再朝于藥兒撲過去，但肩傷卻在此時強烈刺痛起來，瞬間抽光他的力氣，逼得他踉蹌跪下，痛苦的連聲喘氣。

不只肩膀劇痛，他全身上下都浮起強烈刺痛，連五臟六腑也不倖免，頭暈目眩，意識迅速潰散，極度難以忍受。

這種感覺他很熟悉、再熟悉不過，但也讓他清楚明白一件事——

箭頭上有毒，而且是能致人於死的強烈劇毒！

第十章　地道幻影

幾乎在于藥兒遇險的同時，于非颺本來百無聊賴的躺在床上，卻猛然坐起身，感覺到再熟悉不過的不對勁。

他摸著胸口，衣裳下的某一塊肌膚正明顯發燙，這狀況發生不只一次，而每回原因都只有一個，那就是——于藥兒有危險！

她昨晚才告訴他，她想了一個「野營」計畫，希望能順利突破關耀天的心防，會與關耀天出城三日，結果她離開還不到半日，熟悉的危險預感就出現，難道她出了什麼意外？

「該死！」于非颺即刻跳下床，衝出房，卻在院門前被兩名守衛硬生生擋下，不得而出。

「快讓開，我要出去！」于非颺緊蹙著眉，焦急的吼著，這一回預兆來得特別強烈，恐怕于藥兒遇到的危險非比尋常，得趕緊去救她不可！

「于大夫，未經允許，您是不得出來的。」守衛還是不動如山。

「那麼現在富園誰在掌事？告訴他，我有攸關性命的要緊事，叫他快來見我！」

守衛們互望一眼，于非颺看來不像是裝的，似乎真有要緊事，在考慮了一會兒後，其中一名守衛離開去報告，另一名守衛繼續留在原地，看著于非颺。

約過了一刻鐘，衛一隨著守衛來到別院，有禮的問：「于大夫，請問有何要緊事？」

「藥兒與殿下已經出城了嗎？」

「已經出城了。」

「他們現在在何處？他們恐怕有危險了！」

衛一納悶的微微蹙眉。「于大夫，您何以覺得，他們正陷入危險當中？」

于非颺苦惱的咬牙，他的感受非一般人能夠體會的，他該如何解釋才好？「反正因為某些因素，藥兒要是身陷危險，我會有所感應。就在剛才，我感覺到藥兒有危險，她此刻若與殿下在一起，那就表示，殿下可能也有危難！」

「此行有三名影衛暗中護守，有他們在，不會出什麼大事，于大夫無需多慮。」衛一對同伴的能耐頗為信任。

「我不是多慮，我是真真切切感受到，藥兒肯定有危險！」于非颺激動的再次強調。

「既然如此，在下會立即派人關切情況，請您回房靜候消息。」衛一雖然覺得出意外的機會不大，但以防萬一，還是決定派人去看看，于非颺也就無話可說了。

「那就快去，別耽擱了！」于非颺緊蹙著眉催促。

他不知于藥兒遇到了什麼危險，但這回肯定非常危急，只希望她能撐到援助到達，有驚無險的歸來！

※　　※　　※

錐心刺骨般的疼痛迅速蔓延全身，幾乎抽盡關耀天的力氣，他趴倒在地，咬牙忍受一陣強過一陣的痛苦，如浪濤般凶猛襲來，幾乎要將他滅頂。

太可笑了，他居然會讓自己陷入如此狼狽的境地，該說于藥兒這個女人果真不簡單嗎？

于藥兒咳了好長一會兒，才有辦法緩下氣息，她瞧著關耀天痛苦的模樣，不解她的確掐了他傷處，但應該還不至於讓他倒地不起才對。

一種不好的預感浮上心頭，她即刻拋下恐懼，回到他身邊，伸手沾了點他肩上的血跡，在夜明珠旁一看，果然證實了自己的假設。

血是黑紅色的，箭頭上抹了毒！

一陣寒意瞬間竄起，她沒想到對方如此狠絕，根本就不打算讓關耀天活著，而她也成了棄棋，是生是死，他們根本不在意，下手才會如此重。

「殿下，你撐著點！」于藥兒趕緊打開腰間的小皮囊，找到緩毒藥丸。「我這兒有緩毒丸，雖然無法解了你體內的毒，但能保護臟腑，也多多少少能緩些毒性，替咱們多爭取些時間。」

緩毒丸是于非颺自己研製而成，對大部分的毒性都有緩和作用，是個很好用的應急之方，能在最危急時暫時保下中毒之人的性命，之後再來對症解毒。

于藥兒將藥丸遞到關耀天嘴邊，卻被他一掌猛力打開，藥丸頓時滾落在地，她也被強勁的力道打偏身子，撲跌在旁。「啊——」

「滾！」關耀天狠瞪著她，銳眸閃爍著憤怒光火，重重的喘著氣。「我不需要妳的假好心！」

他現在就像隻受了傷的猛獸，誰都不信，無論是誰靠近，不管是敵是友，都會被他狂亂的利爪抓傷，無一倖免。

「我不知會發生這種事，我真的不知道！」于藥兒重撐起身子，焦急的強調：「請相信我，好嗎？」

若事先知道他們的算計如此狠絕，她絕不會答應幫忙的，她真的沒有傷他的意圖！

「妳要是不想再被我掐死，就趕緊滾……滾得越遠越好……」他繼續瞪著她，喘息聲也越來越沉重，要不是他正因劇毒而苦，她早就死了，哪裡還有機會多說廢話？

看來短時間內要他放下防心，已經是不可能的事，但于藥兒還是不死心，絕不能放他不管。她從皮囊內再掏出一顆緩毒丸，擔心的緊蹙著眉。「我求你把緩毒丸吞下去，為了自己的性命著想，好不好？」

「……妳……休想……」他的氣息又弱了些，神識模糊的狀況也越來越嚴重，徹底失去意識恐怕只是遲早的事。

他已經許久沒碰過如此強勁的毒了，要不是他的身子狀況特殊，或許早在中箭的當下就會毒發身亡，連掙扎的機會都沒有。

「我要是想害你，直接等你毒發身亡就好，何必多此一舉？相信我，我真的想幫你！」她焦急不已，多麼擔心再拖延下去，毒性擴散至五臟六腑，那就真的沒救了。

「滾……滾開……」

于藥兒決定不理會他的抗拒，直接扣住他的下顎，硬將藥丸塞到他嘴裡，把他當成頑劣不堪的病人看待。

關耀天毫不留情的咬住她指頭，抵死不從，她只悶哼一聲，並沒有抽手，早知這會是一場難打的仗。

于藥兒將藥硬壓在關耀天舌根上，兩方僵持不下，沒多久後，藥丸化開，藥性逐漸滲入他體內，他也幾乎耗盡所剩之力，嘴一鬆，總算是放開她的手了。

此時于藥兒也早流出一身汗來，忍不住疲憊，她只鬆了一口氣，又即刻振作，顧不得手指的疼痛，得先處理他的箭傷不可。

她抹掉額上的汗，靠著微弱的夜明珠光芒審視傷口，對關耀天說：「殿下，我先幫你把箭拔出，你忍一忍，我會盡快完成的。」

若是任由箭尖卡在身上，不但傷口潰爛難癒，時間久了，血肉與箭尖黏在一塊兒，想取下來就難了，不但棘手，對他也非常不好。

關耀天沒有回應，只是側身軟靠在牆邊，不斷的低喘，腦袋極度昏沉，似醒非醒，意識早已渙散。

她從衣袖內拿出手絹，折成厚厚的方形，再脫下長背心，用皮囊內的小刀割成無數長條，充當包紮布條，並把皮囊內的止血藥罐放在一旁，等所有東西齊備後，才開始動手。

她用小刀先割開傷口上的斗篷及衣裳，撐開一個洞，小心解下斗篷，之後一手壓住他的肩，另一手猛力一拉，染血的箭頭就被她拔出來了。

「唔——」關耀天全身抽搐了一下，雖然意識昏亂，還是不自覺的咬緊牙關，表情痛苦。

「再忍一會兒，就快好了。」她一邊柔哄，一邊加快動作，先用碎布擦掉髒血，再把止血藥粉倒在傷處，用手絹壓緊，再拿布條纏繞固定，動作純熟俐落。

好不容易處理完傷口，于藥兒還是不敢放鬆精神，緊盯他的狀況。

他開始全身發熱，臉上不斷冒出汗來，雙眼緊閉、雙眉緊蹙，非常不舒服，她只好一遍遍的替他抹去汗水，希望他的狀況能快些穩定下來。

她該想辦法帶他出去，不能在這兒浪費時間，免得延誤救命機會，但她瞧著陰暗的地道，又忍不住茫然，無論前後都看不到盡頭，她根本不知出口在哪兒，又或者該說……真有出口讓他們出去嗎？

于藥兒猶豫了一會兒，還是摸著牆壁前行，試著探路，想看看有沒有一線生機，卻發現有眾多分支通道，比她想像中要複雜許多，要是弄個不好，很有可能就會迷路。

她試走了一段距離，什麼出口都找不到，只碰到一個又一個岔路，只好趕緊折回來，重新回到關耀天身邊，一邊擔心他的狀況，也擔憂他們倆不知還有沒有命離開這裡。

在昏暗幽深的地道內，她根本不知時間到底過去多久，難熬得很，而關耀天也由一開始的發熱轉而全身泛涼，狀況很不對勁。

「怎麼會這樣？」于藥兒訝異的摸著他額頭，再替他把脈，發熱她可以理解，那是傷口引發的，但發寒……難道是毒的關係？

一探他的脈象，混亂難解，是她不曾感受過的古怪，完全探不出個端倪來，所以她也不敢再隨意餵他吃藥，免得反對他造成傷害。

這下該怎麼辦才好？她心急如焚，痛恨自己的手足無措，如果他們不是被困在這兒，她肯定會有更多辦法，要不然也能趕緊找于非颺解毒。

她只能將被擱在一旁的斗篷重新披回他身上，繼續緊盯他的狀況，希望他的發寒只是一時的，很快就能恢復正常。

「殿下，求求你……你一定要撐下去……」于藥兒發自肺腑的低喃，努力祈禱，盼望真有奇蹟發生。

她很愧疚，真的很愧疚，如果不是她，事情不會發展至此，他也不會正在鬼門關前掙扎，不知能不能順利脫險。

她也後悔到了極點，若是能重來一次，無論朱立和對她說什麼，她都不會答應幫忙，免得害慘了關耀天，也害了她自己……

※　※　※

關耀天不知自己昏迷了多久，當他醒來時，他們依舊在地道內，四周安安靜靜的，一片死寂。

他側躺在于藥兒的腿上，避開肩上傷口，身上蓋著斗篷，除了肩傷抽痛陣陣之外，其他地方已沒有任何不適，只是氣血依舊不足。

而于藥兒則是靠坐在牆旁，早已累得連這種極不舒服的姿勢也能睡著，一隻手放在關耀天的脖子上，掌心的溫暖在他頸項間駐足不去，很奇怪，很……不習慣。

他已經許久不曾讓人如此靠近過，甚至早已忘了相互依靠有什麼感覺，更忘了該如何敞開心胸信任一個人。

的確，在他最虛弱的這一刻，如果她真想害他，是可以殺他的，就算不敢殺他，她也可以拋下他，任由他自生自滅，自己一個人想辦法逃出去，而不是選擇留下來，與他共患難。

在他看來，她真是個蠢蛋，她以為捨命與他共患難，就真能突破他的心防，讓他真心接受她？

「但你確實因此動搖了，不是嗎？」他心裡的另一個聲音可不容他逃避否認。

動搖又如何？這並不表示他就得接受她、信任她，只是她的所做所為讓他困惑不解罷了。

「嘖，嘴硬的傢伙。」另一個聲音真是拿他無可奈何。

吵死了！心裡的聲音總是與他唱反調，煩不勝煩，再加上胸中混亂難明的情緒不斷翻攪，攪得他心煩意亂，又碰到她身上的淡淡馨香一直在擾亂他思緒，真有種腹背受敵之感。

他不想再被她的香氣影響，所以就算身子依舊虛弱，他還是勉強坐起身，拉開與她的距離。

「唔……」關耀天一動，于藥兒也跟著轉醒，但兩腿的酸麻讓她忍不住皺起臉，難受的低呼：「哦，我的腳……」

關耀天淡淡的看著她咬牙切齒，努力忍麻，沒有幫忙的打算，像個徹徹底底的局外人。

最難忍的一刻好不容易過去，雙腳也跟著舒緩不少，于藥兒才有心思關心關耀天，看他神智清醒，忍不住欣喜。「殿下，幸好你醒過來了。」

既然能醒，那應該就是狀況已穩，不過為了安全起見，于藥兒還是將手搭上他的腕脈，好確認他身子的情況。

關耀天微乎其微的蹙了下眉，現在他意識清醒，已不是任由她宰割的狀態，當然也不容她隨意碰觸，但他想是這麼想，卻沒有甩開她的手，反倒由著她把脈。

「還不承認自己嘴硬？」

夠了，閉嘴！

「奇怪……」于藥兒想不透的蹙眉咕噥：「脈象一樣混亂、體溫依舊偏低，這是怎麼一回事？」是她的醫術不精，所以才不懂他此刻的狀況？但他看起來明顯好了不少，為何她卻無法在脈象中感覺到好轉的跡象？

「我已無大礙。」關耀天趁勢收回手，不想讓她繼續探知自己的身體狀況。

「你怎麼可能沒事？」于藥兒繼續蹙眉。「緩毒丸只能緩和毒性，無法徹底解毒，時間拖久了，毒性最終入侵五臟六腑，你還是會有事的。」

而她帶的緩毒丸並不多，不知還能撐多久，這也是她很擔心的一件事。

關耀天不想多解釋，其實那毒對他來說已經不礙事，也不會發作了，再過一段時間，他就全然不受影響了。

他環顧四周，漆黑的空間、死寂的氣氛，再再勾起那想甩都甩不掉的記憶，某種熟悉的窒息感也跟著蠢蠢欲動，越來越明顯，他知道……開始了，「他們」又要出現了。

關耀天的表情瞬間變得木然，眼神放空，就連語氣也變得毫無生氣：「真熟悉的感覺，不是嗎？」

「什麼感覺？」于藥兒不解的隨他往前望，除了一片漆黑外，什麼都沒有。

關耀天並不是對她說話，那一句是講給心裡另一個「他」聽的，但另一個他卻沉默下來，反常的不表示任何意見。

「妳要跑就趁現在，再慢下去……到時候被嚇個半死，可與我無關。」關耀天的眼神沒有收回，語氣依舊死氣平板，只不過這一會兒倒是說給于藥兒聽的。

「我為何要跑？又為何會被嚇得半死？」于藥兒感覺得出，關耀天變得非常不對勁，極度缺乏生氣，猶如瞬間變成一具行屍走肉，也像是失了魂魄。

為何轉眼間，他的態度會有如此大轉變，又呈現出與過去截然不同的樣貌，讓她完全摸不著頭緒？

關耀天沉默了好一會兒，沒有回答她，當他再次開口時，卻只是簡單的兩個字：「來了。」

什麼來了？于藥兒正想問，卻發現附近的氣氛變了，陰森詭異之氣迅速瀰漫，她甚至覺得有股涼意從腳底往上竄，難以抵擋。

緊接著，前方憑空出現了好幾道暗影，那暗影由模糊變清晰，一個個接連出現，並排成行。

六個或大或小的男子冷瞪關耀天，最大二十出頭、最小的只有十五上下，他們眼神狠厲、臉色青白、一身血汙，最重要的是……他們的身子是半透明的，並且發出微弱青光！

于藥兒倒抽了口氣，訝異錯愕不敢置信。「這……這是……」

「大王兄、二王兄……我的六名兄弟。」關耀天不動如山的與他們對視，不帶感情的說：「他們總是在暗處看著我，緊盯我的一舉一動，要我忘不了，我是如何踩著他們的屍身活下來的。」

聽說直到現在，被他殺死的六名兄弟，還陰魂不散的糾纏著他，不願瞑目，宮人時有所見，嚇都嚇死了……

曾聽過的傳言瞬間浮上腦海，于藥兒也跟著竄起一身寒意，她本以為傳言誇大了些，那些陰魂不散的兄弟，可能只是其他人穿鑿附會、加油添醋而成的，卻沒想到……竟然是真的！

六名鬼魂同時飄近，轉眼就來到他們面前，繞成一圈包圍住他們，居高臨下的狠瞪關耀天。

「小人、偽君子！」大王子就停在關耀天正前方，憤怒的斥責他：「說什麼你對王位一點興趣也無，結果終究露出了真面目，搶走本該是我的太子之位！」

「我沒有搶，我的確對王位一點興趣也無，一切都是形勢所逼，你們要怪，請怪父王去。」關耀天淡漠的回答，與鬼魂的激動形成明顯對比。

「說什麼形勢所逼，這全是藉口！」鬼魂們往左轉繞，換三王子停在關耀天面前，惱恨的質問：「你若是無心奪得太子位，就不會揮出那一劍，取我性命！」

「你都不留情面，一心只想要我死，難道我就真得為了你的野心，放棄反擊，任由自己的性命結束在你手裡？」

「五王兄！」這一回換六王子轉到關耀天面前，悲憤不已。「咱們不是約定好，七兄弟要互助互信，為何最後只有你一人活下來？」

「我也不想，你現在怪我也於事無補。」

于藥兒瞧著鬼魂們連番質問，似無止境，忍不住心驚膽戰，一般人遇到這種狀況，應該早就瘋了，她真的無法想像，關耀天是如何捱過這些年，還沒有徹底崩潰？

但她也發現一件奇怪的事，這些鬼魂似乎只將目光鎖在關耀天身上，完全無視她的存在？

「虛偽！把我的太子之位還來——」

「我等著看你一敗塗地，你終究也會淪落到與咱們同樣的下場——」

「憑什麼留下來的是你？我不甘心——」

六名鬼魂連番斥責，話語狠毒、怨氣沖天，關耀天起先還會回話，之後就厭了、倦了，任由他們咒罵不休，不再回嘴，一副早已無所謂的死沉模樣。

反正無論他說得再多，他們也聽不下去，只是一個勁的怨他、恨他，恨不得能馬上拖他入黃泉，與他們一同作伴。

既然如此，那就來呀，反正他已經不在乎了，是生或死，對他已無任何意義，他雖然還活著，常常也與行屍走肉無異。

為什麼還不帶他走？別再說廢話了，來呀，快來呀……

「夠了，你們別再斥責他！」

于藥兒突然擋在關耀天面前，不顧一切的對著鬼魂大喊：「冤有頭債有主，真正害死你們的是你們父王，不是他，他也深受其害。你們真要怪罪，找你們父王去，別再折磨他了！」

她真的看不下去了，就算這些鬼魂令人害怕，她還是決定挺身而出，為關耀天說話，不再袖手旁觀。

明明要他們自相殘殺的是他們父王，為何所有罪責卻是由關耀天承擔？就只因為他是倖存者，就必須背負這些兄弟們的怨怒，此生此世都無法擺脫？

這樣活著，簡直比死了還要痛苦呀，死了就一了百了，活著反倒得承受無止境的折磨！

關耀天訝異的瞧著于藥兒，沒料到她會擋在自己身前，義憤填膺，他的表情也跟著轉變，不再死氣沉沉，猶如行屍走肉。

她是第一個，見到這些冤魂出現還敢擋在她面前、替他說話的女人，她究竟是哪裡來的勇氣，願意為他做到這種程度？

難道她忘了，他差點就掐死她，讓她也去與他的兄弟作伴了，她到底懂不懂，他是個多麼危險的人，根本不值得她施捨同情或憐憫？

明明覺得她愚蠢又可笑，但此刻他卻笑不出來，反而胸口隱隱震顫著，某種陌生的情愫在心底開始翻攪、沸騰，想要洶湧的破土而出，不再受禁錮。

于藥兒本以為鬼魂會轉而對她發脾氣，卻發現他們依舊不理會她，眼神還是落在關耀天身上，但詭異的是，他們此刻卻一動也不動，失了該有的激動，就好像……他們只是個傀儡，受人操控的傀儡，隱藏在背後的人沒有進一步指示，他們也就沒有動作，徹底安靜下來了。

又過了一會兒，鬼魂的身影居然迅速淡去，從下方蔓延而上。很快的，地道內又只剩于藥兒與關耀天兩人，什麼鬼影都看不到了。

「這……到底是怎麼一回事？」于藥兒錯愕的眨了眨眼，想不透這些鬼魂為何會莫名出現，然後又莫名消失，簡直沒頭沒尾極了！

「他們走了，暫時不會出現了。」關耀天淡淡的回應。

「你又怎知？」于藥兒轉頭詢問。

「我就是知道。」他不想多解釋，故意轉移話題：「妳不怕嗎？還是已經嚇到不知該怕了？」

就連他的影衛們，在看到這些鬼魂出現時，也會有些忌憚，她到底哪裡來的勇氣，他真的很好奇。

「我當然怕，但是怕解決不了任何問題，唯有鼓起勇氣，昂然面對，才有解決之機，不是嗎？」她理所當然的回答。

關耀天忍不住輕扯嘴角，低笑了笑，這果然是她的回答，絲毫感覺不到姑娘家的嬌弱，有著巾幗不讓鬚眉的氣勢，與普通姑娘截然不同。

她總是讓人「刮目相看」，他不能用對一般姑娘家的方式來看待她，那完全不適合她，也難怪眾人會對她訝異連連了。

于藥兒微蹙柳眉，不懂他在笑什麼，他們還身陷困境，不知到底能不能活著脫困，若是她，她可笑不出來。

關耀天很快就收回笑意，緩慢的撐起身子，想快點離開幽暗的地道。他討厭這種熟悉的窒悶氣息，一再勾起那血腥過往，要是不快點逃脫，他們肯定又會伺機而現，煩不勝煩。

于藥兒也趕緊站起來，主動攙扶住他。「小心，你的身子還很虛弱。」

關耀天瞥了她一眼，眸光有些複雜，他還是沒有完全信任她，該要拒絕她的好意，但他終究沒有推開她，還不自覺的把自己一半的重量交給她承擔。

「我曾探過路，這地道很複雜，要是隨意亂闖，咱們可能會迷路迷得更深。」于藥兒好意提醒。

「空氣在流動。」關耀天淡淡回答：「順著空氣流過來的方向走，咱們就能找到出口。」

空氣在流動？于藥兒訝異的蹙了蹙眉，她可一點感覺都沒有，他會不會是身子太過虛弱，所以產生了什麼錯覺？

關耀天因為長年習武，五感訓練得非常敏銳，就算氣流移動的速度非常緩慢，他還是感受得到。「反正妳跟著我走就對。」

「好吧。」于藥兒點點頭，反正她也束手無策，既然他有把握，她就姑且相信他。

兩人在地道中已經待上好一段時間，所以都習慣了幽暗，能看到更多景象。于藥兒一邊扶著關耀天行走，一邊注意到地道牆壁似乎有圖繪，一路綿延，接連不絕，頓時引起她的好奇。

「牆壁似乎有圖案在上頭，不知都繪些什麼？」她自顧自的輕喃。

「這應該是傳說中的『天鳳祕書』。」

于藥兒納悶的瞧著關耀天。「天鳳祕書？」

「這裡是『天鳳國』皇宮遺址，傳言皇宮地下有避難地道，而一些與天鳳皇族相關的祕密也繪在地道牆上，以此保存下來。」

寫在紙上的東西容易毀壞，畫在地道的牆上反倒能保存良久，聽說地道壁畫使用的是特殊顏料，可保至少百年不壞。

所有壁畫也不是短時間內一口氣畫起的，而是歷代有重要可記之事就一點一滴逐步畫上，將壁畫越擴越大，這地道也等於是天鳳皇族的歷史記載之處。

一聽關耀天提起，某些遺忘的記憶終於從于藥兒腦海深處浮出，逐漸想起一些事情。「……天鳳國四大姓，關孫季湛？」

「湛家早就不存在了。」關耀天淡淡一哼。

其實在二十多年前，這一片廣闊中土全是「天鳳國」的國土，天鳳國卞姓皇族統治天下將近五百年，後來皇族式微，政權兵權被朝中勢力極大的四姓「關」、「孫」、「季」、「湛」瓜分，卞姓皇室已成為四姓傀儡。

天鳳國最後一任女帝「天平女皇」為了重新奪回國家主宰權，與四姓中最強大的湛家訂下盟約，只要湛家能消滅其他三家，天平女皇將與湛家聯姻，流著卞家及湛家血脈的孩子將成為下一任天鳳國皇帝。

湛家宗主答應了天平女皇的條件，開始了天鳳國紛亂的內鬥，沒想到最後卻是關、孫、季三家拋棄成見，通力合作，打敗湛家。湛家宗主身亡，天平女皇也失去行蹤，天鳳國皇室無主，三家乾脆大膽的自立為王，從此天鳳國一分為三，成為關國、孫國、季國。

關國在東、孫國在西、季國在南，天鳳國皇宮恰巧在關國領地內，因為動亂時皇宮染上不少血腥，關王不想沾染穢氣，因此將它棄置，任由它破敗，在另一處新建王都。

回想起天鳳國覆滅的事，不知為什麼，于藥兒心中竟浮現出濃烈的哀傷，還有一股無可奈何的惆悵在胸口盤旋著，很不好受。

為何這事會讓她又痛苦、又無奈，甚至有種身不由己的束縛感？難道……這與她有什麼關係在？

關耀天發現她的表情變得有些奇怪，有著不明所以的憂傷，雙眉微蹙：「怎麼了？」

「呃？」于藥兒趕緊回神，也不清楚自己怎麼了，只能隨便找個理由應付過去：「只是想起當年的繁華之地，現在竟變成了一片廢墟，突然覺得有些感傷罷了。」

「嘖，果然是女人。」關耀天忍不住淡諷，女人果然就是這麼善感。

于藥兒不再回話，就此打住，沒想到他們在陰錯陽差下，居然誤觸機關進到地道裡，既然這是當年天鳳皇族留下的逃難地道，她倒開始相信肯定會有出路。

在關耀天的帶領下，他們越走越遠，漸漸的，就連于藥兒也感受到有新鮮之氣流入，不再是沉窒難聞的感覺，地道內的空氣流動越來越明顯，這表示他們逐漸接近出口了。

最後他們來到通道結束之處，一大面的石牆聳立眼前，石牆是由諸多方正大石堆疊而起，石與石之間的縫隙正從外透進光亮。

「就是這裡了。」關耀天肯定的說。

他們在石牆上摸索了一會兒，發現右方某些石塊並沒有被填死，他們倆合力將大石往外推，果然大石很快就鬆動了，紛紛往外掉落，終於露出足以讓人爬出去的缺口。

等他們倆順利爬出去後，才發現他們正在一處很高的土崖下，地道出口被濃密的雜草掩蓋，四周同樣雜草叢生，幾乎有半個人高，附近沒有可以行走的小徑，當然也無半點人煙。

他們好不容易才離開天鳳皇宮，現在倒遇上新的問題。他們究竟在哪兒？又該如何離開這裡，回到百會縣去？

第十一章　心防解

稍早之前，衛一派人出城去確認關耀天一行人的情況，他本以為消息不會那麼快回來，卻沒想到，半個時辰後，狀況發生了——

「衛一！」

衛七闖入衛一所在的房內，急喘噓噓，完全失了平時的冷靜。「不好了，殿下出事了！」

看到衛七前所未有的焦急臉色，一向面無表情的衛一也擰起眉，擔心的問：「到底出了什麼事，你快說清楚！」

「咱們到城西廢墟去，沒想到那裡竟有埋伏，還埋了炸藥，殿下他們一進到廢墟，對方就開始射箭，甚至引爆炸藥，整座廢墟……就崩塌了！」

「什麼？廢墟崩塌？那殿下與于姑娘呢？」衛一萬分的震驚。

「他們被埋在廢墟內，目前……生死未明。」衛七懊惱的回答。

關耀天在廢墟遇襲時，他們影衛即刻與刺客打了起來，只不過刺客人數眾多，而他們的反擊也讓刺客立即點燃炸藥引信，他們實在反應不及。

爆炸聲接連響起，宮殿廢墟震動劇烈，很快就崩塌了。刺客一達到目的便迅速撤退，不再戀戰，他們為救關耀天，也無心追捕刺客，由衛七馬上回城討救兵，另外兩名開始在廢墟內搜索，希望能找到關耀天的下落。

衛一難掩驚愕，只因關耀天與于藥兒遇難的時間點，差不多就是于非颺說于藥兒有難時，沒想到他的預感竟是真的！

「快去集結縣內官兵，立即到廢墟幫忙，無論如何都得找出殿下！」衛一急切的命令。

「是！」衛七即刻轉身出房。

衛一也離開房間，快步往于非颺的院落走去，希望能知道更多消息。

既然于藥兒與關耀天是一同遇難的，是否可以從于非颺那裡得知，他們此刻的情況是好是壞，還能撐到救兵到達嗎？

于非颺一直坐在房內等消息，好不容易才等到了動靜，他看衛一神色凝重的進到房裡，即刻起身，不好的預感更是強烈。「他們還好嗎？有沒有消息？」

「殿下與于姑娘……被埋在城西一處廢墟內，目前生死未明。」衛一沉重的回答。

「什麼？被埋在廢墟內？」于非颺不敢置信的瞪大眼，想不到竟是這種危險。

「咱們已經著手調集官兵，盡快前去救援，不知于大夫可還有感應，像是……于姑娘還活著嗎？」衛一膽戰心驚的詢問。

「她當然還活著！別觸她楣頭！」于非颺激動反駁。

「您真能肯定？」

「我當然肯定，我就是知道她還活著！」他信誓旦旦的回答，雖然他無法向衛一解釋他怎會知道。

他就是有一種感覺，于藥兒雖然有難，但還好好的活著，只不過她能活多久，連他也不知道，所以一定得盡快救出她不可！

「那好，咱們會盡可能的救回于姑娘，請于大夫靜候消息吧。」既然于藥兒能活，他相信關耀天也一樣，他們必須把握時間不可。

于非颺見衛一即將離去，趕緊喚住他：「等等，我還有話沒說完！」

「于大夫，您還想說什麼？」衛一暫時頓下腳步。

「在知道藥兒遇險後，我怎受得了只在這兒枯等？我要跟你們一同過去！」他若是會飛，早就飛過去了，才不想承受著枯等煎熬的折磨。

「這……」衛一面有難色，不知該不該答應他的要求。

「這有什麼好猶豫的？有我跟著去，他們若受了傷，我可以立即醫治，才不會耽誤救人時機！」

衛一眸光一亮，于非颺說的沒錯，是該帶個大夫以備不時之需，終於點頭。「那好吧，請于大夫隨咱們一同前去。」

于非颺心一喜，立即轉身準備。「我很快就好！」

衛七迅速聚集百會縣內的官兵，只留下少部分做必要的留守，再加上衛一、于非颺，一行人浩浩蕩蕩的離開縣城，刻不容緩的前往城西廢墟。

他們一到廢墟，另外兩名影衛即刻來到衛一面前，神色是異常的凝重。

「有找到殿下的行蹤嗎？」衛一緊蹙著眉。

他們倆搖搖頭，其中一人回答：「廢墟範圍太大，咱們又不確定宮殿崩塌時殿下究竟在何處，所以猶如大海撈針，什麼線索都沒有。」

他們曾試著呼喚尋找，希望殿下聽到能有所回應，好讓他們知道殿下的位置，但一點回應都沒有，讓他們越找越心急。

「一定得找到殿下，就算得把廢墟內的磚瓦全都翻出來，也在所不惜！」衛一難得嚴厲的說。

「是！」

事不宜遲，他們將帶來的官兵分成好幾批，每一批負責廢墟內不同範圍，開始挖掘翻找，希望好消息能盡快傳出來。

于非飀瞧著猶如亂石堆的廢墟，不由得憂心忡忡，真不敢想像，被壓在底下的于藥兒正承受著什麼樣的痛苦，她又還能撐多久？

「藥兒，無論如何，妳都一定要撐下去……」于非飀獨自凝眉低喃，真恨自己的無能為力。

不知不覺，夕陽即將西下，衛一命人回去拿照明之物，入夜還是繼續挖掘，官兵們分批休息、分批繼續工作，卻始終沒有任何進展，讓于非飀及影衛們越等越焦慮。

時間拖得越久，對于藥兒及關耀天就越不利，他們無法不心急，多麼希望上天能給些指引，好讓他們快點發現兩人的所在地。

然而一夜過去，朝陽東升，他們還是沒有半點收穫，接著日頭已經高掛在頭頂上方，他們的搜尋還是沒有進展，更是讓人急得猶如熱鍋上的螞蟻，越來越無法靜定下來。

動。

藥兒，妳到底在哪裡？于非颺瞧著已被挖得亂七八糟的廢墟，多麼希望能有多一些感應，這樣官兵們就不需茫無頭緒的亂挖，白白浪費許多心力。

到底在哪裡？再給他多一點感應吧，無論是什麼感應都好！

就在這時，心中某種奇怪的感受一閃而過，于非颺訝異的睜大眼，往廢墟西方的森林望過去，心緒激

這種熟悉感，之前他也曾遇過，所以他很確定，他們必須改變搜尋方向，要不然終究還是一無所獲。

「不會錯……肯定不會錯的！」

于非颺來到衛一面前，難掩激動的說：「我感覺到了，藥兒已不在廢墟內，正往西移動，與其在這兒繼續挖下去，不如往西尋找，或許會有什麼發現！」

「于姑娘已不在廢墟裡？怎麼可能？」衛一不解的蹙起眉。

「我也不確定是怎麼一回事，反正她的確正往西走，離咱們越來越遠了。」

衛一凝眉思索，突然想到：「這裡是天鳳皇宮廢墟，曾聽聞皇宮地底有逃難地道，難道于姑娘與殿下落入地道裡，正往出口走？」

「很有可能如此，或許這也能解釋，為何官兵們挖了一整日，卻還是找不到他們的行蹤。」

雖然有這種可能，但也不能保證就一定是這樣，衛一考慮了一會兒，決定自己帶著一小批人跟著于非颺往西邊森林尋找，衛七及其他人繼續留在這裡挖掘，兩邊的可能都不放棄。

在吩咐完衛七後，衛一就召了幾個人隨他往西走，由于非颺帶路。

于非颺靠著不知名的感應指引，毫不猶豫的深入層層密林，相信自己肯定能找到于藥兒的行蹤。

一行人約走了半個時辰，衛一眉心一蹙，肯定的說：「這附近有人在燒東西。」

雖然那味道極淡，但衛一還是靈敏的察覺到，甚至能辨別味道是從哪個方向飄過來的。

「在幾無人煙的森林內，怎會有人在燒東西？肯定是藥兒他們，咱們就快找到他們了！」于非颺這下子更是信心十足。

他們加快速度往前走，燒東西的氣味也跟著明顯起來，最後他們來到一座土崖前，發現有一條灰色煙霧一直從崖底往上飛升，顯然是下面有人在燒東西。

于非颺先衝到崖邊，往下一看，果然見到于藥兒與闞耀天坐在一個小火堆旁，雖然一身狼狽，但看起來精神還不錯。「藥兒！」

「呃？」于藥兒抬頭一瞧，沒想到于非颺居然出現了，忍不住欣喜。「義兄！」

他們不知自己身在何處，貿然亂闖只會落得迷路的下場，再加上經過之前一連串的折騰，他們的體力已經所剩無幾，所以他們選擇堆草燃煙，希望能有人看見，也可暫事休息，並做進一步的打算。

于藥兒本來盤算著，如果今日都沒人發現他們的求救煙霧，那麼明日他們還是得去尋出路，結果草堆才燃沒多久，就有人發現他們，簡直如有神助！

「殿下！」衛一即刻一躍而下，跪在闞耀天身旁，同樣難掩激動。「幸好您安然無恙的脫險，要不然屬下就是死一萬次也不夠贖罪！」

闞耀天的表情冷靜，無喜亦無怒，他率先站起身，就算身子虛弱也不在眾人面前顯現。「沒事了，咱們回去吧。」

「是！」

※　　※　　※

有了衛一他們的幫忙，關耀天與于藥兒終於離開土崖，徹底脫險。

于藥兒本要讓于非颾先看關耀天的傷勢，但他說他的傷已無大礙，回到縣城再處理便可，就是不想在眾目睽睽之下治傷。

難道男人就得如此好面子不成？于藥兒雖然擔心，卻也拿他無可奈何，只能由著他。

關耀天要不要治傷，什麼時候才想治傷，于非颾才不想理會，他更擔心的反倒是于藥兒——

「藥兒，妳的脖子怎會搞成這樣？是哪個混蛋膽敢掐妳！」

回程的路上，一行人還在森林內穿梭，于非颾就忍不住大罵起來，她白皙的脖子上有一圈明顯掐痕，都已經瘀青泛紫了，可見掐的力道有多麼強勁。

「呃？」于藥兒心虛的摸摸脖子，真不知該如何解釋才好，要不是有所誤會，關耀天也不會掐她，說到了底，他也不是有意的。

「反正都沒事了，義兄你就不必多問了。」于藥兒只好打起迷糊仗來。

于非颾俊眸瞇起，銳利的掃向關耀天，如果不是他，而是襲擊他們的人，于藥兒何必隱瞞？老實說不就得了。

關耀天沒有任何反應，繼續行走，倒是于藥兒心慌的阻止：「義兄，你別亂猜！」

「妳真是護他護得緊呀。」于非颺頗不是滋味的咬牙切齒。

于藥兒頓時辯也不是、不辯也不是，左右為難，真是苦惱到了極點。

當他們一行人離開城西森林，回到縣城時，天色早已暗下。一回到富園，于非颺即刻拉于藥兒往她的院落走，要幫她處理脖子的瘀傷，才懶得理會關耀天是否需要醫治。

關耀天回到自己的院落後，並不急著休息，他一回來就有屬下報告，說縣衙昨晚一片混亂，有人趁著大部分的官兵都被調去廢墟時，闖入大牢，救走朱立和，早已不知所蹤。

「殿下，是下官失職、下官失職！」縣丞文宥服趴跪在地，身子微顫，頭連抬都不敢抬起來。「但當時衙內精兵都被調走，真的人手不足，咱們已經盡力阻擋了，也有不少衙衛受傷，實在是……」

「夠了，我不想聽你辯解。」關耀天語調雖平淡，還是隱帶著壓迫感，讓文宥服馬上噤若寒蟬。

關耀天此時坐在圓桌邊，身側站著衛一，文宥服就跪在他腳旁，他的臉色有些蒼白，不過嘴角倒是有一抹淡笑，更加確信廢墟的襲擊絕對是有備而來，完全就是衝著他來的。

朱立和是如何與外頭的人聯繫上，好利用于藥兒誘他入圈套，完美執行計畫的？他真的很想知道，非常非常想知道！

對方越是難纏，越是能激起他的鬥志，在這之前，他還不太把朱立和當一回事，這下子他對朱立和改觀了，也覺得事情開始有趣起來。

衛一揣測不出主子此刻的心思，倒是有些膽戰心驚，就怕一連出了這麼多差錯，他這是怒極反笑，很多人都要倒楣了。

「去找。」關耀天終於做出指示，不過是對著衛一，他從來不指望文宥服能辦成什麼好事：「就算得將每一寸地全都翻起，也要找到他的行蹤。」

「遵命。」衛一暗鬆了口氣，看來主子還不到動怒的程度。

「殿下！」

于藥兒心繫關耀天的傷及毒，在于非颺幫她的脖子上好藥後，就拉著他急急衝過來，連髒衣裳都沒心思換下，甚至不等關耀天的允許就直接闖入，可見有多麼心急。

她見到房裡有其他人，而且氣氛有些肅穆，似乎在討論公事，才停下腳步。「抱歉，我打擾了嗎？」

關耀天受的傷比她要嚴重多了，沒想到他卻不休息，一回來就急著處理公事，看他如此折騰自己，他沒感覺，她倒忍不住要皺眉了。

關耀天手一揮，示意衛一及文宥服可以先離開，衛一即刻退下，文宥服也大大鬆了口氣，有種終於撿回一條命的慶幸，趕緊從地上爬起，快速離開房間。

于藥兒瞧著文宥服從旁走過，不自覺的蹙了蹙眉，這是她頭一次見到他，但怎麼覺得……有種似曾相識之感？

關耀天察覺到她奇怪的神色，挑了挑眉。「怎麼？妳認識文縣丞？」

「沒有，今日是頭一回見到。」于藥兒趕緊回神，不再多想，只當是自己的錯覺。

她拉著一副臭臉的于非颺來到桌邊，將藥箱放上桌，把需要用到的瓶瓶罐罐一個個拿出來。「在地道內我只幫你的傷及毒做應急處理，現在就讓義兄好好幫你瞧瞧，重新開藥，才能對症解……呃？」

正忙碌間，關耀天無預警的抓住她的手，制止她繼續拿藥罐，她一頓，不懂他又是什麼意思？難道他還是認為她會害他？她真要害，不會笨到兩人都脫險歸來了才動手，她不信他不懂這個道理。

于非颺沒想到關耀天竟當著自己的面，堂而皇之吃起于藥兒的豆腐，簡直怒不可遏，即刻大罵：「你的手在幹什麼？快放──」

「我要與她單獨說話，你去外頭等著。」關耀天才不理會他的怒火，毫不客氣的命令。

「什麼？你竟要我──」

「義兄！」于藥兒一臉的哀求，不希望他們倆就此吵起來。

「妳……嘖！真是氣死我了！」于非颺火大的轉身，在房外憤憤不平的踹庭樹洩忿，要不是他還有身為醫者的自覺在，他早就走了，才不管關耀天到底會不會毒發身亡。

于藥兒忍不住苦惱，他本就對關耀天不滿，這下子舊怨再加新仇，她真擔心等一會兒于非颺就不幫關耀天看診了。

關耀天面無表情的瞧著她，她一身髒亂都未整理，脖子上的瘀痕也清楚可見，就算她差一點就死在他手下，還是沒收回對他的關心，還是一心想著他的傷勢，如果這一切都是她在耍心機，那也未免太高竿。

就算是至親，也很難做到這種地步，而他的戒心已經根深柢固，就算對親人也一樣，但她就是有不知從哪裡冒出來的毅力，一而再、再而三試圖撼動他的心防，似乎不知道什麼叫放棄。

這樣又傻又蠢的女人，他到底該拿她怎麼辦才好？她……真的不簡單，竟讓他第一次感受到糾結的滋味，難以做出最後的決定。

「你之所以會糾結，不就是因為她已讓你有所改變？只要順隨真心，坦然承認自己對她已刮目相看，又何需繼續糾結？」

于藥兒見關耀天一直盯著她，卻又不說話，兩人繼續大眼瞪小眼也不是辦法，只好由她先開口：「你不說話，我又怎知你什麼意思？」

關耀天還是沉默，內心糾結不休，費了好一番勁才終於決定：「想要我信任妳，妳就不該對我有任何隱瞞。」

「呃？」于藥兒心虛一跳，他是指誘他出城之事？難道……他正在給她機會坦白？

這下子換她頗有掙扎，最後還是決定吐實，畢竟天下沒有永遠的祕密，與其之後被他發現，倒不如就趁現在主動坦承，狀況會比較好一些。

「我曾經……偷偷扮成獄卒見過朱立和一面。」于藥兒坦然無畏的與關耀天對視，老實說來：「當時他告訴我，他需要我幫助，暫時引你出縣城，這樣他的同伴就有機會救他出牢。」

關耀天的表情依舊不變，看不出是喜或怒，等她把話說完。

「我雖然答應幫他這個忙，但請你務必相信我，我從頭到尾都沒有害你的打算，廢墟之襲，我事前完全不知情，如果知道他們的計畫如此凶惡，我是絕不會幫這個忙的。」

「結果妳倒成了他們的棄子，被如此利用，妳作何感想？」

「我不知道……」于藥兒重嘆了口氣，對朱立和有些心寒。「或許他是逼不得已，我也不知該不該怪他的利用，但既然已經沒事了，他大概也不會再出現在我面前，那就……算了吧。」

其實直到現在，她還是不太願意相信朱立和會這麼對她，只不過事實就擺在眼前，她無法自我欺騙。

「哼，婦人之仁。」關耀天不以為然的輕哼。

「就因為我的婦人之仁，你才有辦法繼續坐在這兒，而不是死在地道裡。」她坦然接受他的批評，反正她的性子就是這樣，想改也改不了。「你若要怪罪，請針對我一人就好，其他人都是無辜的。」

一人做事一人當，這件事是她失算了，才會演變成一發不可收拾的局面，她願意一肩承擔所有後果，只求他別遷怒到其他人身上。

關耀天定定的瞧著她，始終沒有給她答覆，很是折磨人。正當于藥兒等得心焦，想要問他到底有什麼打算時，他卻放開她的手，然後就……沒有下文了。

嗯？于藥兒瞧著自己的手，再看看他，還是不懂他的意思，她又不是他肚子裡的蛔蟲，他不開口，她又怎會知道他的決定是什麼？

「還愣著幹什麼？妳來不就是要處理我的傷與毒？」關耀天懶懶一瞥，終於大開尊口，指引她現在該做什麼。

「呃？」于藥兒愣愣住，都是因為她，朱立和才有機會逃跑，難道他……不打算怪罪？

怎麼會？她本來已經有所覺悟，這一回恐怕……

「同樣的話我不想說第二遍。」關耀天微微瞇眼，很不滿意一向聰慧的她突然變笨了，連反應也跟著變慢。

于藥兒終於回過神來，忍不住欣喜，他這個意思……是開始信任她了嗎？她可以這麼想嗎？

不管是不是，至少她感覺到，他不再渾身敵意，拒她於千里之外，兩人間的距離終於拉近了！

「義兄，可以進來看診了！義兄——」于藥兒喜不自勝的趕緊開門，笑顏燦爛，完全克制不了胸中的激動喜悅。

那可融化人心的燦笑，全都落入關耀天眼裡，慢慢的……也進到他的心裡。她終究還是成功了，她在他的心防上鑿出一個口，闖入他死寂已久的乾枯心田，也帶來一陣甘霖，滋潤了心田，並且重新種下一顆生機種子。

那種子是否會茁壯、開花、結果？他不知道，卻隱隱的……有所期待……

※　※　※

朱立和順利離開大牢後，與同伴們相見，在知道于藥兒也跟著關耀天被埋在廢墟下後，又驚又怒，忍不住揚高嗓音質問——

「妳為什麼連于姑娘都算計下去？她是無辜的！」

「在那種狀況下，咱們別無選擇，誰教她要與關耀天一同進到廢墟，主動落入咱們的圈套裡。」紅衣女子毫不慚愧的回答。

紅衣女子美豔又成熟，渾身散發著魅惑之氣，男人很難抵擋她的魅力。她知道朱立和喜歡于藥兒，但男女情愛在他們的計畫前也只能算個微不足道的小事情，只要對他們的計畫有所妨礙，那就必須犧牲掉。

朱立和怒瞪著紅衣女子，要是知道這麼做會害于藥兒一同遇險，他是怎樣都不會答應的！

「你再氣也於事無補，況且她已平安歸來了，不是嗎？她真是命大，就連關耀天也是。」紅衣女子眸光一冷，這一回沒殺死關耀天，實在太可惜了，他們不知還能不能再遇到如此好的機會。

「雖然她有幸脫險，但她肯定誤會我將她當成棄子，已然不會信任我了。」朱立和又惱又怨，喜憂參半。

他好不容易才遇到能讓自己心動的姑娘，沒想到卻會發生這種事，越想越不甘，他多麼希望能好好的向于藥兒解釋，不想被她誤解。

但她現在被關耀天扣在身邊，他想見她一面都難，這該如何是好？

「立和，你動真心了。」紅衣女子板著臉警告：「我奉勸你，趕緊忘掉她，你若是因為兒女私情而壞了咱們籌備多時的計畫，我絕不放過你！」

他們可是吃過許多苦、熬了許久才走到現在這一步，所以她絕不允許失敗，不會眼看著多年的辛苦毀於一旦。

但關耀天都已親自出馬，還直接盯上朱立和，表示他們真正的計畫已經被知道了，他們現在不但得想辦法繼續進行計畫，還得解決關耀天不可，因為若不這麼做，將來被解決的就是他們。

關耀天果斷的殺死辜進譽，害他們暫失得到關國軍政機密的管道，無法再繼續向孫國交換軍事資源，損失極大，這個仇不報不可！

「我當然不會讓計畫失敗！」朱立和激動的反駁，心思一轉，在權衡過利害關係後，反倒說：「此刻我更要想辦法與她會面，解釋誤會，這對咱們來說才是有利的。」

「怎麼說？」紅衣女子挑了挑眉。

「現在能近身關耀天的人並不多，她恰恰好就是其中之一，若是能想辦法將她收為一員，咱們接下來不就更有機會對付關耀天了？」

他沒有忘了計畫，但他也想得到于藥兒，這兩件事可以並行，並不一定非得捨棄其中一個不可。

于藥兒是被迫留在關耀天身邊的，並非自願，肯定對關耀天多有不滿，而且憑她容易心軟的性子，他相信只要自己有機會向她解釋誤會，她會原諒他的。

她看不得人受苦，且她的憐憫之心是偏向弱者的，他只要適時放軟姿態，再向她灌輸關耀天種種冷酷行徑，不怕沒有機會說服她倒戈。

再不行，那就只好用「控制」的手段，雖然非到萬不得已，他很不願用到最後這一招……

紅衣女子微蹙眉頭想了想，倒是漾起一笑，半是調侃、半是嘲諷的說：「連自己喜歡的人也狠得下心利用，真不簡單呀你。」

但這個提議很有趣，的確有一試的價值在！

第十二章 心之魔

于非颺就算萬般不情願，還是幫關耀天處理了傷與毒，臭著一張臉回到他的院落去。

于藥兒知道他很不開心，希望能緩和下他的不滿，因此一路跟著他，還一臉的懺悔，試圖引他心軟。

只不過一直到于非颺進房，他的臭臉都沒有任何改變，對于藥兒的示好也無動於衷。「不必在我面前裝可憐，回妳房裡去。」

「義兄……」于藥兒忍不住沮喪，若他一直生她的氣，她會非常難過，甚至寢食難安的。

她很珍惜兩人的緣分，很希望義兄妹的關係能一直延續下去，不想因為關耀天就壞了他們兄妹之情。

于非颺瞪著沮喪的于藥兒良久，最終還是無奈一嘆，心軟投降：「算了算了，事情過了就過了，生氣傷身，他才不值得我這麼做。」

雖說他吃軟不吃硬，但也不是每個人的軟他都吃，于藥兒是特別的，他就是特別容易對她心軟，可以說是毫無理由。

于藥兒頓時由憂轉喜，終於能鬆下一口氣。「義兄……」

「好啦，別再義兄長義兄短的，聽了怪肉麻的。」于非颺逕自在桌邊坐下，轉而面露困惑。「對了，妳真的確定，關耀天曾中過毒？」

「當然確定，怎麼了？」于藥兒跟著坐下。

「但我剛才幫他把脈時，沒有發現中毒徵兆，一切都很正常。」

不只脈象正常，他在幫關耀天換肩傷藥時，也特別觀察過，滲出的血是鮮紅色的，不是黑紅色。

「怎麼可能？」于藥兒訝異的眨了眨眼。「我雖有餵他吃緩毒丸，但應該不會就這樣解了毒吧？」

要是解毒有這麼容易，不必對症下藥，那製毒之人早就不用混了，況且她親眼見到關耀天毒發時的痛苦掙扎，那絕對不是裝出來的。

「若妳說的不假，這樣看來……恐怕他有百毒不侵的體質。」于非颺眸光微銳。

或許關耀天真的中過毒，但因為體質特異，已經自行解完毒，他才察覺不出有任何中毒跡象。

「這世上真有百毒不侵的體質？如何能做到？」于藥兒好奇的問。

「很難說，反正絕大多數不是先天的，而是後天種種原因導致的，狀況千奇百怪。」于非颺聳聳肩，這跟各種奇詭的病症一樣，沒有一個規則可循。

「所以他現在只剩肩上的傷口，已無中毒的疑慮？」于藥兒不由得想，如果關耀天真有百毒不侵的體質，又會是什麼原因造成的？

「沒錯，所以妳就不必擔心了，那點小傷死不了人的。」于非颺的語氣還是有些不爽，不願見她如此關心關耀天。

既然如此，于藥兒也能放心下來了，只不過想到另一件事，她又不得不憂心起來。「義兄，我與殿下在地道時，我曾經……看到糾纏著殿下的那些鬼魂出現。」

于非颺訝異的挑眉。「真的？妳沒嚇壞了？你們又是如何逃脫那些鬼魂糾纏的？」

「咱們沒有逃，是那些鬼魂莫名出現又莫名消失，此刻想起，我還是覺得很不對勁。」于藥兒表情凝重。

她總覺得這其中有什麼不尋常之處，但要她說哪裡奇怪，她又說不出個所以然來。

「是嗎？說來聽聽。」這下子倒換于非颺好奇起來了。

于藥兒就將那些鬼魂是如何出現、如何消失，以及關耀天的反應全都詳實說來，希望能聽聽于非颺的意見。

她總覺得，這與關耀天的心病很有關係，而且她有預感，或許他們能從這裡找出一些蛛絲馬跡，能對他們有所幫助。

于非颺摸著下巴思考，過了好一會兒後，才有了初步結論：「這聽起來……有兩種可能。」

「哪兩種可能？」

「其中一種，就是妳真的見鬼了，另一種嘛……妳見到的不是鬼，而是關耀天的『心魔』。」

「心魔？」于藥兒輕蹙眉頭，不太明白。

「妳應該聽說過，有些做了虧心事之人會見到一些幻影，自己嚇自己，到最後因此發瘋的事也時有所聞？」

有些人承受不住心中的罪惡煎熬，就會自行創造出幻影，用那些幻影自我折磨，這就是一種嚴重的心病，通常大家也把那些幻影說成是「心魔」。

「但那些幻影只有做了虧心事的人自己看得到，其他人是看不到的，不是嗎？」于藥兒不解的反問。

「的確，一般人的心魔只有自己看得到，只會折磨自己，但如果……關耀天的心魔之力強大到不只他自己看得到幻影，連他身旁之人也看得到呢？」

「這有可能嗎？」于藥兒怎麼想都覺得不可思議。

「丫頭，世界之大，無奇不有，很多事情沒有不可能，只有妳想像不到。」于非颺以過來人的老成口吻說：「我師傅曾說過，人心擁有無窮之力，深不可測，只不過世間之人皆不會使用，偶爾遇到會用的，那些人也毫無自覺，根本不知發生了什麼事。」

于藥兒還是很難想像，關耀天是如何讓心中的幻影化為現實，讓身旁的人也看得到，如果于非颺說的人心之力是真的？

于非颺知道他師傅教導的某些東西是玄之又玄，超乎常理，一般人是無法接受的，所以就算他解釋完後，于藥兒還是面露懷疑及困惑，他也不怎麼意外。

「反正若要由我來解的話，我會傾向那是關耀天自己幻化出來的心魔，心魔之所以只關注他，完全不把妳當一回事，因為那本就是他創造出來折磨自己的東西。」

于藥兒依舊不太能接受，但還是問：「那麼他折磨自己的意義何在？」

「不外乎就是罪惡、愧疚等原因，累積深厚，最後才養出心魔的。」

「那麼心魔的所做所為，是否反映著殿下埋藏在內心深處，不為人知的一些想法及感受？」

「當然，肯定有某些關係在。」于非颺點點頭。

于藥兒回想心魔的一言一語，都在指責關耀天，而他之所以會創造出心魔不斷指責自己，是因為他感到罪惡、心有所愧，覺得自己應該被指責？

「若他是因為弒殺兄弟而得到太子位這件事感到罪惡與愧疚，才會生出心病，那我只要想辦法讓他不再愧疚，心病就能解了，是嗎？」

「照理說是，但事情絕沒這麼簡單，妳又該如何讓他擺脫罪惡及愧疚？難道妳以為只要告訴他，錯不在他，他不必愧疚，這樣就好了？要真這麼簡單，心魔就不會纏著他十年還不放了。」于非颺可不覺得事情有這麼好解決。

「也是……」于藥兒不由得沮喪。

她本以為他們能有些進展，不過這樣看來，他們還是在原地打轉，對關耀天的心病依舊無可奈何。

她到底該怎麼做才好？有誰能告訴她呢？

※　※　※

對於關耀天的心病，沒人可以給于藥兒一個有力的指引，她也只能繼續等待，看還會不會有其他契機出現。

隔一日，于藥兒本以為于非颺肯定不爽幫關耀天換藥，她必須一個人過去，卻沒想到，事情完全出乎她的預料——

關耀天瞧著一同來到他房內的于非颺及于藥兒，淡漠的挑了挑眉，于非颺刻意站在于藥兒前方，保護的態勢之強，他想不察覺都難。

于藥兒也感覺得出氣氛怪怪的，于非颺一反常態的「一定要親自來幫關耀天換藥」，分明就是對他有所防範，也像是刻意不讓她太靠近他。

于非颺雙臂環胸，皮笑肉不笑的說：「堂堂太子殿下受了傷，這可是件不得了的事，怎能隨意對待？所以當然由我親自處理，免得讓殿下認為，我沒有善盡大夫之責。」

他雖然討厭關耀天，但他更不能讓關耀天太靠近于藥兒，關耀天都敢當著他的面對她毛手毛腳，若是任由他們倆獨處一室，難保哪一日不會發生更離譜的事。

他很不放心！為了保護于藥兒，他就算再如何討厭關耀天，也要親自「照料」一番，好杜絕關耀天的逾越之舉！

關耀天冷哼了哼，怎會不知于非颺在想什麼，而他為何非得順于非颺的意不可？「衛一。」

在門外的衛一即刻進入，拱手行禮。「衛一在。」

「送于大夫回房歇息。」

「是！」

「關耀天，你──」于非颺錯愕的瞪大眼，沒想到關耀天竟如此不留情面，直接對他下逐客令。

「來人！」

在衛一的指示下，另外兩名護衛迅速進房，一左一右架住于非颺的臂膀，直接將他往門外拉，動作又快又俐落，于非颺根本反應不及。

「混帳！快放開我，關耀天你這個卑鄙的傢伙──」

「呃？義兄……」于藥兒看著于非颺被拉出去，同樣錯愕，不知該不該也趕緊追出去？

「往後換藥這種小事，妳一個人來就夠，無需勞駕于大夫。」關耀天才不要于非颺來礙眼。

「就算如此，你也不需攆人，不給他半點面子吧？」于藥兒不得不蹙起眉。

「我沒直接叫他滾，已是給他面子了。」他自覺對于非颺已經夠仁慈了，她還有什麼不滿？

直接叫他滾那還得了？于藥兒無奈的輕嘆，看來這兩個男人注定要不對盤到底了，夾在中間的她會很難做人呀。

于藥兒對于非颺的偏袒，讓關耀天有些不悅，也忍不住想問：「妳與他真的只是單純的義兄妹？」

「當然，殿下有何疑問？」于藥兒不解的反問。

「妳可知道，昨日衛一為何能那麼快就找到脫困的咱們？」

「不知道，怎麼了？」

「是妳義兄，他在咱們遇難的當下就知道妳有難，也是他帶著衛一一路往西走，說妳已經脫困，最後真的找到咱們。」

今日一早，衛一就將這事告訴他，說于非颺與于藥兒的關係肯定不尋常，他聽完也覺得單純的義兄妹不可能有如此奇妙的聯繫在。

「真的？」于藥兒非常訝異，沒想到還有這個插曲在。「我還以為義兄之所以會出現，是衛一擔心咱們會受傷，才帶著義兄前行的。」

「所以妳也不清楚，這是怎麼一回事？」

于藥兒搖搖頭。「我的確不清楚，義兄從來不曾告訴我這事。」

關耀天微蹙起眉，于藥兒曾說過她失憶的事，所以問題在于非颺身上？他隱瞞了什麼？該不會義兄妹的身分是于非颺刻意假造的，目的是要掩飾兩人真正的關係？如果真是如此，他們倆真正的關係又是什麼？

「先不說這事了，我還是先幫你換藥吧。」于藥兒也不知到底是怎麼一回事，乾脆先辦正事要緊。

幫關耀天換好藥後，于藥兒就離開他的院落，邊走邊想他剛才說的話，也越來越好奇，于非颺究竟是如何得知她有難的？

要是不問個清楚，心頭有一個困惑始終哽著，像根刺一樣，那會很難受的，所以她即刻往于非颺的院落走，希望能順利得到答案。

「義兄。」于藥兒一進到于非颺的房內，就見他一臉氣呼呼的坐著，肯定還在記恨。

她一出現，他就馬上起身追問：「那個傢伙有沒有再吃妳豆腐？他刻意攆我離開，只留妳一人，分明不懷好意！」

「呃？」于藥兒頓時微紅起臉蛋，有些羞窘。「什麼事都沒發生，你別亂想。」

「才不是我亂想，他就算現在沒動作，遲早也會對妳出手的。」于非颺恨恨的說。

男人的劣根性難道他還不懂？他看得出來，在義風寨時關耀天對她是沒太大興趣，但現在……可不一樣了。

「什麼出手不出手的，你別再胡說下去。」于藥兒臉上的嫣紅又深了幾許，真拿于非颺的口無遮攔沒辦法。

「我哪裡胡說？妳不信，咱們就等著瞧吧。」于非颺特別板起臉，叮嚀于藥兒：「妳已知他詭譎難測的真面目了，可別再傻得對他沒防心，好讓他有機可乘。」

于藥兒心一虛，不想昧著良心回答，只好趕緊轉移話題：「先不談這個，我有另外一件事想問你。」

這個丫頭居然在逃避話題！于非颺不由得蹙起眉，不容她逃避。「藥兒……」

「聽說你在咱們遇難的當下就知道我有難，還帶著衛一找到脫困的咱們，你究竟是如何得知的？」于藥兒決定「先發制人」，將話題的主控權趕緊握在手。

「呃？」這下子倒換于非颺心虛起來，只能隨意應付：「湊巧，一切都只是湊巧。」

「若是你問我這個問題，我回你一切都只是湊巧，你信嗎？」

「妳——」又來了，她又拿他的話來反堵他了！

于非颺又氣又惱，這個丫頭分明是他的剋星來著，他到底招誰惹誰了，為何得碰上這個剋星不可？

「義兄，你究竟在隱瞞什麼，我真的不能知道嗎？」于藥兒輕蹙眉頭，面露難過。

她本以為他們雖不是親兄妹，但感情之好，與親兄妹無異，不必互相隱瞞什麼，原來只是她一個人這麼想，是她太一相情願了。

一見于藥兒難過蹙眉，于非颺的心就像被人緊掐了一下似的，非常不好受，他掙扎又掙扎、猶豫又猶豫，最後還是重重一嘆，徹底敗下陣來：「唉！罷了罷了，妳要知道我就告訴妳吧！」

「真的？」于藥兒頓時振奮了不少。

「都快被妳的哀兵之計逼得退無可退了，還能有假嗎？」于非颺頗不甘願的唸著，就是獨獨拿她一人沒奈何。

于藥兒就知道他唸歸唸，還是很容易對她心軟，唸完就沒事，頓時輕漾笑意，就等著他揭開謎底。

然而于非颺不是開始解釋他是如何得知，反倒當著她的面拉開自己的衣前襟，露出大半胸膛來，毫無顧忌。

「呃？」于藥兒錯愕的半掩著唇，難掩驚羞，但在發現他胸前有個奇怪的圖案後，倒是訝異起來，羞澀也跟著退下。「那是什麼？」

在于非颺的胸膛上，有一個火焰樣貌的羽毛印，印記是桃紅色的，約手掌般大，非常明顯。

「其實我也不太明白這印記代表什麼意思，反正當妳有危難時，它就會突然發熱，屢試不爽。」

「這印記……是你與生俱來的？」于藥兒好奇的瞧著羽毛印，總覺得腦中好像有與這相關的記憶，卻又想不太起來。

「不是，是後來才出現的。」

「怎麼出現的？」

「是某個不要命的女人硬塞給我的。」一想到那件事，于非颺就非常不滿的撇了撇嘴。

哪個「不要命的女人」？還有這印記……要怎麼「塞」？于藥兒可是聽得一頭霧水。

「反正這印記怎麼來的不重要，重點在於，是這個印記與妳有所感應，我才會總在妳遇難時感到胸膛一陣發熱，就明白妳又有事了。」

他一開始之所以會救了于藥兒，就是因為胸口的羽毛印頭一回莫名發熱，緊接著心中一直有個奇怪感覺，要他往某個方向走，才會發現重傷昏迷的于藥兒，兩人因此結下不解之緣。也或許是這個印記的原因，他才會特別照顧于藥兒，對她特別心軟、特別無可奈何，簡直像是欠她的一樣。

「那這印記……為何會對我的危難有所反應？」于藥兒可對這一個印記越來越好奇了。

「那就要問妳啦，妳與這印記什麼關係？」于非颺笑笑的反問，等著看好戲，看她回不回答得出來。

這個羽毛印記有些神奇之處，他一直參不透，本以為于藥兒該不會與「那個不要命的女人」有關，但後來發現應該無關，所以他也很好奇，尚未失去記憶前的于藥兒，真正身分是什麼？與這個羽毛印究竟有何牽連？

「我……我也不知道。」于藥兒忍不住傻眼，結果問題反倒轉到她身上了？

她與這個羽毛印有什麼關係？不用說失去記憶的她回答不出來，她總覺得，就算恢復了記憶，她也答不出來。

「連妳都不知道，我當然也無從回答起嘍。」于非颺聳聳肩，看到于藥兒被困擾住的模樣，有些幸災樂禍，也稍微吐了一口怨氣。

于藥兒沒想到不問還好，一問反倒讓自己更是滿腦子疑惑，最糟糕的是，除了她以外，恐怕沒人能解答這個問題！

這下子哽在她胸口的那一根刺，更是又大又難受了！

※　※　※

結果接下來幾日，于藥兒被羽毛印的問題困擾不已，還真是沒事找事做，自尋煩惱。

她尚未失去記憶前，究竟是什麼人？很奇怪的是，她對這個問題沒有太大興趣，甚至有些逃避，總覺得，記不起過去的事也好，她比較喜歡當于藥兒，如果可以，她想一直當于藥兒下去。

困擾歸困擾，該做的事還是得做，這一日傍晚，于藥兒照例拿著藥箱要去幫關耀天換藥，不過今日倒是在前去的路上，在碎石小徑岔路見到關耀天的身影，他正疾步前行，似乎打算出門。

她趕緊追上，出聲喚道：「殿下！」

「有事？」關耀天頓下腳步，表情一貫淡漠。

「當然有事，你該換藥了。」

「那種小事等我回來再說。」關耀天繼續往前走，分毫都不耽擱，後頭的衛一也緊跟而上。

都要入夜了，關耀天還想到哪兒去？于藥兒小跑步的追上衛一，納悶的問：「衛一，殿下是要上哪兒去？」

這幾日她與關耀天的關係不但有所改善，就連衛一她也能與他小聊幾句，衛一從一開始的很不習慣，慢慢也放開心防接受她的存在。

因為他很明白，主子對于藥兒越來越在意了，之前的在意或許只是因為好奇，但現在嘛……可沒那麼單純了。

衛一本不該多嘴，但看著于藥兒鍥而不捨的追，似是非要得到一個答案不可，只好簡單回答：「牡丹鄉。」

「呃？」于藥兒腦袋「轟」的一聲，嗡嗡直作響，腳步也跟著停下，錯愕的呆站著，任由他們越走越遠，直至再也看不到背影。

牡丹鄉？她就算沒去過這個地方，也知道牡丹鄉是……是縣城內的青樓呀！

「男人果然就是好色！」一股莫名的火氣迅速冒出，燒得她的胸口又悶又難受，她氣呼呼的轉身，已經不想理會關耀天了。「傷都還沒完全痊癒，就急著去尋花問柳？痛死你好！」

這一股憤怒之火來得又急又猛，瞬間就將她的理智焚燒殆盡，連半點渣都不剩，她渾然不覺，她與關耀天什麼關係都沒有，他尋不尋花、問不問柳，又與她何干？

一旁的杜鵑花叢後，隱身的衛七微微挑眉，她這氣得快跳起來的模樣，難不成是在……吃醋？

這下子可有趣了！衛七暗暗一笑，打算等主子回來後，非得把于藥兒的反應一五一十都告訴主子。

關耀天離開富園後，的確是到牡丹鄉去，他帶了一批官兵將牡丹鄉的一樓廳門直接圍住，聲勢浩大，來意不善。

牡丹鄉剛開門不久，客人還不多，他們見到如此陣仗，全都嚇得趕緊離開，沒多久後，牡丹鄉內就只剩關耀天這一位客人了。

花娘們聽聞他是當今太子，莫不嚇得退避三舍，不敢貿然靠近，就怕一不小心冒犯他，惹得他不悅，自己這條小命莫名就沒了。

老鴇風嬤嬤硬著頭皮走向前，對關耀天漾起僵硬的笑。「沒想到太子殿下會親自駕臨寒舍，實在讓寒舍蓬蓽生……」

「客套話就不必多說了。」關耀天冷瞥了風嬤嬤一眼，直接打斷她：「我今日過來，是想見紅鴛姑娘一面。」

「您要見紅鴛?可是她……」風嬤嬤面有難色，只因牡丹鄉的老闆表面上是她，真正的幕後老闆卻是紅鴛，紅鴛接不接客，全憑自己的意思，她是無法干預的。

「怎麼，難道紅鴛姑娘高貴到連本太子也見不得？」關耀天挑了挑眉，威脅之氣由淡漸濃。

風嬤嬤心一驚，連忙解釋：「不是這樣的!請殿下別誤……」

「那就趕緊帶路，別浪費我的時間。」關耀天斷然命令，帶著不容否決的強勢。

風嬤嬤只能心驚膽戰的連聲說好，親自帶路，並吩咐丫鬟先去報訊，讓紅鴛知道要準備接客了。

關耀天帶著部分隨從跟風嬤嬤往內走，走過寬廣大廳，又經過彎彎繞繞的穿廊，才到牡丹鄉後一處獨立的雅致別院。

關耀天一跨進別院，就往後睨了衛一一眼，衛一即刻會意，帶著一些屬下去處理搜索之事。

丫鬟從屋內打開大門，恭敬的迎接關耀天入房，一進到房裡，所見的紗幔擺設都以紅色為主，空氣中還飄散著不知名的淡淡幽香。

紅鴛身穿一襲曳地的紗質紅衣裙，寬袖長襬，鮮艷紅唇再加上白皙的肌膚，將她的成熟美豔完全襯托出來，的確是豔冠群芳之色。

紅鴛不顯慌亂，鎮定的朝關耀天行禮，態度大方不拘謹。「奴家紅鴛，見過太子殿下。」

關耀天示意眾人退下，等到房內只剩兩人後，他才在桌旁坐下，淡淡說道：「紅鴛姑娘，請坐。」

「多謝殿下。」紅鴛依言落坐，在還沒搞清楚闕耀天的來意前，她的舉動不逾越，規矩有禮的幫他倒酒。

闕耀天瞧著她，眸中沒有半點驚豔癡迷之色，倒像在窺探些什麼。「不愧是牡丹鄉頭牌，舉止大方得體，頗有大家閨秀的風範。」

「殿下謬讚了。」紅鴛漾起笑顏，更添柔媚之氣。

「難怪辜進譽就算擁有不少嬌妻美妾，還是對妳戀眷不已。」闕耀天輕勾一笑，微帶邪氣。「不過真奇怪，他怎捨得讓妳繼續待在牡丹鄉，而不是迎妳過門，獨自珍藏妳這一朵嬌豔的牡丹花？」

他們得到消息，朱立和頗為大膽，不但沒有離開百會縣，反倒就近躲在城裡，而他藏匿之處，正是紅鴛這兒。闕耀天立即帶人來逮朱立和，順道親自會會紅鴛，想知道她是如何讓辜進譽言聽計從，連自己國家的機密都甘心吐露。

紅鴛表情未變，始終鎮定。「奴家承蒙前縣老爺憐惜，自覺殘花敗柳之身，不願再嫁任何人，前縣老爺便不再逼迫奴家，讓奴家繼續待在牡丹鄉。」

「想必紅鴛姑娘的口才一定非常了得。」

「並不敢當，奴家只是以真心待人，對方同樣以真心回應。」

「真心呀……」闕耀天的神思一飄，腦中自然浮現出于藥兒的容貌，她同樣以真心待人，無論好壞都能得到她真誠善意的回應，對眾生是無差別的憐憫，真可以說是活菩薩了。

說好聽是活菩薩，但難聽一點根本就是爛好人！他忍不住氣悶，甚至有些不是滋味，她的心就那麼一丁點兒大，分給那麼多人做什麼？只是讓自己忙得團團轉，還不一定能得到回報，別人也不見得會領情。

「殿下，您在想些什麼？」

紅鴛這一喚，關耀天猛然回神，終於拉回飄忽的思緒。他微蹙眉頭，自己明明在辦要緊事，怎會心不在焉而不自知？

這種事情還不曾發生過，沒想到于藥兒對他的影響正逐漸擴大中，他想控制都控制不了。

此時衛一敲了敲門，進到房裡，並在關耀天耳旁低聲報告，他聽完後，眉心大蹙，不得不訝異。

朱立和應該已經不在牡丹鄉了！衛一帶人前前後後都搜查過一遍，什麼都沒找到，除了紅鴛的房間之外。

關耀天眼神微黯，想不透是怎麼一回事，他們接到消息後是馬上過來逮人的，就算縣衙及富園內有內奸，也來不及報訊，所以朱立和到底是從什麼管道得知消息，一直是個讓他困惑的謎團。

上一回廢墟之事也是一樣，他們一直查不出朱立和是如何與外人聯繫，才能完美的設下陷阱，引他上鉤。

「看來殿下的心思根本就不在奴家身上。」紅鴛嬌柔一笑。「所以殿下特地來見奴家一面，到底所為何事？請殿下直言吧。」

關耀天掩飾下惱意，自然而然的起身，在紅鴛的房內左右察看。「只是對妳這個人有些好奇。」

紅鴛起身跟在他後頭，表情坦然，不怕他會看到什麼。「奴家也就只是個尋常的煙花女子罷了。」

「不，妳不太一樣。」關耀天推開垂落至地的紅色紗幔，勾起一抹詭譎笑意，側身睨了她一眼。「妳的舉手投足有其他花娘模仿不來的端莊姿態，出身肯定良好，或許……還是名門之後也不一定。」

紅鴛完美的笑容僵了一下，微露心慌，但很快就恢復鎮定。「殿下如此看得起，是奴家的榮幸。」

他知道她的底細？紅鴛暗自心驚，不確定他那句話只是無心之語，還是真的在暗示她，他已經將她的底給摸清了。

關耀天迅速瞥過房內各處，確定沒什麼地方可以藏人，他也感覺不到有人藏匿在此。

既然朱立和已經不在這裡，他也沒有再留下去的必要，他便放下紗幔，轉身離去。「紅鴛姑娘，後會有期。」

「奴家恭送殿下。」紅鴛態度恭敬，頭低得極低，一路送他出門，直到關耀天及衛一已經徹底遠離，她才敢抬起頭，大大鬆下一口氣。

但才剛鬆完氣，她又不得不警戒起來，不敢掉以輕心。

她不確定關耀天到底知道多少，但牡丹鄉已經被盯上了，他們接下來的行動必須更小心謹慎不可！

第十三章　陽天魔天

當關耀天從牡丹鄉回富園時，夜已經深了，本該入睡的于藥兒則熬了夜，房內依舊燈火閃爍。

她坐在椅上，絕不承認自己在等關耀天回來，她只是睡不著，至於為何睡不著，她也絕不會承認是被氣到睡不著。

胸中一直有股悶氣積累著，想吐都吐不出來，她真不懂自己為何要生氣，他去他的牡丹鄉，愛如何風流快活，可和她一點關係都沒有！

此時有人敲了門，一名丫鬟進到房裡，有禮躬身。「于姑娘，殿下已經歸來，有請姑娘過去。」

于藥兒拿起桌上的藥箱，塞到丫鬟的懷裡，強忍著不悅。「夜已深了，我不過去殿下那兒，請殿下自個兒找人幫他換藥。」

「呃？」丫鬟傻眼的看著藥箱。「可……可是……」

「若他問起我為何不過去，就說我已睡下，明日再去向殿下賠不是。」反正她今晚就是不要看到他，省得火上加火。

看來于藥兒是打定主意不去了，丫鬟沒奈何，只好硬著頭皮帶藥箱回去覆命。

丫鬟離去後，于藥兒還是氣、還是睡不著，只能隨意翻翻書冊打發時間，也免得再將心思放在關耀天身上，繼續惱火，害自己整晚都不必睡了。

沒想到約一刻鐘後，換人來敲房門，這一回進來的是衛一。「于姑娘，殿下請妳過去一趟。」

「我已經睡了。」于藥兒面不改色的說謊。

這是在鬧彆扭？一向好脾氣的于藥兒，難得露出任性的一面，衛一一方面覺得好笑，另一方面還是用一貫平板的表情說：「但殿下說，要妳替他換藥。」

「只是換個藥而已，又不必非我不可，我就不信你無法幫殿下換藥。」

「但殿下只要妳替他換藥。」衛一刻意強調。

「那就別換了，反正一日不換也死不了人，頂多傷再拖幾日才好得了，那都是他自找的。」她平時說話可不會如此尖銳，但今晚她就是控制不了自己的嘴，心裡酸，說出來的話也酸。

于藥兒不動如山，衛一也站在原地，一動也不動，兩人像在比耐心，看誰先受不了。

于藥兒故意不看衛一，徹底漠視他的存在，而衛一也不是省油的燈，要他站一整晚都不是問題，這種事他駕輕就熟。

于藥兒雖在氣頭上，但她氣的是關耀天，可不是衛一，所以衛一在這兒罰站，很快就讓她感到過意不去，心腸想硬都硬不起來。

最後還是于藥兒率先認輸，她沒好氣的起身，心不甘情不願的往房外走，努力告訴自己，她是不想讓衛一難做人，才不是對關耀天心軟！

衛一暗暗鬆一口氣，若是無法順利將于藥兒「請」過去，他還真不知該如何向主子交代。

于藥兒一路氣惱的進到關耀天院落，來到他的房門前，她停下腳步，深吸了幾口氣，好平撫心緒，勉強擺出一個喜怒皆不顯的表情後，才伸手敲門，進到房間裡。「殿下。」

關耀天就靠坐在長榻邊，支顏假寐，藥箱就擺在一旁，聽到她的聲音後，他才睜開眼，臉上也沒什麼表情。「這不像妳。」

「什麼不像我？」

「妳不會把妳該做的工作丟給他人。」

「難道就不能有例外時？」

「為何例外？」

于藥兒抿唇不答，故意轉移話題：「我累了，趕緊幫你換完藥，我就要回去休息。」

她逃避不說，關耀天也沒再逼她，由著她打開藥箱，準備幫他換藥。

關耀天側過身，解開上衣繫帶，半褪衣裳，露出左肩的包紮處，若是平時的她，早因眼前的「美色」而偷偷臉紅心跳，但她今日根本無心害羞，始終板著一張臉，像是他欠了她多少債。

一靠近他，他身上就傳來一股陌生幽香，她緊皺雙眉，心想這肯定是青樓花娘的香味，偷腥也要懂得擦嘴，他卻連擦都不擦，真令人氣憤！

積怨積了一整晚，此時此刻，正是發洩的好時機！于藥兒今晚毫不手軟，纏布條的力道特別重，才不管他到底會不會痛，痛也是他自找的，誰教他就是不放過她，非得要她親自來「整治」他不可。

關耀天微瞥了她一眼，當然感覺得出她今晚「下重手」了，臉上不見羞澀之意，反倒板起了「晚娘」面孔，很不尋常。

他一回來，衛七就即刻向他報告，她在知道他要去牡丹鄉後就明顯不開心起來，至於不開心的原由，衛七沒有明講，也不必講，答案早已呼之欲出。

于藥兒以最快的速度纏好布條，轉身就要去收藥箱，關耀天卻在這時伸臂扣住她的腰，施力往自己懷裡一帶，抓得她猝不及防。「啊——」

她撲入他的胸膛，趕緊抓住他雙肩，想起身退開，但他就是不讓她離開，她只能用手肘努力撐著，拉開兩人異常靠近的距離，不讓曖昧之氣越發濃烈。

她嚇得心房亂跳、心慌意亂，不懂他到底是什麼意思？「你……在幹什麼？」

「妳還沒回答我。」他定定的瞧著她，與她的慌亂截然不同。

「回答什麼？」

「妳之所以『例外』的原因。」關耀天好整以暇的問，瞧她終於又出現嬌羞神態，心情也跟著舒爽起來。「今晚為何不想見我？」

「我已經說了，我很累。」她忍不住瞪他一眼，他到底知不知道，剛才那一句話實在是……很容易讓人想歪，以為他們之間有什麼。

「依妳剛才纏布條的力道……真是感覺不出來。」他拐個彎調侃她。

他很清楚，在義風寨時，她就已經對他生出好感，要不然不會主動靠近他，只不過在義風寨時，他對她的好感不屑一顧，甚至是輕蔑的，根本不當一回事。

但現在，他卻享受著她的這一番情意，甚至還有心情捉弄她，就只想激出她更多的情緒，看到她對他更多的在乎。

是了，他要她的在乎，他想獨占她所有的在乎。在這之前，他很少執著於什麼東西，任何事情都引不起他太大的興趣，心湖與一灘死水無異，而她卻讓他興起難得的衝動，想留她下來，永遠留在身邊。

于藥兒尷尬的羞紅起臉，沒想到這個高高在上的天之驕子，居然……居然也會趁機調侃她？「有誰規定累了就一定……」

「妳在吃醋。」

她的心猛然一跳，像是做壞事被抓到般的心虛，語氣微亂：「誰吃醋了？我……」

「妳在吃醋，為我而吃醋。」闕耀天非常篤定，不再讓她逃避下去。

一股熱氣瞬間衝上于藥兒的臉頰、腦門，又熱又脹，她不用照鏡子也知道自己此刻肯定滿面通紅，甚至連脖子也紅了。

他將她極力掩飾的情緒赤裸挖出，毫不留情，逼得她不得不面對，簡直讓她無地自容！

「隨你怎麼說，我要走了！」

于藥兒再度使力掙脫，這一次闕耀天不再制住她，由著她離開他胸懷，手忙腳亂的抱著藥箱往外走，步伐又急又亂，像在逃命。

在離房之前，于藥兒忍不住回頭瞥了他一眼，就見他揚起了極度愉悅的笑意，毫不掩飾自己的得意，目送著她離去。

于藥兒懊惱的呻吟一聲，趕緊往外走，真想馬上找個地洞把自己埋起來算了！

這算什麼？知道她在吃醋，他很得意？他憑什麼得意，還是他根本就在嘲笑她的自作多情？他為什麼一定要逼她承認自己在吃醋不可？接下來她哪裡還有臉面對他，繼續裝作沒事的幫他換藥？心亂得一塌糊塗，本就有些蕩漾的心湖被他刻意一攪弄，更是泛起一波又一波的強勁漣漪，想平靜都平靜不了。

這下子，她今晚更不用睡了，肯定失眠到天明……

※　※　※

于藥兒真的不懂，為何只要一面對關耀天，她就常常變得不像自己，盡出現一些事後連她自己都覺得不可思議的反應？

原來她也有因吃醋而任性的一面，若是早些時候有人告訴她，她肯定不相信，覺得這種事絕不會發生在她身上。

妳已知他詭譎難測的真面目了，可別再傻得對他沒防心，好讓他有機可乘。

于非颺的「叮嚀」頓時浮上她腦海，讓她更是困擾，她無法否認，就算知道關耀天的詭譎難測，她的心還是受到他吸引，甚至難以抗拒。

那種感覺就像，她注定就是要為他心動，無論他是什麼身分、他有什麼樣的性子，他們倆之間都有著無形的牽絆，早在兩人尚未相遇前就存在，因此好不容易在茫茫人海中相遇了，她即刻便為他動了心，無需任何理由。

但是他呢？他對她又是什麼感覺？他一開始是不信任她的，甚至對她有敵意，那麼現在呢？他刻意捉弄她，存的又是什麼心思？

他沒有明說，她也不敢擅自斷定，就怕自作多情的會錯意。經過失眠一夜，她依舊心煩意亂，越想越頭痛，乾脆到後花園散散心，希望能藉此放鬆心緒，別再想那麼多。

于藥兒才一到後花園，就聽到有琴聲隱約傳來，琴音美妙，她訝異的尋找聲音來源，不由得懷疑，該不會是關耀天在撫琴吧？

自從離開義風寨後，她就不曾再聽過如此悅耳的琴音了，難得他今日有雅興，在後花園撫琴？

循著琴音，于藥兒來到與關耀天約定挑戰的那一處涼亭外，隔著九曲橋瞧著亭內身影，關耀天正背對著她撫琴，琴音悠揚安適，美妙祥和，讓人聽了不自覺也感到心曠神怡。

真的想不到，有著詭譎性格的關耀天居然彈得出如此平靜祥和的琴音，也難怪義風寨沒人知道他的真正身分，也不會相信他就是令人聞之喪膽的關國太子。

關耀天在彈指挑弦間，眼角餘光往後一瞥，很快就發現停佇在外的于藥兒，俊雅的面容微勾一笑，心中即刻有了打算。

于藥兒聽得正入迷時，琴音流轉，由一曲換到另一曲，中間沒有任何停頓，轉換得非常巧妙，完全聽不出有絲毫的不順暢。

琴曲的曲調變得溫柔婉轉，蘊含著繾綣柔情，動人心魂。一會兒後，除了琴音外，男人低沉渾厚的嗓音也隨著曲調流洩而出，交織成一首美好的琴歌——

有美一人兮，見之不忘。一日不見兮，思之如狂。

鳳飛翱翔兮，四海求凰。無奈佳人兮，不在東牆。
將琴代語兮，聊寫衷腸。何日見許兮，慰我徬徨。
願言配德兮，攜手相將。不得于飛兮，使我淪亡。

于藥兒訝異不已，從沒想過關耀天居然會唱琴歌，唱得還不差，更讓她不敢置信的是，他唱的是「鳳求凰」，這可不是一般人會隨意唱的，因為詩句中帶有濃濃的戀慕之意，這是首……是首示情歌呀！

到底只是恰巧，還是他已經察覺到她站在這兒，才轉唱鳳求凰，就是故意要讓她聽見的？

無論是恰巧或刻意，此舉已讓于藥兒芳心怦動、滿臉通紅，早已無法冷靜思考，他正在打什麼主意？

琴歌唱完，琴曲漸歇，關耀天終於轉頭瞧向于藥兒，溫雅一笑。「不進來坐坐嗎？」

「呃？」于藥兒難掩心慌意亂，尷尬不已，她竟被當場逮著在偷聽，她連想掩飾或躲起來都沒辦法。

「朝陽正盛，妳站在那兒沒有任何遮蔽，當心熱著了。」關耀天好意提醒。

既然都已經被逮著，于藥兒再刻意說自己只是路過也太虛偽，只好硬著頭皮走上九曲橋，進到涼亭，不再逃避。

關耀天瞧她全身僵硬，非常不自在，忍不住失笑，心想居然區區一首琴歌就嚇到她，她哪時這麼不禁嚇了？「坐呀，不必拘禮。」

「呃？」于藥兒愣了愣，總覺得此刻的關耀天……感覺不太一樣！

是她的錯覺嗎？他散發出的溫文儒雅之氣、客氣有禮的語調，還有那俊秀和藹的笑容，就像在義風寨時的李耀一樣，只不過他已經沒有假扮李耀的必要，所以現在是怎麼一回事？

關耀天察覺到她的困惑，溫和的表情依舊沒變。「怎麼了？」

「殿下你……還好嗎？」于藥兒慢慢坐下，想不透的問。

「為何有此一問？」

「因為現在的殿下不像殿下，反倒像在義風寨時的李耀。」

關耀天輕笑了幾聲，笑意溫雅，真讓人如沐春風。「最近事情太多，『他』覺得煩了、倦了，所以暫時換我出來。」

「他？」哪個他？于藥兒越聽越糊塗了。

關耀天頓了頓，心想該如何解釋才好，一會兒後，他才娓娓道來：「這個身子裡，有兩個關耀天，若要區分我與他，妳可以喚我『陽天』，他則叫『魔天』。」

「這……該不會是『外魂附體』？」于藥兒訝異的睜大眼。

她曾聽聞過一些人被外魂附體，身子受外魂控制，因此性情大變的事，難道關耀天的情況也是一樣？

「不是外魂附體，我與他，都是關耀天。」關耀天再次強調。

于藥兒還是不懂，但她想起于非颺曾說過的，世界之大，很多事情是她想像不到的，所以她決定好好問個清楚，不妄下論斷。「可以說得更清楚些嗎？為何一個身子裡頭，會有兩個性子截然不同的關耀天存在？」

「本來只有我一個，但十年前的『那件事』，我受到過大刺激，無法承擔，因此魔天甦醒了。從那之後，這個身子裡就有我與他共存著。」一想起那不堪回首的過往，關耀天的眸中還是出現了一抹悵然。

「你用甦醒之意，是表示……魔天其實一直都在？」

「是，我與他一直都在這個身子裡，同時存在，只不過他始終沉睡著，直到十年前才甦醒過來。」

「為何需要兩個性子截然不同的關耀天存在？而魔天又為何一開始是沉睡的？」

關耀天思索了一會兒，才回答：「其實應該說，魔天才是關耀天的本性，但他為了一個『承諾』，創造出另一個性子截然不同的我，由我代他面對世人，他自己則選擇沉睡，若不是因為那件事，或許他會繼續沉睡下去也不一定。」

這真是出乎于藥兒的預料，她本來猜想，陽天應該是關耀天的本性，魔天則是受刺激後才出現的，結果陽天反而是魔天創造出來，好應付世人的一張面具？

「是什麼樣的承諾？又是與誰的承諾？」

「魔天想不起來，所以我也無從得知前因後果。」關耀天無奈一笑。

陽天所說的，全然不是于藥兒曾聽聞過的事，她感到非常不可思議，一個身子裡竟然能容納兩種不同的性子，就像裡頭住著一對雙生子魂魄？

「你與他，就像一對雙生子魂魄嗎？」于藥兒試著提出自己的理解，希望能更清楚明白一些。

「妳可以這麼想，但也不全然是如此。」

「你能與他交談？你與他不會互相排斥嗎？你們又是如何決定誰要出來的？」

「我能與他交談，甚至明白一切他所想，當然他對我也是一樣。」關耀天將眸光放遠，回想起與魔天初會那時。「魔天剛甦醒時，我與他是幾不相合的，他是他、我是我，壁壘分明。因為不懂如何控制與合作，『關耀天』顯現出的性子也一直在變，完全不受控制，那時的宮人們都以為我瘋了。」

那是一段難熬的日子，他剛從兄弟相殘的煉獄中離開，接著聽到腦海裡有另一個聲音出現、有另一股力量與他搶奪身子的主控權，不只宮人們認為他瘋了，他也覺得自己快瘋了，只能將自己關在寢殿內，不讓任何人靠近，日夜不停的煎熬著，幾近崩潰。

「我知道，要是任由情況繼續失控下去，我會真的瘋了，所以我開始試著與他交涉，希望能找出解決之道。初時他並不理會，慢慢才願意聽我說話，最後我與他終於有了共同決定，咱們倆共有這個身子，視情況決定是我或他出現，當一個我出現時，另一個我就退到一旁，靜觀一切，不做干涉。」

經由陽天的解釋，于藥兒終於理解，為何關耀天能有截然不同的表現。看來出現在義風寨的李耀、琴藝高超的李耀，絕大多數是陽天，而後來冷酷凌厲的關耀天，就是換魔天出現了。

而于非颺曾看到關耀天周身氣場驟變的狀況，可能就是陽天與魔天正在轉換的時刻，外表雖然看不出來，卻在氣場上露出端倪。

「自從我與魔天合作後，我與他的某部分也開始互相融合，過了十年，大概已有一半分不出彼此，因此雖然咱們倆還保有個別意識，但已有許多東西相通，他知道的事，我也知道，而我曾有過的種種痛苦，他也跟著一同承擔了。」

所以他們現在是互相影響的，不再壁壘分明，兩者間的轉換也非常順暢，不再像一開始那樣的難以控制。

于藥兒想了想，如果兩個魂魄真有辦法融合，那麼最後是否會合成一體，再也分不出彼此？「你與魔天已有一半互相融合，那麼還會再繼續融合下去嗎？」

「照現在的態勢來看，應該是會的，或許再過個十年，也有可能不需要這麼久，我和他會再也分不出彼此，陽天與魔天的分別已無必要，就只有一個融合兩種性子的『關耀天』。」

于藥兒瞧著他平靜的面容，似乎並不擔心此種融合情況，忍不住想問：「你不擔心原本的自己終究會消失嗎？」

「這並不算消失，我還是在這個身子內，只不過與過去的我不太一樣罷了，比較像是……轉變。」關耀天倒是有不同的想法。

他不擔心轉變，就讓轉變順其自然，互相包容共生，抗拒反而才是痛苦的，而他與魔天在這一點很早就有共識，無論轉變最後的結果如何、哪個人的性子較顯明，他們都欣然接受。

「也是。」于藥兒點點頭，又想到其他問題：「那如果遇到一個人事物，你和他的好惡完全不同，你們又會如何處理這種衝突？」

「這倒是麻煩了點，在我與他有共同的結論前，難免會爭論不休，甚至出現行事矛盾也不一定。」關耀天若有深意的瞧她一眼。

她正是一個最好的例子呀，在廢墟遇襲時，若不是他為了救她，意識突然凌駕過魔天，拉起她逃命，恐怕她早就沒命了，只不過掉入地道後，魔天的憤恨重新抓回身子的主控權，他就幫不了她了。

于藥兒越與陽天交談，就覺得與魔天比起來，陽天對她和善太多了，也願意對她吐露祕密，那麼她是否可以從陽天口中問出心魔之所以出現的癥結所在？

「那麼促使魔天甦醒的『那件事』，對你來說，除了兄弟相殘讓你無法承受外，還有哪些問題，也是你無法接受的？」

「呃？」關耀天一愣，沒想到于藥兒會突然將話題轉到這兒，俊雅的微笑也跟著消逝無蹤。

于藥兒見他面有難色，看來這還是他心底深處的一個大疙瘩，不能輕易碰觸，只好趕緊強調：「如果你不願意說，那就算了，若你覺得這個問題冒犯到你，我很抱歉。」

關耀天面露掙扎、猶豫，不知該不該對于藥兒敞開內心深處最幽暗的祕密，某種說不出的恐懼止住他的步伐，讓他無法再說下去，胸口也浮現鬱結之氣。

「**退縮了？害怕了？你怕就算說了，她也無法解開你的心病，只是讓你重陷那段痛苦記憶中，毫無幫助，並且大失所望？**」魔天終於忍不住嘲諷。

關耀天不由得失笑，他們倆還真愛在心裡互揭瘡疤，前一陣子魔天被他揭得煩不勝煩，現在倒換魔天報仇了。

他似乎在自嘲？于藥兒不懂他怎麼了，只能靜靜等待，希望能有轉機出現。

關耀天沉默了好長一會兒，內心天人交戰良久，才下定決心：「其實我一點都不想當太子，對爭權奪利沒興趣，我甚至承諾過，將來無論是誰登上王位，我都會盡己所能的貢獻心力，絕無二心。」

于藥兒暗暗鬆了口氣，他還願意說，看來她還是有機會的。「但最後，卻是你活了下來……」

「很諷刺吧？最不想要王位的人，卻是最後留下來的人。」關耀天自嘲的苦笑。「明明就不要這個王位，但在面臨生死關頭時，我還是不想死，最終踩踏著兄弟們的屍身繼續苟活，但……我已經不明白，自己究竟為何而活……」

他的表情越來越木然，陷入深深困擾住他的迷惘中，不曾走出來過。「只是為了不想死？為什麼不想死？我不知道……也沒人可以告訴我答案……」

他只知道，他被兄弟們的怨恨不甘推著往前走、被父王的期待推著往前走、被太子必須承擔的責任推著往前走，而他自己到底為何往前，他不知道，在很久很久以前，他就找不到自己的答案。

他很茫然，對於活下去這件事，他有著深深的罪惡感，甚至覺得自己根本就在苟且偷生，虛偽、卑鄙得可以！

于藥兒瞧著他越顯空洞的眼神，像個缺魂少魄的木偶，胸口也跟著隱隱抽痛，總覺得雖然兩人近在咫尺，此刻的他卻離她離得好遠，她想摸也摸不到。

原來他一直覺得自己不該活下去，才會自我創造出那些心魔，好來辱罵自己、折磨自己，他雖然還活著，卻活得無所依歸，不知意義何在。

他是個可憐人，卻鮮少人看到他可憐的這一面。他有太多面貌，溫文儒雅的、冷漠狠厲的、木然空洞的，那都是他，都是為了生存而衍生出的另一面，只不過人們大多只注意到他殘酷無情的這一個面貌。

無論別人如何怕他、忌憚他，她與他一同經歷過風風雨雨，她看過他被心魔折磨的模樣、也看到他最赤裸無助的模樣，她是怎樣都無法狠下心來討厭他的。

她想幫助他，無論她的力量多麼渺小、無論能不能成功，她都想為他做些什麼，而不是眼睜睜看著他繼續被心魔折磨，卻沒有任何動作！

內心打定主意後，于藥兒便收起憐憫神色，漾起溫柔的笑顏，輕聲說：「那麼，咱們就來尋找吧。」

關耀天從木然中回神，困惑的瞧著她。「尋什麼？」

「我相信，老天爺要你活著，一定有原因在，你只是尚未找到罷了。」她的笑容又柔美了些。「若你一個人找，毫無頭緒、無所適從，那麼讓我幫你吧，我陪你一起找，無論得花多久時間，都不要緊，而且我相信，只要不放棄，咱們終究會找到的。」

只要能幫他找到活下去的意義所在，他的心結就能解開了吧？雖然她不知這到底有多困難，但她願意試一試，畢竟要是不試，又怎知結果會如何？

「呃？」關耀天訝異的愣住，沒料到她竟想陪他一起尋找活下去的意義，而她也是第一個，用如此真誠的心意，想幫助他，不畏艱難的就是想幫他。

一股洶湧熱潮瞬間滿溢至心房，又暖又激動，內心深處某個緊緊糾纏的結竟一鬆而開，釋放出長久以來累積的罪惡、自責，讓他有種重獲新生之感，也讓他的心震撼不已。

就在這一刻，就在她用溫柔眸光瞧著他的這一刻，他終於明白自己為何活著，原來為的……就是她。兩行清淚不自覺的滾滾滑落，越來越迅速，他錯愕的摸著臉頰，不敢相信自己居然還會落淚，他本以為，自己早已失去這項本能了。

于藥兒沒想到他會突然掉眼淚，嚇了一跳，趕忙擔心：「陽天，你還好嗎？」

他回不出話來，只能摀住口鼻，低下頭，任由止不住的淚水傾流而下，讓壓抑已久的情緒徹底釋放出來。

原來就是為了她、為了在將來與善良又美好的她相遇，所以十年前的他還不能死，無論如何都得苟延殘喘下去。

走過十年的漫長煎熬路，他終於見到曙光出現、終於明白自己存在的意義，曾有過的茫然不解在這一刻徹底消散，多麼慶幸，自己還活著，也終於見到她了……

「陽天？」于藥兒忍不住手足無措，不知到底是哪句話害他哭得這麼慘，也不敢再隨意亂說話，就怕越說越糟。

她擔心又焦慮的等著陽天平撫心緒，懊惱自己終究還是把事情搞砸了，早知會演變成這樣，她就不開口試探了。

等待的時刻總是特別難熬，于藥兒好不容易才等到關耀天重新抬頭，激動的心緒似乎已經穩定不少，至少淚已經停了，她也終於能鬆下一口氣。

關耀天抹了抹兩頰淚痕，表情冷靜，眼神偏向一旁，冷不防罵了一句：「卑鄙的傢伙！」

「呃？」于藥兒錯愕的呆愣住，不敢置信，他現在在罵誰？

他沒好氣的瞧向于藥兒。「他暫時無法再面對妳了，所以推我出來，逼我收拾他搞出來的爛攤子。」

一個男人居然在女人面前哭得無法言語，這是件多麼丟臉的事，為何他就得代替陽天丟臉不可？

于藥兒眨了眨眼，才意會過來。「所以你現在是……魔天？」

「妳覺得呢？」關耀天勾起唇角，笑意微帶邪氣。

真的是他，陽天的笑容才不是這樣！于藥兒很快就定下心，不解的問：「他為何暫時無法面對我？」

「妳太讓他百感交集、無法自制了，再繼續面對妳，連他自己都不敢肯定會做出什麼事來。」

她微蹙柳眉，還是不明白究竟是什麼情況。「如何的無法自制？」

關耀天眸中閃過一抹戲謔之光，隨興所至，突然朝她傾身。「就像……這樣。」

「呃？」

于藥兒尚來不及反應，就見關耀天突然靠向自己，輕捏住她下巴，在她猝不及防時吻上她的唇，害她忍不住睜大眼，腦袋瞬間一片空白。

現在是怎麼一回事？她……被強吻了？

第十四章 將計就計

「那個不要臉的大混蛋！」

于藥兒一個人走在大街上，憤憤不平的低咒出聲，心中五味雜陳，臉都不知紅過幾回了。

想起昨日在涼亭內被關耀天「突襲」的事，她真有種想把自己埋入地洞裡的衝動，一開始她徹底呆愣住，由著他恣意輕薄，等到她回神後，她才大叫一聲，趕緊推開他，腳步踉蹌的逃跑，心慌意亂，渾身像著了火般，熱得發燙。

更讓她無地自容的是，今日她發現丫鬟看她的神色變了，又曖昧又憐憫，她本來還不懂怎麼回事，但隨後她就知道，關耀天吻住她的那一刻，附近恰巧有丫鬟經過，然後消息就迅速傳遍富園了。

丫鬟之所以對她投注又曖昧又憐憫的神色，是因為不知該恭喜她得到關耀天的「寵愛」，還是擔心她不知何時會被喜怒無常的太子給玩去了性命。

她並不擔心自己會沒命，因為跟在關耀天身邊已有一段日子，她大概明白他的行事準則，人不犯他、他不犯人，她若是沒有害他之意，他自然也不會要她的命。

但現在富園的人都把她當成關耀天的女人了，她無論走到哪兒都覺得尷尬無比，乾脆暫時離開富園喘口氣，希望能冷靜下來，結果她的心依舊混亂不已。

她不自覺的摸著唇瓣，難掩羞澀，明明已經過去一日，上頭似乎還殘留著他碰過的感觸，想甩都甩不掉。

他居然由著下人傳他們倆的事，不見阻止，到底存著什麼心思？他一直很明白，她對他是有好感的，那麼他對她究竟有什麼感覺？

他突如其來吻了她，只是存心捉弄，還是……他對她也已萌生出好感，才會如此逗弄她，肆無忌憚？到底是哪一個？他從沒清楚表明過，只會一而再的捉弄她，她看不透他，就只能繼續糾結在他曖昧不明的態度上，不知該如何是好……

「唉……」于藥兒大吐了口氣，感到又無奈又無力。「算了，不想了，再想下去頭痛的還是自己。」

此時于藥兒已經來到一間藥鋪前，熟門熟路的走進去，她在百會縣時都是固定來這兒補藥材，所以藥鋪夥計早就認識她。

藥鋪夥計看到她出現，即刻揚起笑意接待，只不過笑容有些古怪，不太自然。「于姑娘，有一陣子不見了，今日要什麼？」

「川芎、赤芍、沒藥，各一兩。」于藥兒的心思依舊混亂，所以也沒注意到藥鋪夥計今日怪怪的。

「好的，妳請稍等，我到倉庫拿藥材去。」

平時買藥材，除非藥量太大，要不然夥計都是直接從後頭的藥櫃取藥，但今日卻特地到倉庫去，若是平時的于藥兒，會立即察覺不對勁，但她此刻滿腦子都在想自己與關耀天的事，根本無心理會。

沒多久後，有名男子從通往倉庫的內門走出，于藥兒以為是夥計回來了，終於回神。「對了，我還忘了一味……呃？」

來人並不是藥鋪夥計，而是一名戴著毛皮帽，下半邊臉蓄著短鬚的男子，于藥兒覺得他有些眼熟，但又無法即刻反應過來，自己到底是在哪裡見過他？

「于姑娘。」男子眸光熱切的瞧著她。

聽到這熟悉的聲音，于藥兒才恍然大悟。「朱寨主？」

是朱立和！他刻意蓄的鬍子，不但遮住大半邊臉，還讓他看起來老了十歲，她一時之間才認不出來。除此之外，還有一件困擾她的事，剛才的眼熟感，她似乎在這之前早已有過類似感受。

但現在重要的並非眼熟問題，所以于藥兒將困惑暫時擱著，神色立即凝重起來。「你怎會在這裡？既然你已逃出去，就不該再待在百會縣。」

「于姑娘，很抱歉差點害了妳，但要是不與妳解釋清楚那件事，取得妳的諒解，我會始終過意不去，自責不已。」朱立和緊蹙雙眉，明顯的懊惱。

他無法潛入富園找她，只能在外頭等待，而她會去的地方很固定，他才會埋伏在藥鋪這兒，等待機會與她見面。

「過去的事就不要再提了，你走吧，那是我幫你的最後一件事，以後請你好自為之。」于藥兒的口氣難得強硬。

「不，妳一定要聽我說，我的同伴過於心急，想趁機除去他這個大禍患，才會突然下重手，因此連累到妳，要是知道他們完全不顧妳的安危，我說什麼都不會要妳幫這個忙的。」

「是，他是剿了你們的寨，對你們而言，他的確是禍患，但不可否認，也是因為他出現，辜進譽的問題才能快速解決，還百姓們一個安穩日子。」

關耀天的手段是凶狠了些，但也因為他的果斷行事，不照規矩來，百姓們的日子才有辦法那麼快恢復正常，而且沒引起太大動亂。

他做的事，好壞難定，端看人們以何種角度看他，眾人盲目的視他為魔王化身，對他並不公平，所以她無法認同朱立和的想法。

「雖說辜進譽死有餘辜，但他殘忍無情的性子，隨時都有可能禍害他人，不分青紅皂白，恐怕有一日連妳也會遭殃。」

「我不認為他是這種人，或許大家都誤會他了。」于藥兒堅決的幫關耀天說話：「無論你與他誰是誰非，我都不想再插手了，我不會告訴他今日見到你的事，你也別再來找我了。」

當初她之所以幫助義風寨，是因為辜進譽的貪婪造成百姓痛苦，現在辜進譽已死，賑災該放的糧都已放下，百姓的生活不再艱困，她當然沒有繼續攪和的必要。

朱立和表情一僵，不敢置信。「難道妳……真的喜歡上關耀天，才會一改態度，拚命為他說話？」

「我只是實話實說。」

「妳以為我不知道？妳與關耀天有曖昧的事早在富園傳開，難道不是？」朱立和突然憤怒激動起來。關耀天哪裡好了？她怎會喜歡上那一個有病的傢伙？明明一開始她是偏袒他的，沒想到事易時移，她已完全倒向關耀天那邊。

他本以為那些流言可能只是一場誤會，但于藥兒的態度讓他失望透頂，不得不相信流言確有其事。

于藥兒心一驚，困惑至極。「你是從哪裡得知這個消息的？」

她不相信富園內的閒言閒語有那麼容易流到外頭去，而且還是流到朱立和耳裡，這表示他們那裡有內奸，正將他們的一舉一動全都透露出去。

所以內奸到底是誰？關耀天他們難道都沒察覺到誰怪怪的嗎？

「這並不重要，重要的是妳……」

「你是何人？竟敢偷偷靠近于姑娘！」

暗隨在藥鋪外的衛七聽到不明爭執聲，趕緊闖入，才發現打扮可疑的朱立和，他眸光一銳，即刻出手擒拿。

朱立和雙眉一蹙，趕緊抓住于藥兒，扣在自己身前，大聲警告：「別靠過來！」

「唔！」于藥兒被猛力掐住脖子，忍不住悶哼一聲，表情痛苦。

「于姑娘！」衛七擔心的頓下，不再靠近，就怕朱立和在情急之下，真會傷了于藥兒。

「你要是再敢妄動分毫，當心她的小命！」朱立和緊盯著衛七的舉動，正在尋找逃脫機會。

于藥兒正想著該如何掙脫，朱立和卻低頭在她耳邊喃道：「于姑娘，情非得已，接下來只能請妳多擔待些了。」

多擔待些什麼？她來不及細想，頸後瞬間傳來一記強烈疼痛，她雙眼一閉，立即陷入無邊無際的黑暗中，徹底失去知覺……

※　※　※

「魔天，你不該一直戲耍于姑娘，若真嚇跑她，你肯定會後悔的。」陽天忍不住抱怨兼警告。

居然拿他當藉口趁機吃于藥兒豆腐，還吃得理所當然、毫無愧疚，他真不知下一回該如何面對她！

「她若是個容易被嚇跑的女人，早就跑了，怎還會留到現在？」關耀天倒是不怎麼擔心。

此時只有關耀天一人坐在房裡，一邊翻閱文件，一邊與陽天交談，無所顧忌。

「要不是有『人質』在手，你確定她真的不會跑？」陽天可沒他這麼篤定。

「憑她的聰慧，她若真想跑，絞盡腦汁都會想出辦法來。」

只要她想，他相信她不會走不了，只不過她的心腸太軟，又先對他動了心，才會牽絆住自己的腳，無法放下他。

而每每看她慌亂得手足無措，失去平時的冷靜聰慧，不得不否認，頗讓他感到愉悅與得意的。

「嘖，難怪別人會說你喪心病狂。」陽天就是拿他這「異於常人」的性子無可奈何。

關耀天笑笑的不否認，也不以為意，他的確就是這樣，沒什麼好辯駁的。

「你怎會來到這兒？」

「請留步，快停下來！」

就在這時，屋外突然傳來騷動聲，有人硬是闖入關耀天的院落，正與護衛們起爭執。

「關耀天在裡面吧？快讓開，我非見到他不可！」于非颺憤怒的咆哮。

「于大夫，您不該隨意出房，在下也不會讓您驚擾殿下。」衛一和護衛們一同擋下于非颺，不讓他有跨入院門的機會。

「無論你們如何攔阻，沒見到關耀天，我死也不回去！」

「于大夫……」

關耀天挑了挑眉，看來于非颺是來勢洶洶，火氣不小呀，該不會……他也知道「那件事」了？

「**這一回是你惹出來的事，換你好好收拾吧**。」陽天大概也猜得出于非颺來興師問罪了。

收拾就收拾，誰怕誰？關耀天即刻起身，推開房門，揚聲說：「不必攔他。」

「呃？殿下？」衛一與護衛皆訝異愣住。

這下子于非颺可不客氣的進入，風風火火的來到關耀天面前，一把就揪住他衣領，破口大罵：「你這個該死的混帳！」

他雖然被限制行動，只能在自己的院落內行走，但他還懂得賄賂專門幫他送膳食的丫鬟，所以外頭發生什麼事，他也大多清楚，並非一無所知。

昨晚于藥兒過來與他用膳時，神色有異，似有心事，今日丫鬟來時他特地詢問一番，丫鬟便將昨日的事告訴他，聽得他不敢置信，胸中一把火頓時狂燒起來。

這個該死的、不要臉的、卑鄙的傢伙，竟然趁機輕薄他義妹，他要是再忍氣吞聲下去，他就不叫于非颺！

關耀天輕勾嘴角，要笑不笑的與他互瞪。「我犯著你了嗎？你有什麼資格罵我混帳？」

他活了二十多年，知道他是關耀天的人，還沒人敢如此冒犯他，這個于非颺很不簡單、很不怕死呀，倒是值得他好好的玩一玩。

「**喂，你又來了！**」陽天不得不雜唸，他就是這樣，就愛玩弄冒犯他的人，把這當成一種「樂趣」。

「你還敢說？你居然輕薄藥兒，身為她義兄的我怎能不幫她討回公道！」

「就算要討公道，也該是她來向我討，怎會是你？還是她向你哭訴，要你幫她討這個公道了？」關耀天處變不驚的反問。

「呃？」于非颺頓時愣住，不知該如何回答。

「看來沒有，是吧？既然她都不認為有什麼公道該討，你又在瞎忙些什麼？就怕她知道你來找我算帳後，反倒回過頭來怨你一頓，甚至怪你多事也不一定。」

感情這種事，最忌諱外人來瞎攪和，弄得不好，「好意」幫忙的人只會攪得自己一身腥，得不到感激還不打緊，甚至反而會惹人怨呢。

于非颺臉色微變，照于藥兒的性子，是肯定不會同意他來找關耀天理論的，但他實在忍不下這口氣，頓時繼續罵下去也不是、摸摸鼻子掉頭回去也不是，簡直氣死人了！

于非颺就是無法忍受，乾脆說：「但你惡意輕薄她，就是不對！」

「惡意的確不對，但……你又怎知我是有意無意，還是刻意惡意？」關耀天笑意漸揚，隱帶曖昧。

「呃？」于非颺再度愣住，難道關耀天……真打算伸出「魔爪」，準備把于藥兒吞吃下肚了？

不行，絕對不行！先不說其他問題，光關耀天詭譎難測的性子，就絕不是個可以託付終身的對象，誰跟了他誰可憐！

于非颺正要反駁，沒想到熟悉的熱意又在胸口浮現，他隨即臉色大變，知道又有事情發生了！

關耀天瞧他突然變了臉，似乎很焦急，不由得挑了挑眉，納悶他這一會兒在玩什麼把戲？

于非颺已經顧不得那麼多了，心急的問：「藥兒呢？她現在在哪兒？」

「你怎會突然在意起她的行蹤？」

「因為我有感覺，她肯定又出事了！」于非颺激動的回答。

「什麼？」關耀天雙眉一擰，不疑有他。

是哪個人膽敢動她？只要她有半根寒毛被傷著，他絕不放過那個人！

※　※　※

她現在……是在哪兒？

于藥兒不知自己昏迷了多久，當她重新恢復意識時，只覺得似昏似醒，無法凝聚起精神，甚至眼皮沉重，難以睜開，身子非常不舒服，像有一把火正在體內深處燒著，蔓延至全身，持續的發熱。

她知道狀況很不對勁，某種慾望正被硬生生的挑起，無法控制，還越來越強烈，不斷的折磨她。

恍恍惚惚，她睜了又閉、閉了又睜，無法思考，只知道自己躺在一間陌生的房內，除了她以外，還有兩個人正背對著她爭執，一男一女，吵得激烈。

「我是在幫你，幫你盡快得到你想要的女人，要不然當心她隨時會被搶走。」

「就算如此，我也不需要妳用卑鄙的手段！」

男的聲音似乎是朱立和，女的聲音很陌生，她不曾聽過，所以朱立和在與誰說話？

「都到了這個節骨眼，你還裝什麼清高？要做大事，就不能心軟，必要時見不得人的手段也得使，對待女人也是一樣。」女人哼了哼。「我告訴你，要讓女人死心塌地的順著你、幫著你，很簡單，先得到她的人就是了，不管用什麼手……」

「夠了，妳住嘴！」

她繼續躺在床上，無力反抗，只能將自己的身子慢慢縮起，咬住下唇，忍受著慾望難耐的煎熬。他們倆的對話時而清晰、時而模糊，似幻似真，如在夢中。

「你不領情就罷了！要不要她，你自己決定，反正我該下的暗示已下，她最後到底跟誰，我無所謂，你不要後悔就好。」

什麼暗示？為何她聽不懂？

爭吵的兩人不再說話，倒是有另一個奇怪聲音響起，像是石磚石塊之類的東西被搬動，過一會兒後，聲響便完全停止。

房門沒有開，但那名女子不見了，只剩朱立和留在房內，並且懊惱的咒罵出聲。

他來到床旁，瞧著臉蛋嫣紅的于藥兒，內心萬分掙扎，他不想用這麼卑鄙的方式得到她，但他一而再的利用她脫險，她對他的印象肯定更糟了，短時間內，他又怎有辦法挽回她的心？

況且她已經開始倒向關耀天了，他要是再沒動作，她遲早會成為關耀天的女人，關耀天再有她的聰慧幫助，肯定如虎添翼，會比現在更難纏。

雖然紅鴛的手段激進了些，但她說的沒錯，若不趁現在讓于藥兒成為他的女人，之後恐怕沒機會了，他會徹底錯失掉她。

掙扎了好一會兒，朱立和眸光一黯，還是下定決心，不想錯過這個大好機會，先得到她的人再說，她的心……他可以之後再慢慢挽回，至少絕不能讓關耀天先占有她！

「于姑娘……」

他輕撫著她又紅又熱的臉頰，引起她敏感的輕顫，她勉強睜開眼，一邊喘氣，一邊問：「你……想幹什麼……」

「妳是個特別的女人，我很喜歡妳，不想失去妳，所以……」

他的手移到她腦後，一拉髮帶，黑而柔的髮絲便如流水般鋪散在床，接著往下拉開腰帶綁結，裙頭一鬆，上衣交領也跟著鬆開，露出一小片雪白鎖骨。

他緊盯著她的鎖骨，眸中漸染情慾之色，掌心撫上她細膩的頸項，慢慢深入，輕輕一撥，半邊雪肩露出，惑人心魂。

「不……不行……」于藥兒想阻止他，卻完全使不上力，反倒被他的刻意撩撥激得身子輕顫不斷，越來越無法克制。

再這樣下去，她的清白就要不保了，有誰能來救她？她不要被迫失身於他，不要！

朱立和捧住她臉頰，神色堅決，不管她願不願意，他都一定要得到她，搶先關耀天一步得到她！「藥兒，成為我的女人吧，我會好好疼惜妳的……」

于藥兒看著他逐漸低頭，氣息越來越靠近，感到前所未有的絕望襲來，忍不住泛起淚光。「不……」

「啊——」

就在兩唇即將相接時，房外突然出現慘叫聲，嚇了朱立和一跳，緊接著混亂的打鬥聲響起，似乎有人闖進來了！

只一眨眼，房門被人猛力踹開，關耀天殺氣逼人的瞬間闖入，掌成利爪的朝朱立和狂襲過去。「朱立和，納命來！」

朱立和心一驚，在最後一刻勉強閃過，避開襲擊，沒想到他們如此快就找到這裡，簡直不可思議！他絕不能被抓住！為了自保，他只能果斷捨棄于藥兒，逮著空檔，即刻破窗逃跑。

「別讓他跑了！」關耀天轉身命令後進的衛一與衛七。

「是！」衛一與衛七立即跳窗追出。

關耀天來到床邊，看到于藥兒似昏似醒，衣衫不整的模樣，雙眉緊緊蹙起，擔心的輕撫她臉蛋。「藥兒？」

「嗯……」她忍不住呻吟一聲，散發著不曾出現過的明顯媚意。

關耀天心一沉，瞧她雙頰泛著紅暈，並且全身發熱，神思恍惚，種種跡象都顯示出一件事，她被人下了媚藥！

要不是有于非颺指引，他們不可能這麼快就找到此處，要是他再晚來幾步的話，後果恐怕不堪設想！

關耀天恨不得馬上掐死朱立和，但現在最要緊的是于藥兒，他只能暫收殺氣，拉過一旁的薄被，將她緊緊包裹住，不洩半點春光。

此時于非颺才急忙衝入房內，連聲喘氣。「找到藥兒了嗎？」

關耀天打橫抱起于藥兒，表情凝重的對于非颺說：「咱們先回去！」

于非颺見于藥兒似昏似醒，氣色非常不對勁，雙眉一蹙，知道她的狀況恐怕不太好。

他們迅速離開這間隱藏在小巷道裡的民居，即刻趕回富園，一回到富園，關耀天便腳步急促的往于藥兒的院落走，于非颺也緊跟在後。

于藥兒始終意識恍惚，臉上、身子都流了不少汗，關耀天一將她放上床，馬上命令房中丫鬟：「快去拿水及毛巾來！」

「是！」丫鬟趕緊轉身準備。

于非颺接著靠過來，想拉下于藥兒身上的薄被，關耀天即刻扣住他手腕，力道強勁，擺明了不許他這麼做。

于非颺瞪向關耀天，有些惱火。「我是大夫，你刻意阻著我，是要我如何幫藥兒看診？」

「她的狀況有些狼狽。」他冷下表情與于非颺對峙，不願她的狼狽樣被其他男人看到。

「男男女女的哪種狼狽樣我沒見過？身為大夫，該有的醫德我不曾逾越過，反而你才是該避嫌的那一個。」于非颺直指真正的問題所在，毫不客氣。

關耀天神色微變，也跟著惱火起來：「你──」

「我只不過實話實說，有什麼不對？」于非颺更進一步的下逐客令：「丫鬟留著幫忙就好，你到外頭候著，免得妨礙我看診。」

關耀天又氣又惱，怒火高張，于非颺不怕死的程度真是前所未見，讓他大大的開了眼界！

「你再與我僵持下去，受苦的只會是藥兒，難道這是你想見到的？」

果然一提到于藥兒，關耀天想不妥協都不行，他萬般不情願的收手，隨即離開內房，到外房小花廳等著。「嘖！」

于非颺懶得理他的不滿，趕緊掀開薄被一角，拉出于藥兒的手把脈，如他所料，她被人下了媚藥，藥性正在發作，讓她很不好受。

他從藥箱內拿出適合的解熱丹藥，要丫鬟去倒冷水，接著他小心扶起于藥兒，將丹藥塞入她嘴裡，並與丫鬟一同餵她喝水，一連喝了三碗才停止。

很快的，于藥兒渾身發燙的跡象已經緩解，不再繼續冒汗，表情也不再痛苦難捱，轉而沉沉睡去。

在確定狀況已穩後，于非颺才要丫鬟替她更換濕衣，忙碌一陣後終於處理完畢，徹底放下心來。

瞧著沉睡的于藥兒，于非颺雙眉始終緊蹙，非常苦惱，想來關耀天是真的看上她了，要不然不會有如此大的反應。

但這卻是他最不願見到的事！她想跟誰都好，就是關耀天不行，為了她好，無論如何他都得想辦法阻止！

于非颺輕咬下唇，琢磨著有哪些方法可用，接著眸光一亮，揚起有些惡意的痞笑。

他乾脆來個將計就計，說于藥兒已經失了清白？男人的劣根性難道他還不懂，遇到女人的清白問題，鮮少有男人不為所動，甚至可以說絕不可能，肯定會受到重大打擊。

雖然這麼做有些缺德，但他也不是什麼善男信女，在尚未從醫前，各種缺德事他也做過不少，不差再多這一項。

打定主意後，于非颺就要丫鬟顧著于藥兒，並趁丫鬟不注意時，拿起于藥兒換下的裙子，偷偷在裙內動了點手腳。

準備完成後，他就拿著裙子來到外房，打算好好的演一場戲，斷絕關耀天對于藥兒的情意。

關耀天見于非颺出來，即刻關心的靠上前：「她還好嗎？沒事吧？」

「她被人餵了媚藥，現已解了藥性，正在沉睡中。」

關耀天聽完後，便想衝進內房，但于非颺伸手擋下他。「等等，我還有話沒說完。」

「有什麼話不能一次說完的？」關耀天沒好氣的瞪他一眼。

于非颺嚴肅的沉默了好一會兒，才語氣沉重的說：「藥兒她……她的清白已有所損。」

「什麼？」關耀天不敢置信的擰起眉，立即反駁：「不可能！」

「你何以斷定不可能？」

「咱們很快就救回她，朱立和根本沒多少時間對她下手！」

于非颺哼笑了笑。「很快？又有多快？她畢竟還是落入朱立和手中一段時間，況且要毀一個女人的清白，根本不需要太多時間。」

「咱們找到她時，她的樣子雖然狼狽，但還不至於……」

「你又怎知那時是正要開始，還是早已結束，朱立和正在收拾善後？」

關耀天表情一僵，心也跟著重重一沉，非常不好受。

難道他們真的遲了？就算他們再如何努力，依舊挽回不了根本不該發生的事？

「這種事是不能隨意亂說的，我又怎會妄毀自己義妹的名節？」于非颺沉重的強調，將染上一小塊紅漬的裙子遞到關耀天面前。「你不信我就算了，那麼……這個呢？」

關耀天冷瞪著裙上的紅漬，心又沉得更深，像是跌落萬丈深淵，萬劫不復。就算證據就在眼前，他還是不想相信、不想接受這種事竟發生在于藥兒身上。

「雖然她已失了清白，但那非她所願，望殿下別因此就對她『另眼相看』，免得連她的心也傷了。」

目的達到後，于非颺就放下手，不再阻止關耀天是否要去看于藥兒。

關耀天在原地停留、掙扎了好一會兒，最後還是進到內房，來到床邊，看著于藥兒平靜的沉睡面容，自己的心湖卻是驚濤駭浪，遲遲無法冷靜下來。

為什麼會發生這種事？他好不容易才遇到一個能走進自己心房的女人，才想著她或許就是屬於他的命定之人，結果一場意外，就將這一切徹底打壞，難以挽回。

他想要的女人，卻被其他人先奪了清白，這教他情何以堪？在她醒來後，他們倆又該如何繼續相對？

他頭一回感到混亂糾結，胸口鬱悶沉窒，無法做出任何決定……

第十五章　月下示情

于藥兒被救回富園時，已接近夕陽西下時刻，而她服下的媚藥很損元氣，因此她整整睡了一晚，才在隔日早上甦醒過來。

她一睜開眼，就見到于非颺坐在靠窗邊的椅子上，支顏假寐著，眉心微蹙，看來睡得不是很舒服。

于藥兒想起身，卻發現氣虛無力，只好出聲喚道：「義兄……」

她的聲音雖弱，淺眠的于非颺還是驚醒了，他即刻靠過來，欣喜的扶她起身。「慢慢來，別急。」

于藥兒緩慢的起身，終於靠坐在床頭，卻也微冒了些汗。「義兄，我是怎麼了？」

「妳被餵了媚藥，媚藥雖能短暫激出身子的情慾之感，但非常損身耗氣，在藥性過去後，往往會比平時更加疲累不振，所以妳還需要補一下身子，才能將精氣補回。」

這也是為何常用尋歡藥的人身子會敗壞得更快，服藥後出現的身強氣壯只是暫時假象，只是在短時間內過度耗用精氣，將身子迅速掏空，壞上加壞，之後的反噬惡果可是會讓人悔不當初的。

「嗯。」于藥兒輕輕點頭，腦袋已經清醒不少，想起之前發生的事，不由得蹙起雙眉，沉沉一嘆。

沒想到朱立和為了得到她，竟無所不用其極，此刻她對他已經不是失望，而是徹底心寒了。

為何一個人可以是個見義勇為的英雄，也能是個不擇手段的卑鄙傢伙？人性的複雜，真是讓人難以理解，也難以捉摸。

要不是關耀天及時找到她、救走她，或許她早就……

于非颺表情一變，嚴肅的說：「藥兒，有件事，我必須告訴妳。」

「什麼事？」

「我騙了關耀天，說妳……已非清白之身。」

「什麼？」于藥兒不敢置信。「你為何要這麼說？」

「當然是趁機斷了他對妳的興趣，免得妳與他一錯再錯，到最後難以收拾，妳我想走都走不了。」

「為何你如此肯定這絕對是錯的？」于藥兒忍不住激動，無法接受于非颺竟做出這種欺騙。

「這事我看太多了，妳與他都掉入了『移情』陷阱內，動錯情、解錯意，卻猶不自知。」于非颺篤定的說。

「如何的動錯情、解錯意？」

「就說關耀天吧，一開始他並不信任妳，現在轉而對妳有興趣，妳以為會是什麼原因？不就是妳的關心讓他上了癮，他想從妳身上討到更多關注，好滿足自己匱乏的心。」

這種狀況屢見不鮮，醫者對病人的關心，就只是盡心盡力的想醫好病，不帶其他意圖，但病人往往會不自覺的喜歡上被關心的滋味。有些病人只是心存崇敬，最麻煩的就是對醫者動了情，但與其說病人是喜歡上醫者，倒不如說，病人愛上的，只是「被關心」的撫慰及滿足，不一定要醫者來做，其他人也可以。

所以于非颺根本不相信關耀天對于藥兒的好感是真的，肯定只是大夫與病患間常見的移情錯覺，別想騙過他！

于藥兒想反駁，卻不知從何反駁起，因為連她都不清楚關耀天對她有何心思，難道……真的像于非颺說的，只是單純的移情錯覺？

「而妳，明知關耀天不該惹，為何卻還是深陷下去？一位醫者若對病患的苦痛太過憐憫，甚至逾越了該有的分寸，也會誤將同情當成喜愛。」于非颺語重心長的叮嚀：「對醫者來說，拿捏不好與病人間的關係分寸，是個非常大的忌諱，遲早惹禍上身。」

所以身為醫者，潔身自愛非常重要，也必須與病患保持一定距離，盡量別讓病人有誤會之機，也該時時警惕自己，別陷入移情的錯境還無法自拔。

于藥兒還是辯駁不了，卻又非常不甘，好不容易才勉強吐出：「難道就不能說，我與他是真有緣分，只不過恰好是用這種方式相知，並非純粹的移情錯覺？」

「那好呀，妳告訴我，妳分辨得出，妳與他此刻的關係究竟是命定之緣，還是純粹的移情錯覺？」于非颺乾脆反問。

于藥兒再度沉默下來，啞口無言，她的確分不出，究竟哪一個才是真的，她是否真的太一相情願了？

「連妳自己都分不出來，是吧？」于非颺嘆了口氣，拍拍于藥兒肩膀。「藥兒，若他真是妳的良緣，我當然樂見其成，但現在看來，恐怕不是。別被一時的迷亂沖昏腦袋，因而做出錯誤決定，搞得不好，妳這一輩子就毀了。」

于藥兒知道于非颺是為了她好，但她的心緒已經一團混亂，難掩沮喪與失落，想要勉強一笑都困難。她與關耀天，真的不該在一起嗎？有誰能告訴她確切的答案，而不是讓她繼續苦苦掙扎，不知該如何抉擇才好？

「要不然這樣吧，妳就當這是一場考驗，他若是認真的，就該義無反顧，包容妳承受過的一切，不管妳的清白之身是否已毀，但他要是只想玩玩妳，也正好趁機看清他的真面目，該醒悟就醒悟，好嗎？」于非颺只能拐個彎，誘她接受這件事。

反正男人的劣根性都差不多，很難不介意姑娘家的清白，他就不信關耀天有多麼「大肚」，可以完全不在意！

于藥兒掙扎了好一會兒，才終於點頭，勉強接受他的提議，配合他暫時隱瞞事實。「嗯。」

于非颺與關耀天，是她的兩難呀，她也因此陷入左右為難的困境，就算再如何聰慧，也有無可奈何的時候。

她只能將寄望放在關耀天身上了，希望他接下來的舉措，不會讓人失望，她才能向于非颺證明，這真的不只是純粹的移情錯覺。

忐忑不安呀……真是煎熬……

※　※　※

「殿下，很抱歉還是讓朱立和逃走了，屬下辦事不力，請殿下責罰。」

在關耀天的房裡，衛一正向他報告逮捕結果，雖然他們在那一座民居內逮到不少朱立和的同黨，但還是讓最重要的朱立和逃跑了。

民居附近的街道彎彎繞繞，像是迷宮，沒有一個規則可尋，朱立和占著熟悉地形之利，很快就消失在巷道內，順利脫逃。

自從朱立和從大牢脫困後，就越來越狡猾小心，是少見的難纏，衛一對沒能順利拿下朱立和一直耿耿於懷，覺得有負主子所託，所以表情分外凝重。

關耀天坐在長榻上，此時的他思緒煩亂，無心處理事情，只淡淡的吩咐：「繼續找下去，無論如何都要抓到他，其他事情，之後再說。」

「是。」衛一有些訝異，他還不曾見關耀天如此煩亂過，像被什麼事深深困擾著，看來是他非常在意的事。

衛七就站在衛一身旁，衛一報告完後，就換衛七下跪，非常懊惱：「殿下，是屬下的警覺不夠，才會讓朱立和有機可乘，屬下愧對殿下的信任，請殿下責罰。」

他沒想到朱立和竟會在藥鋪內守株待兔，因此失了警覺，讓事情鬧得這麼大，身為十二衛之一，出現這種失誤，他真的萬分慚愧，都想一死了之了！

關耀天照樣無心究責衛七的失誤，只覺得胸口一股悶氣始終吐不出，還越積越沉，糾結不已，不舒坦極了。

衛七等了一會兒，卻沒等到關耀天有任何回應，只見他雙眉蹙得死緊，不知在想什麼，明顯的魂不守舍。

現在是什麼情況?衛七不解的瞧了衛一一眼，衛一回以「他也不懂」的眼神，同樣納悶極了。

此時有人敲了門，一名丫鬟進到房裡，來到關耀天面前，躬身說道：「殿下，于姑娘已經醒了。」

她醒了？關耀天立即回神，把衛一及衛七擱在一旁，一個人下榻往外走，腳步迅速，早已迫不及待想見于藥兒一面。

他就等著于藥兒甦醒，想向她確認那一件事，或許裙上的血漬根本不是她的、或許那血漬是因為其他原因而沾染上的，總而言之，除非她親自承認，要不然他就是不願相信那件事。

就算只有一丁點的轉圜可能，他也要死死抓著不放，不到最後關頭，絕不輕易死心！

關耀天迅捷如飛的經過渡橋、長廊、迂迴小徑，終於進到于藥兒的院落裡，他推開房門，一路往內，第一次感到前所未有的心急。

他一進到內房，就見于非颺站在床邊，于藥兒則神色微虛的坐在床上，正聽著于非颺說話。

關耀天一出現，于藥兒已然沉重的表情一頓，柳眉微微蹙起，心想他終於還是來了。

關耀天在床邊停下，神情凝重的對于非颺說：「我要與她單獨說話。」

于非颺沒有阻止，直接轉身往外走，很乾脆的給他們倆獨處機會。

關耀天瞧著她略顯蒼白的臉色，以及藏不住的愁容，內心的焦慮更是強烈，過去無論發生什麼事，他也不曾見她如此沮喪過，難道她……真的經歷過「那件事」？

關耀天沉默了好一會兒，才終於開口：「一切還好嗎？」

「只是氣稍微虛了些，其他並無大礙。」于藥兒力持平穩的回答。

「在身子尚未完全恢復前，好好休息，什麼事都別做，免得累壞了自己。」

「我知道。」她輕輕點頭。

關耀天暗暗咬牙，欲言又止，沒想到都已經來到這裡，他竟想著該不該罷手，就怕面對現實。

他忍不住自嘲，自己何時變得如此窩囊了？這樣的他……還是他嗎？

在猶豫、掙扎萬分後，關耀天還是下定決心，豁出去的問：「妳……」

于藥兒靜定的等著，等他把最關鍵的問題問出口，也隱隱忐忑不安著，不知他最後的反應會是什麼？

關耀天懊惱的大蹙起眉，到最後一刻還是拐個彎，用迂迴的方式問：「于非颺說妳的身子已經……是真的嗎？」

于藥兒輕咬唇瓣，微低下頭，一副欲言又止的模樣。她故意不清楚的回答他，由著他自己解釋，也盼他別讓她失望。

于藥兒不願直接答覆的反應，讓關耀天的心重重一沉，最後一點期望也跟著煙消雲散，無言以對。

為什麼她會遇到這種事？難道這是上天對他的懲罰，藉由毀了她來間接折磨他，要他不好過？

呵……這一招還真是高呀！上天知道若是直接懲罰他，他根本不在乎，甚至不以為意，所以才會轉而用這一招，也的確順利懲罰到他了，是嗎？

該死的老天爺！該死的朱立和！這兩個他都絕不放過，就算必須窮盡畢生之力，他也要反擊，絕不會就這麼算了！

關耀天又氣又怒，也忍不住絕望，再待下去，他也不知該說什麼，只好轉身。「妳繼續休息吧。」

「呃？」

于藥兒錯愕的抬起頭，看著關耀天疾行而去的背影，頓時大失所望，難道他真的像于非颺說的，對她只是玩玩的，沒什麼真心，才會如此輕易就掉頭離去？

「呵……」她不由得自嘲的輕笑，想想也是，他貴為太子，怎會選擇一個已是殘花敗柳的女人？他就算一時對她產生興趣，要拋下也很容易，反正肯定會有更好、更美的女人出現，她根本就不算什麼。

難道她的一見鍾情真的只是錯覺、只是自己的一相情願？或許……錯的人真的是她，是當局者迷的她呀……

※　※　※

不知不覺已過去三日，這休養的三日內，關耀天不曾再出現在于藥兒面前，連派人關心都沒有，讓她對他的失望更加濃厚。

這樣的考驗果然還是太殘酷、太折磨人了，試問天底下有多少男人有辦法承受？恐怕是寥寥無幾吧。

關耀天不再出現，最開心的人非于非颺莫屬，雖然看到于藥兒跟著愁眉不展，他有些心疼，但若不讓她認清現實，她是不會死心的，況且傷痛總會過去，再熬一段日子就會沒事的。

經過三日的休養，于藥兒的身子已經好得差不多了，入夜後，她一個人推開窗戶，瞧著圓月當空，吹著靜夜涼風，卻始終吹不散心中的愁緒。

接下來她與關耀天之間，還會有什麼發展，還是緣分就此停步？內心的茫然似無止境，感覺不到兩人的將來。

「唉……」于藥兒忍不住重嘆了口氣，雖已入夜，但她一點睏意都沒有，只能枯坐在房，虛耗光陰。

反正也睡不著，她乾脆起身離房，到外頭透透氣，順道消磨一點時間。

然而漫漫長夜，睡不著的人不只于藥兒，關耀天一人坐在繁花簇擁的花亭內，對月飲酒，內心的煩愁無法向人訴說。

對於于藥兒，他雖有諸多不捨，卻無法不在意朱立和搶先一步占有她的事，雖然這並非她所願，她也受到很大傷害，但他就是放不下自尊心，做不到心無芥蒂。

況且這事要是傳了出去，他們又該如何面對眾人眼光？他更無法忍受朱立和此番羞辱，說什麼都嚥不下這口氣！

「**你真打算為了不是她的過錯，就此放棄難得能讓自己心動的女人？**」陽天忍不住替于藥兒抱不平。

「心動又如何？這世上多的是無法與心愛之人長相廝守的事。」關耀天自嘲的哼笑。

人世無常，不正是如此？或許他與她，就只有短暫的緣分罷了，才會出現朱立和這個壞事者，瞬間就毀了一切。

也罷，就趁著他才剛對她用情，尚未陷入太深之前，趕緊收手，現在為時還不晚，要是再繼續下去，對他與她都是一種折磨。

「**但她是唯一能解救咱們的心藥，錯過她，以後你肯定會後悔的！**」陽天難掩激動。

「後悔？呵……」關耀天繼續自嘲：「我倒還不知後悔是什麼滋味……」

現在放棄于藥兒，將來會不會後悔，他真的不知道，而該不該冒這個險，說實話，他也沒有把握。

所以他只能繼續在猶豫不決裡掙扎、煎熬，反反覆覆，似無止境，與自找罪受無異。

「殿下，都這麼晚了，你怎會在這兒？」

就在此時，于藥兒的聲音突然從亭外傳來，抓回了關耀天的思緒，他一轉頭，就見她已來到亭口處，一臉關心的瞧著他。

他這幾日刻意不見她，就是不知該如何面對她，沒想到卻會在這兒遇見她，終究無法逃避。

于藥兒見他表情淡然，不知在想什麼，也沒有任何表示，乾脆主動詢問：「我可以進去嗎？」

看來這是上天給她的機會吧，兩人一直不相見，讓情況繼續未明下去也不是辦法，總該要有個了結。

「進來吧。」她人都已經來了，難道他還要趕她走？當然只能讓她進了。

于藥兒進到花亭內，在關耀天身旁坐下，主動替他斟酒。「殿下有何煩心之事，才會獨自在這兒對月飲酒？」

關耀天將酒一飲而盡，淡淡一笑。「聰慧如妳，難道還會猜不出來？」

「就算猜到了，又有何用？殿下將心事埋在心底，不願對任何人說，就算其他人想幫忙，也不知該從何幫起。」

「能如何幫？難道能讓時光倒流，回到過去改變一切？」關耀天嘲諷淡哼。

事已至此，還能幫什麼忙？無論是誰，都改變不了已定的殘酷事實，她，已是其他人的女人了。

于藥兒靜默下來，忍不住失望，但旋即還是振作起來，試圖導引出他的真心。「為何你會如此在意我的清白？你若只把我當成普通女人，甚至厭惡我、視我為眼中釘，那麼無論我發生任何事，對你來說應該不痛不癢，甚至幸災樂禍都有可能，不是嗎？」

她不信他對她沒有半點真心，若真只是玩玩，他不會因此心緒煩悶到三日都不見面，甚至一個人在這兒喝悶酒，擺明了在意至極。

若他真的對她有心，那麼他的心意又到哪兒？他願意為了她放下所有問題，無條件的包容她嗎？

她知道這很難，但她還是存有那最後一絲希望，只要他願意踏出最艱難的那一步，她也會義無反顧的豁出去，不再有任何遲疑。

怕就怕，從頭到尾就只是她一人在自作多情，只有她看重這段緣分，他卻不想珍惜，輕而易舉就選擇捨棄。

關耀天神色微僵，她的確清楚關鍵在哪裡，所以一出手就讓他避無可避，直指問題所在。

就如「愛之深、責之切」一般，他越是在意這件事，甚至在意到讓它左右自己的思緒，正是表示他早在敞開心防接納她的那一刻，就對她傾注了不少情感，甚至可以說……就此認定了她。

但他卻不想坦承，除了她以外，再也沒有其他女人入得了他的眼，高傲的自尊心不允許他率先低頭，就算心裡非常清楚，他早已放不下她。

于藥兒等呀等、盼呀盼，卻始終得不到關耀天一丁點的答覆，就算她有再多的耐心，此時此刻也被消磨得差不多了，對他萬分失望。

終究還是讓于非颺說中了，一切都只是假象，她卻始終不願意夢醒，還想抱著假象繼續自欺欺人。

都到了這個節骨眼，也該醒了吧？再執迷不悟下去，連她都要瞧不起自己、唾棄自己的盲目癡纏了。

于藥兒終於輕笑出聲，笑自己的過分癡傻，也不想再強逼關耀天回答問題了。「夜深露重，待久會著涼的，望殿下保重身子，早早回去歇息。」

她放下酒壺，起身打算離去，關耀天陡然一慌，馬上抓住她的手，幾乎是出於本能。「別走！」

「不走，再繼續留在這兒，又有什麼用處？」于藥兒苦笑的反問。

「我沒要妳走，妳就不能走！」他心急又心慌的命令。

他知道自己很矛盾，先是避不見面，在偶遇後卻又不讓她走，總覺得若在這一刻放了手，他與她真的會就此結束，再也沒有挽回的機會。

「**你會後悔的。**」陽天早就看透了他的掙扎，幽幽的說。

「就算我此刻不走，但明日、後日呢？總有一日，你我終將分隔兩地，再無瓜葛。」

他們倆本就是陰錯陽差才會有了短暫糾纏，當所有事件都塵埃落定後，分別是必然的結果，差別只在時間早晚罷了。

既然遲早都要分別，何不趁早些好？早早了斷一切，痛苦也會跟著少些，這對他們倆來說，都是件好事。

于藥兒早已心寒，不再奢望關耀天會有任何答覆，她一施力就掙脫掉他的掌控，直往亭外走，毫不猶豫。

一向溫柔心軟的她，何時也變得如此果絕了？關耀天不敢置信的瞧著她離去，從沒想過自己也有處於劣勢的一刻，反被她強烈的左右心緒。

「**你會後悔的。**」

真要眼睜睜的看她走？還是真得為了她放下高傲的自尊、捨棄所有原則，率先低頭不可？

「**你會後悔的。**」

她也只是比一般女人較聰慧些，除此之外，她的身分普通、樣貌尋常，根本沒有特出之處，他隨便一找，都能找到不少女人贏過她。

她憑什麼讓他紆尊降貴，率先低頭？她憑什麼！

「**你會後悔。**」

「該死！」關耀天懊惱的咒罵出聲，終於起身追出去。「藥兒！」

他在兩旁遍植月下香的小徑上追到于藥兒，從後緊緊抱住她，止住她的步伐。「別走，藥兒！」

他終究還是敗下陣來了，無論她有過什麼不堪的經歷，他就是無法放下她，第一次為了她選擇屈服。

「快放開我。」于藥兒心如死灰，雖不掙扎，卻也不抱希望，只想快快離開他，別再互相折磨下去。

「我不放！無論妳曾遭遇過什麼，我都不在乎了！只要妳留下，我願意好好的呵護妳、照顧妳，再也不讓妳受到丁點委屈，也不讓任何人再傷害妳！」

他不想失去她，想要好好守著她，他不是容易動情之人，但只要一動了真感情，就很難再收回，是個徹徹底底的死心眼。

他認了！為了她，他可以拋下一切，什麼都不管了，只要能留下她，要他做出任何妥協都行，絕無第二句話！

于藥兒沒想到，她的離開竟會激出他深埋的情意，頓時死灰復燃，又重新有了一絲期待。

她對他是一見鍾情，那麼他呢？他又是如何從不信任她，轉而將她放在心上，甚至喜歡上她了？

于藥兒克制住內心的激動，力持冷靜的問：「為什麼？」

「因為妳的出現，才讓我與他明白，自己這十年渾渾噩噩的活著究竟是為了什麼，原來……就是在等妳出現。」

她一出現，他們死寂已久的心就開始復活了，為了她會喜、會怒、會焦慮、會疼痛，她讓他們重新感受到活著的滋味，而不是什麼都不在乎，覺得一切索然無味，不知自己因何而活。

「或許，咱們就是為了要與妳相遇，才會在那場死劫中拚命掙扎，求得一線生機，就算代價是十年漫長的自我煎熬，但至少……咱們終於等到妳出現了。」

我相信，老天爺要你活著，一定有原因在……

若你一個人找，毫無頭緒、無所適從，那麼讓我幫你吧，我陪你一起找……

于藥兒大受震撼，終於明白陽天為何會突然痛哭流涕，無法自抑，原來就在那一刻，他終於找到自己活下去的意義所在，而他的答案，就是她。

不是王位，不是世俗的名利、權力，而是她，是她的出現，才讓他重新覺得人生有意義存在，不再渾渾噩噩的如失魂傀儡，雖然活著，卻與死了無異。

心疼的淚水無聲滑落，胸口隱隱揪痛，她不敢想像，如果兩人不曾相遇，他是否會放棄自己到死，永遠不知自己該為何而活？

「妳知道嗎？咱們倆之間的挑戰，妳輸了，卻也贏了。」

「為什麼？」

「妳找不出解救我的辦法，但我自己找到了，所以妳輸了，只不過我找到的解藥就是妳，所以到了最後……妳還是贏了。」

他終於願意承認，他之所以一開始對她有極大敵意，其實是內心深處隱約有種預感，她的出現會帶來某種改變，而他排斥那不知是好或壞的改變，才會選擇防禦，不自覺的在自我保護。

而他當初故意與她訂下挑戰，表面上看起來是挑釁，隱藏在內心深處的真正原因，卻是希望真能得到救贖、真的在向她求救，只不過當時連他也不明白自己的心思，故意找個名目將她困在身邊，不自覺的抓著她不放。

等了十年，能解救他們的心藥終於出現，他不想後悔，所以無論如何，他都不會放手了！

「藥兒……」關耀天在她耳邊啞聲低喃，真心的懇求：「妳就是我的藥，想要治好我，就留下來，別走。」

「你……真陰險……」她又哭又笑，又感動又心疼，終於轉過身來面對他，刻意抱怨：「明知道我心腸軟，所以故意用苦肉計？我才不會上當。」

但她就算腦袋清醒，知道他故意抓住她的弱點，想得到她的承諾，心卻早與理智背道而馳，一面倒的傾向他，不忍心讓他失望。

她是他的藥……就算這真的只是移情作用、就算他真的只是貪求她更多關注，好滿足自己匱乏的心，就算她依舊分不清，她與他究竟是命定之緣，還是純粹的移情錯覺，她都不在乎了，她就是想當他的藥、就是不顧一切的想治好他，成為他唯一的救贖。

「這不是苦肉計，這是發自肺腑的真心，難道妳會感覺不出來？」見到她破涕為笑，他頓時大大鬆了口氣，慶幸她終於回心轉意。

「人心隔肚皮，誰知道呢？」他先讓她不好過了幾日，她當然也不能太快就讓他如意。

「不要緊，日久見人心，妳可以慢慢的瞧。」

關耀天眸光微斂，伸手抹掉她兩頰淚痕，動作異常的輕柔，接著低頭吻上她額心，帶著萬般柔情。

就只是輕輕一吻，竟讓于藥兒渾身輕顫，深刻感受到他的情意排山倒海而來，過去這段日子的所有痛苦煩愁，頓時全被一掃而空，再無任何掛懷。

他的吻由上漸下，最後覆上她柔嫩的唇瓣，她沒有一絲抗拒，順從的閉上眼，任由他逐漸深入，唇舌交纏，不分彼此，直至忘我之境。

靜月之下，白色月下香散發著濃郁香氣，環繞著終於確定彼此心意的兩人，情正濃時，再加上美好氣氛的渲染，很快就讓他們倆情難自抑，渴求著更多、更多。

一吻暫罷，關耀天依舊輕貼著她的唇瓣，啞聲說道：「藥兒，我要妳……」

于藥兒微喘著氣，心動難抑，眸光迷濛，滿含情意，她懂他的渴求是什麼，而她……也很想要他。

她沒有猶豫太久，伸手環住他的肩頭，以此回答他，他喜不自勝，即刻打橫抱起她，快速離開月下香小徑，直往他的院落走去。

進到房裡，關耀天一將于藥兒放上床，就再也不克制要她的慾望，再度吻住她的唇，品嘗她的美好，拋去所有顧忌，比剛才要吻得還大膽深入。

他的情火太過熾熱，很快便將于藥兒捲入其中，心神蕩漾，他一邊壓著她，一邊解開她的腰帶，伸手探入她的衣襟，觸碰到她發燙的肌膚，引起她陣陣敏感的輕顫。

她的腦袋早已一片空白，隨著他在情慾之海上浮浮沉沉，渾然忘我，不再由理智主導一切，完全順隨著自己最原始的慾望本能，只想與他更進一步的糾纏，直到緊緊交融、再也分不出彼此。

兩人吻至最深、最濃烈時，關耀天卻突然停止更進一步，甚至還退開一些，兩人都情緒激昂的混亂喘息，散發著強烈的誘惑氛圍。

于藥兒困惑的皺起眉，不懂他怎麼突然停下來？「殿下……」

關耀天同樣慾望難耐，但還有一件重要的事還沒做，他握起她的手，讓兩人掌心並攏的合而為一，對她許下重要的誓言：「我願等待百年、千年，與妳共同再輪迴，今生未償之情，來世再續前緣。」

「呃？」她又驚又喜，頓時淚盈滿眶，感動萬分，幾乎要落下淚來。

這是從天鳳國還在時就流傳下來，不曾改變消失過的「婚誓」，新婚夫妻會互起婚誓，以求婚姻幸福美滿，緣牽下一世，而相愛至深的男女也會在私底下互起婚誓，希望真能順利結為連理。

「藥兒，這一輩子，妳我共結此緣，不再分離，就連下一輩子也是，天地為證，我關耀天……此心永不渝。」

無論將來遇到任何阻礙，他的決心都不會動搖了，他是她唯一認定的妻，這輩子就只有她一個，他會傾盡全力的好好守住她。

于藥兒一邊流下喜悅之淚，一邊漾起燦爛笑顏，雙手攀上他的肩，換她吻上他的唇，大膽又熱情，讓兩人的氣息緊緊交纏，越吻越火熱，即將一發不可收拾。

有了這個誓言，她什麼都可以給他，要她的性命都行，她相信自己最初的直覺不是錯的，他就是她的命定之人，他們倆……此生注定要在一起。

闕耀天也不再克制自己，盡情的挑逗她、愛撫她，與她一同在愛慾之海翻騰，激情滿溢，抵死纏綿。

夜越深，歡愛的氣息也跟著越發濃烈，瀰漫在雅致的房內，久久不絕……

第十六章 真假是非

好不容易終於與于藥兒確定情意，並有了夫妻之實，關耀天本該心滿意足的，但滿足是一回事，另一件出乎他意料的事，卻不得不讓他震驚錯愕，並且……非常火大！

在經過一場纏綿溫存後，關耀天本該擁著于藥兒雙雙進入夢鄉，繼續當一對交頸鴛鴦，但當他發現床榻上沾染著些許血跡，應該是落紅，他驚都驚醒了，非要于藥兒馬上給一個交代不可。

「藥兒，這是怎麼一回事？妳是否該好好的解釋一番？」關耀天坐起身子，板起臉來，真不知該喜還是該怒，心緒萬般複雜。

于藥兒拉起薄被，蓋住不著寸縷的身子，只露出雪白雙肩，臉上的嫣紅未退，一臉無辜的回答：「其實是你……有些誤會。」

「我誤會？妳與于非颺聯合起來演戲，不就是刻意要我誤會？結果東窗事發了，才想對我裝傻？」他真想狠狠掐這個女人一頓，竟如此玩弄他的真心！

他好不容易才捨下自尊、放下所有猶豫掙扎，決定無論她遭受過什麼不堪，他都會毫無條件的包容，這對他來說是件多麼不容易的事，結果在他痛苦、掙扎完後，才明白這全是一場騙局，教他怎能不生氣？

見關耀天氣得不輕，于藥兒趕緊抱住他，認罪討好：「好啦好啦，是義兄不相信你對我有真心，才使了點小手段，要我假裝清白已損，好試探你的反應。」

「該死的于非颺，他竟使得出如此陰險卑鄙的招數，就不怕我折了他的骨頭！」他還真有一股衝動，想馬上去折了于非颺。

「不行，你不能傷害他！」于藥兒繼續使勁圈抱他，免得他真的衝去找于非颺算帳。「義兄這一招雖然卑鄙了些，但若非這一帖猛藥，又怎能迅速逼出你的真心？所以說到底，他可是咱們倆的媒人，功不可沒！」

「狗屁的功不可沒，他分明心懷惡意，存心壞人姻緣！」

「反正咱們已經生米煮成熟飯，終究還是你贏了，這樣還不夠嗎？你與義兄對我來說同等重要，要是你們倆為此起了衝突，最難過的是我，你捨得讓我難過、左右為難嗎？」她改採柔情攻勢，希望能讓他心軟。

「在妳心裡，我與他只是同等重要？」闕耀天不但沒心軟，反倒更是不滿不甘不是滋味。

「呃？」連這樣也要計較？于藥兒嬌羞的睨他一眼，柔聲補充：「現在只是開始，若你願意為了我別與義兄太計較，與他好好相處，也讓我好做人，我的心自然會逐漸偏向你，到那時，當然就是你越來越重要了。」

其實她的心早已偏向他了，要不然不會為了他一開始的逃避失望，也不會在他傾訴真心後就不顧一切的將自己交給他，讓他明白她清白與否的真相，與于非颺的盤算已經完全背道而馳了。

「嘖。」闕耀天沒好氣的哼了哼，輕捏著她小巧下巴，滿肚子火倒是消了一半。「瞧瞧妳，伶牙俐齒的，這世上恐怕沒幾個人說得過妳。」

「我再如何伶牙俐齒，不還是將心輸給你？所以說到了底，最大的贏家還是你。」她繼續灌他迷湯，不怕他就是不心軟。

「哼，少灌我迷湯。」關耀天語氣雖不屑，但緩和的表情已然洩露真正的感受，還是為心愛的女人妥協了。

他輕擁著她，不再與她爭辯，免得壞了氣氛，不過心中已經開始盤算起，該如何好好的與于非颺算這筆帳。

于非颺身為她義兄，真是撿了一個好狗運，他不會整死于非颺，免得她傷心難過，但是……趁機「玩玩」是肯定要的，來日就等著瞧吧！

※　※　※

自從于藥兒中了媚藥後，為了方便照顧她，于非颺已得到關耀天允許，可以自由在富園內行走，只不過依舊不能踏出富園半步。

所以隔日一早，于非颺到于藥兒的房裡看看她的情況，卻沒見到她的人，頓時滿心納悶著，不知她會跑到什麼地方？

「怪怪，還這麼早，她能到哪兒去？」于非颺只能轉身離開，邊走邊思索她可能的行蹤。

他才剛往外走沒多久，就有一名丫鬟來到他面前，有禮躬身。「于大夫，殿下有請，請您隨奴婢去偏廳一趟。」

「去偏廳做什麼？」于非颺不解的挑了挑眉。

「奴婢也不清楚，只知無論如何，都一定要將于大夫請過去不可。」

那個傢伙在搞什麼鬼？雖然于非颻不想理會關耀天，但他也不想讓丫鬟難做人，最後還是點點頭，請丫鬟領路過去。

在丫鬟的帶領下，于非颻進到一座布置典雅的偏廳，他發現不只關耀天在這兒，就連于藥兒也在。

關耀天坐在主位上，于藥兒則坐在偏旁的位置，一等于非颻出現，關耀天即刻輕勾嘴角，笑意微帶挑釁。「『大舅子』，昨晚睡得還安穩嗎？」

大舅子？于非颻全身冒起強烈的雞皮疙瘩，簡直不敢相信，關耀天是怎麼了？有病嗎？

「誰是你大舅子？別亂認親戚！」于非颻瞧向于藥兒，不解的問：「藥兒，他是怎麼了？」

「他……」于藥兒害羞的瞥了關耀天一眼，不知該如何解釋才好。

「還是由我來說吧。」關耀天來到于非颻面前，挑釁的笑容沒變。「我已經決定，要娶藥兒為妻，等百會縣的事告一段落後，我會帶她回王都，擇期完婚。」

「什麼？」于非颻錯愕的瞪大眼，這兩人不是才陷入前所未有的僵局，怎麼轉眼間，一切都翻盤了？

「既然都是自己人了，大舅子接下來也不需太拘謹，有任何需要請儘管吩咐，我自會命人辦到。」

「等等，我可沒福分當你的大舅子，別這麼喚我，會害我折壽！」于非颻一臉的排斥驚恐。

事情怎會演變到這種地步？關耀天居然想娶于藥兒？在他刻意設了那個「障礙」後，關耀天還娶得下去？

不可能！如此心高氣傲的男人，怎忍受得了這種事情？絕對有問題！

「怎會沒有？身為藥兒的義兄，就是你最大的福分了。」要不然他早就命人把于非颺剁成肉醬，此刻哪還有辦法安穩的站在這兒？

于非颺在情急之下，只好找其他理由拒絕：「咱們沒有任何身家背景，只是個行走四方的普通醫者，實在高攀不上尊貴的太子殿下。」

「這並不礙事，我說要娶她為妻，就有辦法讓父王點頭答應，無論她是何身分。」關耀天頗有自信的回答。

「但她真的不適合你！」

「是嗎？」關耀天瞧向于藥兒，似笑非笑。「藥兒，妳覺得自己並不適合我嗎？」

別問她這種問題！于藥兒又害羞又苦惱的輕咬下唇，打算裝啞巴到底，不想涉入這兩個男人的對峙。

在請于非颺過來之前，她就擔心這兩個男人會對峙起來，還特別叮囑關耀天別讓她難做人，他說他會自己看著辦，這就是他看著辦的結果？

于非颺瞧他們倆「眉來眼去」的，頗有玄機，隱隱覺得不妙，他必須先搞清楚狀況，才能對症下藥，所以決定改打拖延戰術，先擱置這事。

「若殿下真的非藥兒不娶，也不是我能阻止得了的，至少也該慎重其事，從長計議，畢竟這事關藥兒的終身，請殿下能夠給予尊重。」

「要尊重那是當然，只不過這事拖得越久，對藥兒反倒不太好。」關耀天此刻更是明顯的得意，丟出一個極大震撼：「或許十個月後，大舅子就有可能當舅舅了，你說這事到底急不急？」

于藥兒心一驚，懊惱的瞪向關耀天，他這不就擺明了告訴于非颺，他們倆已有夫妻之實，她想不認都不行？

她還在苦惱該如何向于非颺坦白這件事，才能將「災害」降到最低，結果他這麼做簡直是火上加油，連帶的她也會遭殃的！

果然于非颺震驚的瞪大眼，不會不懂關耀天的暗示，憤怒的破口大罵：「你這個禽獸不如的傢伙！」

關耀天雙眉微擰了下，略有不悅，只不過看在于藥兒的份上，才不想計較于非颺的口無遮攔。「我與她是兩情相悅，不信你可以問問藥兒，我是否逼迫她了？」

「你——」

于非颺氣到臉色漲紅，都快吐血了，關耀天則始終帶著一副贏家嘴臉，一路打壓于非颺的氣勢，不怕他不屈服。

于非颺也明白自己處於絕對弱勢，只能努力壓著胸中怒火，不甘心的說：「我要與藥兒單獨談談。」

「請隨意。」關耀天有恃無恐，朝于藥兒淡淡一笑。「藥兒，與大舅子談完後，就來找我吧。」

于非颺沒給于藥兒回答的機會，風風火火的直接衝到她面前，拉著她離開偏廳，腳步急促的走人。

「義兄？」于藥兒幾乎是被拖著走的，腳步有些踉蹌，她雙眉緊蹙，知道接下來恐怕難處理了。

兩人一前一後回到于非颺的院落，直到進了房、關了門後，于非颺才放開于藥兒，雙臂環胸的怒瞪著她，感到被背叛的強烈打擊。

她與關耀天真的已有夫妻之實了？他的千叮嚀萬交代，她最後還是沒聽進去，還是栽在那個該死的關耀天手上？

于藥兒面帶擔憂，知道他現在正在氣頭上，她說什麼都無益，只能先等他消下氣，能聽進她的話時，她再來說才有用。

約過了一刻鐘後，于非颺才勉強降了些怒火，終於能稍帶理智的問：「到底發生了什麼事？妳和他居然……」

「義兄，多虧了你的計謀，才讓我確定了他的真心，說來咱們倆都要感謝你的促成。」于藥兒誠懇的說。

「我促成？我哪裡促成了？我最不願見到的就是現在這種情況呀！」于非颺火大的辯駁。

他傻了才會促成這種事！她的馬屁會不會拍錯了，還是她的腦袋也病了，才會說出如此不可思議的笑話來？

于藥兒柔柔一笑，知道不說清楚于非颺是不會懂的，便娓娓道來：「義兄，其實昨晚，發生了一些事情……」

她將兩人在花亭的偶遇、她試圖逼出關耀天的真心、她對他猶豫不決的失望、到最後他終於放下一切接納她的經過都說出來，以此向于非颺證明，關耀天對她的情意，並不簡單，是可以信任的。

于非颺越聽越是錯愕，他本以為憑他對男人劣根性的了解，關耀天是肯定過不了這一關的，結果偏偏關耀天不是一般男人，就是不可以常理視之，所以就換他失算了。

「耀天他已經通過義兄的考驗，所以義兄應該替我高興，我並沒有看錯人，不是嗎？」于藥兒頗有技巧的反問。

「妳……」于非颺沒好氣的瞪她一眼，她又用那一張靈巧的嘴來治他了。「就算如此，妳也沒必要這麼快就將自己給了他，猴急什麼，等成親後再來，才叫做名正言順。」

于藥兒尷尬的輕咬下唇，昨晚的情況，很難不教人意亂情迷，再有理智的人，也總是會有不顧一切的時候。

「妳呀妳，打從妳先對他傾心開始，就已經輸一半了，才會他一示情，妳就兵敗如山倒，被他迷得連理智都沒了。」于非颺的酸意可濃厚了。

于藥兒繼續無言以對，誰先對誰動了情，這又不是他們有辦法控制的，難道還能事先商量好嗎？

「罷了罷了，你們倆都已經生米煮成熟飯，我還能說什麼？也只能認輸。」于非颺雖然還是不甘心，但又能如何？于藥兒都已經一心向著關耀天了，他再繼續阻礙下去，只會壞了兄妹之情，不會對現況有任何幫助。

或許真的是天意吧，天意難違，諒他再有才智，也鬥不過老天爺的，所以他並不是輸給關耀天，而是輸給老天爺。

見于非颺的氣又消了不少，于藥兒才慢慢安心下來，看來這事是有驚無險的解決了。

于非颺大嘆了口氣，女大果然不中留呀，但還是要確認確認：「藥兒，妳真的下定決心跟他了？」

「嗯。」于藥兒輕輕點頭，有些嬌羞。

「就算他在眾人眼裡，是個令人忌憚的可怕太子？」

「他的確有些做法是專斷無情了些，但並非完全不講理。」

她仔細想過，關耀天來到百會縣後，除了針對辜進譽、朱立和以及她手段較奇詭之外，並沒有傷害其他無辜百姓，甚至是幫助百姓的，只不過他給人的冷酷印象太強烈，大家都只注意到他對辜進譽的狠、對朱立和的無情，卻從沒想過，要不是他，他們還得繼續被辜進譽折磨多久？

人心是複雜的，因此一個人呈現出的面相也非常多，依著彼此身分、關係的不同，顯現出的那一面都不一樣，所以是無法單憑片面了解就論斷那一個人的。

但人們總是只看到一個人的其中一面，卻忽略了其他面相，或者人云亦云，只聽傳言去認識一個人，就斷定那人是好是壞，但誰又知道，傳言有多少可信度？事實真是如此嗎？

對朱立和來說，關耀天是妨礙自己的敵人，但對百會縣百姓來說，其實關耀天是他們的恩人，所以好好壞壞、是是非非，對不同人來說，就會有不同的結果，無法一概而論。

「好啦，我相信妳知道自己在做什麼，我也不會再阻止了，妳放心吧。」她是個聰明丫頭，既然她已有定見，而這也是她自己選擇的，他就不再多干涉了。

能得到義兄支持，于藥兒既開心又感動，也終於能完全放下心來，燦爛一笑。「義兄，謝謝你。」

說真的，若是義兄反對這門婚事到底，她會很難過的，雖然他不是她的親哥哥，卻待她猶如親妹，這份情感她是永遠都割捨不了的。

「只要他是真心對妳，那也沒什麼不好，現在看起來是他吃定妳，或許將來就換妳反過來吃死他。」

于非颺倒是轉而賊笑起來，眸中充滿著算計。

的聰慧，肯定能夠辦到。」

「呃？」于藥兒才剛放下心來而已，結果又不得不擔心起來，就怕又有麻煩要發生了。

「妳跟在他身邊也好，將來他要是做出什麼更殘酷的事，可以由妳來制止，就算制止不了，當個緩衝中介也可以。」于非颺拍拍她的肩膀，鼓勵她：「妳就想辦法牢牢抓住他的心，徹底征服他，我相信憑妳的聰慧，肯定能夠辦到。」

于藥兒臉一紅，害羞的辯駁：「別說什麼征服不征服的，我沒那種能耐。」

「怎會沒有？妳可別小看女人對男人的影響，尤其一牽扯上情愛，力量會更強大，簡直所向披靡。」于非颺自嘲一笑，一個男人為了心愛女人而改變的事情，這世上多不勝數，不足為奇，而他自己就是活生生、血淋淋的一例。

若非如此，他也不會棄惡從善，走上行醫這條不歸路。當然了，凡事都有正反兩面，情愛能助人，也能害人，要是用得好，倒不失為一種有益的力量。

于藥兒納悶的微蹙柳眉，不懂于非颺的自嘲從何而來，接著說：「但他是闕耀天，是闕國太子，向來都是別人服從他的份，哪裡輪得到他妥協折腰了？」

「不試試看，又怎知肯定不行？」于非颺想起了一個絕佳例子：「就像當年開創出天鳳國的『火鳳凰女』，也是以女流之身征服了『混世魔王』，才有接下來的太平盛世，我相信妳也可以。」

傳說五百多年前，天下是亂成一團的，還有個「混世魔王」四處作亂，後來一位具有神人血統的「火鳳凰女」降臨天下，結合有志之士，撥亂反正，並且收服混世魔王，最終建立天鳳國，天下才得以安寧。

天鳳國皇族其實都有神人血統，甚至還身有異能，只不過越到後來，神人血統越顯稀薄，異能也跟著消失，才會淪落到最終亡國的命運。

于藥兒的臉蛋再度羞紅，感到很不好意思。「把我跟火鳳凰女比，義兄你也真是太瞧得起我了。」

「當然，我對妳可是很有信心的。」于非颺毫不吝惜的稱讚。

面對于非颺如此的「瞧得起」，于藥兒也只能笑著接受了，但將來到底會變得如何，她也不知道，她能肯定的只有，她會盡力做到她能做的事，其他的就順其自然發展了。

希望是往好的方向走，希望……

※　※　※

與于非颺說完話後，于藥兒就到關耀天的院落找他，一進到房裡，她就見衛一站在桌邊，似在與關耀天討論事情。

于藥兒一出現，關耀天即刻朝她伸出手，輕揚淺笑。「藥兒，過來。」

她在他身側的圓椅坐下，右手就被他握在掌心，隨興把玩，完全不在乎還有其他人在。

于藥兒可沒他這麼厚臉皮，忍不住害臊，手想收也收不回，只能沒好氣的瞪他一眼。「你們正在談事情，我看我還是出去走走，等一會兒再回來。」

「已經沒有這個必要了。」他微勾唇角，毫不掩飾自己的愉悅。「妳已是自己人，所以不需要迴避，有些妳原本不清楚的事，我希望能讓妳明白，免得再有什麼誤會，甚至被朱立和挑撥離間。」

「朱立和到底與你們有什麼過節？為何非得拚個你死我活不可？」這個問題她老早就想問，只不過始終沒找到好機會開口，既然他先提了，她正好也可以問一問。

「他想造反，想讓關國改姓『朱』，當然不會放過我這個太子。」關耀天淡淡的說：「為達目的，他將咱們的軍政機密出賣給孫國，好換取起事用的武器裝備，那些武器都藏在義風寨的祕密地窖內，已經被咱們找到且扣下。」

于藥兒訝異不已，猛然想起她當初在義風寨時，在關耀天那兒看到一支黑色箭身的箭，當時她覺得有些奇怪，卻想不起到底怪在哪裡，現在終於恍然大悟。

那是孫國產的箭，關國的箭是褐色箭身，與孫國有非常明顯的差別，是錯認不了的！

但她為什麼知道兩國用箭的差異處？這種軍事細節普通百姓是不會知道的，所以她到底是從何處得知的？

「百會縣發生辜進譽扣下賑災米糧之事，剛好讓他逮到起事理由，之所以建立義風寨，就是想塑造出正義的形象以掩人耳目。至於他為何會蹚辜進譽娶七姨太的那場渾水，是想搭上七姨太的富商父親，因為起事諸事都需要花費銀兩，他賣給富商這個天大恩情，還怕富商不願意當他的金庫嗎？」

于藥兒猛一回神，暫時將箭的問題擱下，這樣說來，她一開始真的誤會關耀天，反倒將真正有不良意圖的人誤認好人？

她忍不住自嘲，果然知人知面不知心呀，這世上表裡不一之人多不勝數，陰謀算計也隨處可見，誰真誰假、誰是誰非，光從表面看，還真的看不出真相，只是傻傻的被有心人操弄罷了。

明知人心險惡，她卻還是因朱立和收留災民之舉而全心信任他，不曾有過懷疑，活該之後會被朱立和利用，差點連命都沒有了。

「那為什麼他會想造反？就只是純粹想當王，想到真的開始行動？」她總覺得還是缺乏最後一點重要的動機，才會促使朱立和冒險。

「他是為了報仇，才想推翻咱們姓關的。」關耀天眸光微冷。

當年天鳳國尚未滅時，身為關家宗主的關王有兩個重要左右手，一個姓朱、一個姓樊，他們倆幫著關王打天下，最後能順利成立關國，他們的確功不可沒。

但就是因為功高震主，才會替這兩人帶來災禍。關國立國之後，這兩人不懂收斂氣焰，還手握重兵不放，加上關王是個疑心重的人，不斷的忌憚猜疑，等關國局勢穩定後，關王即刻清除眼中釘，各安名目將這兩家抄家滅族。

而朱立和就是朱家當年逃走的遺孤，至於紅鴛，關耀天猜測她可能就是樊家被流放的女眷之一。

說到了底，是關王種下惡因，關耀天是被派來收拾惡果的，身為王室血脈，他注定得承受這一切，無論是不是他造的孽。

聽關耀天提到牡丹鄉的紅鴛，于藥兒倒是想到她身中媚藥時，朱立和曾與一名紅衣女子爭執，如果那個女人真是紅鴛，就能證明關耀天他們一直以來的假設，這兩人真有關係，是想作亂的同黨。

「原來你去牡丹鄉，是有目的的……」直到此刻她才恍然大悟，緊接著倒覺得自己很可笑，憑關耀天的性子，怎麼可能會到那種風月場所尋歡作樂，像個紈綺子弟？

都怪她那時被嫉妒憤怒沖昏了頭，腦袋亂成一團，冷靜不下來，才忽略了這麼明顯的事。

情愛果然容易使人盲目，不可小覷，之前她不懂，這會兒倒是深刻明白箇中滋味了。

「要不然妳以為我去那裡想做什麼？」關耀天勾起笑，暗指她亂吃飛醋的可笑事情。

「我又不是你肚子裡的蟲，怎會知道你想做什麼？」她懊惱羞窘的偏過頭，才不想看他故意取笑的表情。

這下子她又想起那日一些奇怪的事，趕緊提出：「對了，其實在你衝進房之前，屋內除了朱立和，還有一名紅衣女子，我想那應該就是紅鴛。」

「那咱們怎麼沒見到她？」關耀天訝異的微蹙眉頭。

「她與朱立和吵完一架後就離開了，只不過她不是開門出去，我倒是聽到另一個奇怪的聲音出現，像是……石磚石塊之類的東西被搬動。」

那房裡有暗門！關耀天眸光一銳，即刻吩咐衛一：「重新去搜索那一處民居，只帶少數自己人行動，別讓其他人知道。」

現在他除了自己帶來的手下之外，其他人他全都不信任，免得他們想做的事不知又經過哪一個內奸傳到朱立和那裡，讓朱立和能事先防範。

「是！」衛一轉身離去。

既然房裡已經沒有其他人了，關耀天更是直接拉于藥兒往自己的腿上坐，愛惜的輕撫她臉蛋，對她的細膩心思讚賞不已。「還有什麼妳覺得奇怪之處？繼續說。」

「你這樣擾亂我的心思，要我怎麼想？」她抱怨歸抱怨，卻由著他繼續吃豆腐。「對了，你有沒有瞧見朱立和留了鬍子的模樣，我總覺得像一個人……」

關耀天微微蹙眉，他當時所有心思都放在于藥兒身上，根本沒注意朱立和到底變成什麼樣子。

「到底像誰？應該是這陣子見過的人……」于藥兒開始回想自己見過的人，大多不是在富園內，就是縣衙那一邊的……

猛然一記靈光閃過，于藥兒眸光一亮，終於想起。「是文縣丞。」

「妳確定？」關耀天的眼神頓時銳利起來。

于藥兒點頭。「雖然文縣丞細鬚細眉白膚，而朱立和是粗鬚粗眉褐膚，兩人表現出截然不同的氣質，但如果仔細看的話，會發現他們倆的五官極為神似，只不過打扮不同，給人的印象天差地遠，反倒忽略他們其實長得很像這件事。」

這種方式類似易容，靠著巧妙的鬚髮改變讓自己的外表有所不同，要不是朱立和那日的打扮遮住大半邊臉，只剩那一雙眼非常明顯，與文宥服的眼神極為類似，她也很難察覺出端倪。

關耀天腦袋一轉，即刻翻閱起桌上的一本書冊，這是他命人從王都送來的，裡頭記載著當年朱、樊兩家被抄家的細節。他將頁面翻到朱家男丁名單部分，發現了之前未曾注意過的事——

朱立和　長子　年一十九……

朱立平　次子　年一十九……

于藥兒瞧著這兩個名字，不用關耀天說，她已懂得他的想法。「你認為文縣丞其實是『朱立平』？」

「不只如此，他與朱立和還很有可能是雙生子。」

朱立和與朱立平同父同母，再加上年歲相同，以及于藥兒說他們倆長得極為神似，的確很有可能是雙生子。

關耀天之前只注意到朱立和，忽略了朱立平，原來朱立平改名換姓成為文宥服，埋伏在縣衙內，好與朱立和來個裡應外合，這一對兄弟果真不簡單！

「如果文縣丞真的是朱立平，那麼他又是如何與朱立和互通消息的？」于藥兒不解的瞧著他。「難道你們不曾發現文縣丞有可疑之處？」

「就是沒有，才不曾將他放在眼裡。」關耀天頓了頓，才又說：「但如果他與朱立和真是雙生子，我倒是有個想法，雖然荒誕了些，卻也不是不可能。」

「什麼想法？」

「妳有沒有聽過一種傳聞，說有些雙生子不必開口說話，也能知道彼此在想什麼，互有感應？」

于藥兒雖有訝異，但很快就接受了這種說法。「如果真是如此，難怪你們始終抓不出內奸來。」

關耀天的身子內都能有兩個性子截然不同的魂魄在、于非颺與于藥兒之間也有著原因不明的感應在，那麼雙生子能夠心靈相通，互有感應，這種事為何就不可能發生？

這樣想來，朱立平只要得到任何消息，不必經由其他人，他便可以用心靈相通的方式馬上讓朱立和知道，且完全不會被人懷疑。

也只有這樣，才能解釋為什麼朱立和有辦法在大牢內配合外頭同伴，拿于藥兒當餌誘關耀天入廢墟，而關耀天在得到朱立和在牡丹鄉的消息時馬上過去圍捕，沒給內奸有報訊的時間，卻依舊撲了空，那是因為朱立平根本不需要時間，他可以立即讓朱立和知道任何消息。

「雖還不能證明這個假設，至少咱們能有更完善的防範了。」關耀天神色微冷，已有其他想法，或許可以證實這個假設，也能引朱立和他們出面。

除此之外，關耀天又想到一件事。「對了，妳可知辜進譽娶七姨太，是誰慫恿的？」

于藥兒搖頭，不懂問題又怎會兜回這兒來了？

「是朱立平。」

于藥兒忍不住錯愕，也明白了他的意思，原來朱立和他們為了得到金主支持，不惜利用辜進譽及無辜的七姨太，自導自演了那齣義勇助人的戲碼，那根本全是一場算計。

她之前曾經撿過一張朱立和遺落的紙張，上頭寫的都是百會縣內有錢的大戶之名，該不會朱立和早就在琢磨該挑哪一位富商下手，已經算計很久了？

原來為了報仇，他們也無所不用其極起來，其中的對對錯錯，已經錯雜難分，不再是非黑即白那麼單純了。

于藥兒不由得一嘆，看來為達目的，不擇手段，這才是最真實的人性，也是最殘酷的事實。

「我告訴妳這件事，並非要妳對人性失望，只是讓妳明白事實的真相，別想太多。」關耀天柔聲的哄著，不忍她難過：「除此之外，妳還有想到什麼？」

于藥兒勉強一笑，努力放下胸口的難受，重新思考，紅鴛那一句意義未明的話又在腦海中閃過——

要不要她，你自己決定，反正我該下的暗示已下，她最後到底跟誰，我無所謂……

暗示什麼？她為何一點印象都沒有？還是她在半昏半醒間聽錯他們說的話，所以才會百思不得其解？

因為有著諸多困惑，還找不到答案，所以于藥兒暫時保留這個問題，等有頭緒之後再說也不遲。「大概就這樣，我要是再想到什麼，會告訴你。」

「好。」關耀天勾起一笑，他有預感，朱立和這件事快要告一個段落，許多謎團即將水落石出了。

但他之所以開心，還是因為得到于藥兒這一個珍貴的人兒，她才是他此行最大的收穫。

從今往後，他都會緊緊抓住她，只有他能擁有她，誰都別想從他手中搶走她！

「另外，還有件事，我希望你能答應我。」于藥兒的表情突然凝肅起來。

「什麼事？」關耀天挑了挑眉。

「得饒人處且饒人吧，朱立和他們會走到這一步，也是過往恩怨造成的。冤冤相報何時了，若是可以的話……還是放他們一條生路吧。」

關家與朱家當年的恩怨細節為何，她不清楚，所以也無法說到底誰是誰非，或許各有對錯也不一定，她只希望兩家的仇怨不要再延續下去，免得再多造惡業，這對他們都不好。

關耀天不由得失笑，她就是心腸太軟這點讓他無可奈何，但她要是心腸不軟，也就不會是于藥兒了。

這種事他無法保證，因為他也不知結果會演變成如何，只能承諾她：「若有轉圜餘地，我會視情況，盡量不趕盡殺絕。」

于藥兒明白這已是他能做出的最大讓步，所以也不再勉強，重新漾起一笑。「謝謝。」

她能做的，也只到這裡了，之後只能看朱立和他們的造化，希望……別走到最壞的結局。

第十七章 迷魂

有了于藥兒的提點，衛一的搜索即刻有非常大的進展，原來那一間民居藏有地道，地道可以通往幾處不同的地方，其中一個地方就是附近的溫柔鄉。

人說狡兔有三窟，他們倒是不只三窟，難怪難纏得很，滑溜如蛇。

靠著互通的地道，他們一舉擒住躲在藏匿處的眾多朱派叛黨，幾乎一網打盡，但朱立和及紅鴛還是分別在同伴的掩護犧牲下殺出血路，逃了出去。

只不過他們倆也已經陷入孤立無援的狀態，所有的資源、人脈全都被斬斷，快被逼到絕路上去了。

朱立和及紅鴛各自想辦法逃出百會縣，到縣城外的一處荒廢山神廟見面，彼此都非常狼狽，不得不盤算撤退的問題。

「咱們已經什麼都沒有了，想要東山再起，只能暫時離開關國，等機會再次到來。」紅鴛疲憊的說。

唯今之計，他們只能先逃到孫國，尋求孫國的庇護，要不然關耀天是不會放過他們的。

朱立和非常不甘，但也明白此刻情勢非常不利於他們，不想認輸都不行。「那麼立平呢？還要他再繼續待在百會縣嗎？」

「若他沒有被認出的危險，當然是繼續待著，好……」

「唔！」朱立和突然摀住肚子，悶哼一聲，表情痛苦。

取得聯繫。

「立平那裡出狀況了。」朱立和緊蹙雙眉，身子很不舒服，他趕緊凝聚心神，想辦法與遠方的朱立平

「立和，怎麼了？」

「立平，發生什麼事了？」

「關耀天恐怕已經察覺我的真實身分了，他的人突然押走我，關在一處地方，還逼我服毒，分明別有居心。」

縣丞文宥服的確就是朱立和的雙生弟弟，他正倒在一間漆黑的小屋內痛苦掙扎，雖然暫時死不了，但也就是死不了，才更是折磨。

他們兄弟不但心有感應，甚至其中一人受傷，另一人也能感受到痛意，只不過痛意大概只有真正受傷那一人的三分之一。

「你們別管我，快點離開，離得越遠越好，千萬別被關耀天抓住。」朱立平一邊掙扎，一邊催促。

「那怎麼行？就算要走，我也要想辦法救出你，咱們一起走！」朱立和緊咬牙關，非常憤怒。

「你還不懂嗎？他就是想拿我作餌，誘出你們，你們要是真的出現，就順了他的意了。」

「他能抓住你當籌碼，難道咱們就沒有籌碼嗎？誰輸誰贏，不到最後一刻，還說不準呢！」

朱立和的神色一變，變得異常凌厲，還滿是殺氣，為了救出弟弟，他已經豁了出去，無論得犧牲誰都在所不惜。

朱家就只剩他們兄弟倆，家仇還等著他們一起報，所以無論如何他都不會放棄弟弟的！

朱立和瞧向紅鴛，眸中不再有任何遲疑，狠下心決定：「于藥兒是咱們最後的籌碼，也是關耀天的罩門，妳不必有任何顧慮，放手去做吧，咱們一定要讓關耀天好看！」

關耀天居然敢在他弟弟身上下毒！那就別怪他們以牙還牙、以眼還眼，依樣畫葫蘆的回敬！

看來朱立和對于藥兒已經沒有任何留戀，就算犧牲掉也無所謂了，紅鴛勾起一抹妖豔笑意，這樣的結果正合她意。「很好，我早已經等不及了。」

※　　※　　※

于藥兒知道關耀天抓住文宥服，還讓文宥服吞下慢性毒藥，打算引朱立和出現救人，雖然她總覺得這麼做不太妥，但這就是他的行事風格，短時間內很難改變，她也只能靜觀情況發展，希望別變得太糟。

文宥服被抓的事，縣衙及富園內的人完全不知情，保密到極點，只有關耀天的手下知道，這樣如果朱立和還是有辦法得知文宥服的狀況，並且趕來搭救，那就表示關耀天的猜測很有可能是真的。

于藥兒一個人待在房內，坐在靠窗的椅子上，感到心神不寧，自從知道關耀天的計畫後，她就一直隱隱不安著，總覺得……會發生什麼不好的事。

希望只是她太多心了，一切都會順利解決的，別想太多……

「叩、叩！」

就在此時，敲門聲突然響起，打斷了于藥兒的凝思，她即刻回神，不知會是誰過來？「進來吧。」

接著房門應聲而開，進來的是一名陌生丫鬟，她關上門，面無表情的來到于藥兒面前，感覺怪異，讓于藥兒不由得困惑，她是怎麼了？

「有事？怎麼不說話？」

「于姑娘，您還記得一句話嗎？」丫鬟終於開口問道。

「哪一句話？」于藥兒微蹙柳眉，奇怪之感也濃厚起來。

「那一句話就是……我以『血色鴛鴦』為令，命妳聽從指示。」

「呃？」

于藥兒一愣，神色恍惚，某個被刻意隱藏的記憶也跟著浮現，越來越清晰——

記住，將來無論何時何地，當妳聽到「血色鴛鴦」這個暗號，無論施令者為誰，妳都必須遵照施令者的指示行事，不得違抗。

于藥兒的瞳眸轉而木然無光，像個失了魂的人偶，不再有自己的意志，順從的對丫鬟回道：「是，請指示。」

丫鬟從袖中拿出一個白色小瓷瓶，一邊交給于藥兒，一邊命令：「盡妳最大所能，救出文宥服，並解了他身上的毒，就算必須以自身性命為代價，也務必完成任務，帶文宥服離開百會縣……」

※　※　※

朱立平被關之處，其實是富園內的一處偏僻院落，院落外看似沒人，進到院裡才會發現，有兩名侍衛守在一間小廂房前，廂房內偶爾會傳出朱立平痛苦呻吟之聲。

時至午後，于藥兒提著一個食籃進到這處偏僻院落，來到廂房前，侍衛見她出現皆是訝異，趕緊制止她：「于姑娘，這兒並非您該來之處，請即刻離開。」

若不是于藥兒身分特殊，他們早就逮住她了，哪裡只會口頭請她離去，不做任何處置。

于藥兒輕漾一笑，柔聲解釋：「我只是來探望一下文縣丞，希望能從他口中問出一些事情，殿下也知我來此的目的，請二位不必擔憂。」

「是嗎？這……」侍衛們互望一眼，他們怎能確定她真有關耀天的允許？

「我已是殿下的人，當然不會做出妨礙之事，二位無需多慮，像我這食籃裡，放的也只是尋常食物，不信二位可以看看。」

于藥兒提起食籃，一打開籃蓋，一陣濃烈薰香迅速擴散開，薰了他們一臉，他們毫無防備的吸入一口香氣，頓時頭暈目眩，驚覺不妙，但已經來不及了，他們的意識很快就渙散開來，隨即倒地不起。

于藥兒蓋上籃蓋，將食籃擱在一旁，趕緊扯下侍衛腰間的鑰匙，打開被鐵鍊鎖上的廂房大門，順利推門進入。

朱立平虛弱的倒在廂房中央，看著于藥兒進入，欣喜一笑，朱立和已將救他的計畫告訴他，所以他很清楚，于藥兒正處於受控制的狀態，是來幫他的。

于藥兒從腰間小囊袋掏出一顆藥丸，遞給朱立平。「這是補氣丸，能暫時補強你的氣力，咱們先離開這兒，解藥我之後會想辦法替你要到手。」

朱立平不疑有他的吞下藥丸，果然很快就有一股力量從體內湧起，雖然身子依舊不舒服，但他已有辦法起身了。

「于姑娘，您在做什麼？」

始終暗暗跟隨的衛七接著闖入，不敢置信，沒想到于藥兒居然會幫助朱立平，背叛了主子。

于藥兒即刻從衣袖內拿出一把短刀，頂在自己脖子上，厲聲威脅：「別靠過來！你要是再靠近半步，我就在此自我了斷！」

「有話好說，何必自殘？」衛七心驚的阻止。

「去告訴關耀天，他若還想要我活在世上，就給我文縣丞的解藥，若不給，明年今日，或許就是我的忌辰。」

于藥兒的情況很不對勁，這其中分明大有問題，但就怕于藥兒真的傷害自己，衛七只能轉身趕緊報訊去，不敢有太多遲疑。

衛七離開後，于藥兒他們也接著離開廂房，她帶著朱立平往馬廄的方向疾行，盡量避開侍衛會經過的路線，免得多有阻撓。

他們才剛來到馬廄前，關耀天就帶著幾名護衛追至，同樣不敢置信。「藥兒，妳在做什麼？」

她本來不都好好的，怎會突然臨陣倒戈，做出背叛之舉？她沒有理由這麼做，她是瘋了不成？

于藥兒再度用短刀頂著自己的脖子，冷淡的瞧著關耀天。「我要的解藥呢？快交出來。」

「妳真以為拿妳自身作要脅，我便會就範？」

「會不會，試一試便知。」

于藥兒毫不猶豫的一使力，脖子上即刻出現一道血痕，嚇得關耀天情急阻止：「慢著！」

于藥兒停住手勁，神色不變。「解藥快拿來。」

協。

關耀天緊蹙雙眉，忍不住自嘲，她果然非常清楚自己對他的重要性，才敢以自身作要脅，不怕他不妥協。

她冷淡的眼神，一點都不像平時的她，很可能是受到控制，才會做出這些匪夷所思之事，要不然他才不信她會背叛。

他只猶豫了一會兒，便從衣襟內拿出一個黑色小盒子。「解藥在這兒，妳要拿就來拿吧。」

「不，你把盒子丟過來。」

關耀天抿了抿唇，只能照著她的話做，將小盒子拋過去，于藥兒用空著的左手接住，隨即遞給身後的朱立平。

朱立平一拿到盒子，便將盒內的解毒丹吞下，沒多久後，體內的不適迅速緩解，連氣色也好了不少，看來解藥是真的。

「我和文縣丞要即刻出城，你們若是試圖追趕，想要阻攔，我可無法保證，這把短刀何時會劃破我的咽喉。」

「我不攔你們，要走就走吧，妳不必再拿自己的性命做要脅。」關耀天緊盯著她的舉動，希望她快把刀放下。

「去牽兩匹馬出來。」于藥兒低聲吩咐朱立平。

朱立平點點頭，即刻進到馬廄內牽馬。

兩匹馬一前一後的牽出，于藥兒與朱立平各騎一匹，就當著關耀天的面揚蹄奔馳，往一旁的側門迅速離去。

衛一瞧著他們衝出側門，馬蹄聲飛快遠去，不由得擔心。「殿下，難道真讓他們就這樣遠走？」

「當然不能，但也不能現在就追上去。」關耀天眉心緊鎖，雙手緊握成拳，強忍著混亂心緒，要不然他早就衝動的追出去了。

他沒想到，對方使出的手段竟出乎他的預料，于藥兒擺明受到控制，反過來被他們利用，成為他們最得力的幫手。

這下子局勢瞬間扭轉了，他誘朱立和的計畫不但失敗，還賠了夫人又折兵，只能眼睜睜看著于藥兒隨朱立平揚長而去，不敢輕舉妄動。

衛七也不敢妄動，只能跟著乾著急。「殿下，難道朱立和他們有人會使『迷魂術』？」

傳聞有種迷魂之術，能控制人們的心魂，使人們為己所用，受控制之人往往不知自己中了術，平時看來也與一般人無異，所以難以防範。

「看來不是朱立和，就是那個叫紅鴛的女人了。」關耀天眸光一銳，開始吩咐衛一：「挑幾個身手最俐落的，與我一同去追人，絕不能讓他們察覺到咱們的跟隨，免得藥兒真的會自殘。」

「遵命！」

※　※　※

于藥兒和朱立平離開富園後，在大街上一路奔馳，很快就從西城門離開百會縣城，無人阻擋。

朱立和與紅鴛各騎一匹馬，早早就在城西道旁的一處廢棄小茶棚等待，盼著能盡快與朱立平會合。

好不容易，他們終於看到有人正迅速騎馬逼近，忍不住欣喜，又過了一會兒，朱立平與于藥兒終於來到他們面前，兩方順利會合。

「大哥！」

「立平！」

他們兄弟一同跳下馬，激動的緊緊相擁，難分難捨，朱立和費了好一番心力才壓住狂喜之情，上上下下的瞧著他。「你還好嗎？這一陣子你受委屈了。」

「我已經沒事了，大哥不必擔憂。」朱立平淡淡一笑。

被囚禁多日，他消瘦了許多，還一身的狼狽，幸好氣色還算可以，也順利解了毒，縱有千驚萬險，也安然度過了。

「你再忍忍，等咱們到了孫國，一切安全後，我再好好幫你補一補。」

「嗯。」朱立平點點頭。「所以咱們要即刻趕往天水關了？」

「沒錯，為免夜長夢多，咱們勢必得馬上趕路不可。」

這兒離關、孫兩國交界最近的就是天水關，若是馬不停蹄的連夜趕路，最快他們兩日就能離開關國。

「但關耀天不可能輕易放手的，這一路上恐怕還有得瞧了。」朱立平不由得擔憂。

他們雖然一路順利的來到這兒，但他明白這只是短暫的順遂，關耀天不可能放下于藥兒不管的。

「只要有于藥兒在手，還怕關耀天敢動咱們不成？」紅鴛冷冷一哼。「而且咱們已經聯繫上『他們』了，『他們』允諾會派人來幫忙，助咱們離開關國，咱們只要盡快啟程就是。」

于藥兒聽著他們談話，面無表情，猶如傀儡般的靜靜候著，沒有任何動作。

「對，就算關耀天真追來，咱們也有于藥兒及幫手，鹿死誰手猶未可知。」朱立和的眸光微微黯下。瞧著于藥兒受控制的木然模樣，他雖有不忍，也只能視若無睹，狠下心來繼續利用，早已沒有退路可走。

人不為己，天誅地滅，是關耀天逼他的，別怪他無情！

「時候不早了，咱們快點上路吧。」紅鴛催促著。

朱立和兩兄弟點點頭，分別上了馬，開始趕路，于藥兒也跟著他們前行，四人迅速在無人的林道上奔馳。

他們會合時，已是夕陽西下時刻，所以很快就入夜了，圓月高掛夜空，他們繼續馬不停蹄，希望盡可能的快些離開關國，免得再節外生枝。

他們走上一條蜿蜒山路，只要越過這座山，天水關就不遠了，山路雖不好走，但他們騎術都不差，因此對他們來說，還不是什麼大問題。

幽暗的山林，萬籟俱寂，原本只有他們一行人趕路的聲音，但不尋常的林叢聲響逐漸由遠而近，似有人正穿越樹林，與他們越來越靠近。

朱立和率先停住馬，其他人也跟著停下，他銳瞇起眸，瞧著身旁不斷發出聲響的樹林，猜測究竟是誰在林子裡？

是關耀天？他真敢不顧于藥兒的性命安危，貿然追來，想把他們一網打盡？若不是關耀天，此刻出現在林中的……又會是誰？

咻——

一支飛箭突然從林中竄出，直朝朱立和襲來，他機警的往旁一偏，驚險閃過，就只差那麼一點就要射中他了。

他瞪著插在地上的箭，箭勢凌厲，擺明就是要取人性命，趕緊對其他人吼道：「快跑！對方是來殺咱們的！」

朱立平與紅鴛錯愕對望，不懂是什麼情況，但還是拉緊韁繩，繼續往前衝，于藥兒也跟著一同往前。

四人加快奔馳，緊張之氣頓起，沒多久後，約十名騎馬男子從林內竄出，在他們背後追趕著。

那些人一邊追趕，一邊繼續射箭，來勢洶洶，朱立和看他們連于藥兒也不放過，先是錯愕，之後倒是恍然大悟，憤恨不已。

這些人並不是關耀天派來的，而是答應要接應他們的人派來的，對方根本不打算幫他們逃到孫國，而是想殺人滅口！

他們已無利用價值，所以乾脆解決掉，省得麻煩，是嗎？別想得逞，無論如何他們都要逃到孫國去，等著東山再起的那一日到來！

「啊——」

亂箭飛射而來，只一眨眼，紅鴛就中箭了，她尖叫一聲，緊接著重重摔下馬，在地上滾了好幾圈，趴地不起。

險。

「紅鴛！」朱立平轉頭大喊，焦急不已。

「繼續往前，咱們已經顧不得她了！」知道朱立平想要回頭救紅鴛，朱立和馬上制止，絕不讓弟弟涉險。

朱立平緊咬牙關，知道現在回頭只會賠上自己的性命，只能繼續趕路，狠心捨棄紅鴛。

飛箭繼續襲來，不斷從他們左右兩方飛削而過，驚險連連，有好幾支箭都差點射中他們，他們無法往後看，只能拚了命的向前，硬著頭皮往前衝，盼能撐到對方把箭用盡。

但一支飛箭此時射中朱立和的馬，馬兒疼痛的嘶叫一聲，瞬間往前撲倒，將朱立和甩飛出去，害他措手不及。「啊——」

「啊——」于藥兒騎在朱立和後面，來不及閃躲倒地的馬兒，因此她的馬被猛一絆倒，她也跟著被甩飛出去。

朱立和身手俐落的翻了幾圈，就穩住身子，拚命大喘著氣，他轉頭瞧著越來越靠近的襲擊者，冷汗不停流下，感到越來越不妙。

「大哥！」朱立平心急大喊，不想連他也失去。

「別管我，你先走！」

「唔……好痛……」于藥兒在地上滾了幾圈才停下，全身遍布著擦撞的疼痛，她撐起身子，困惑的緊蹙著眉，不明白自己為何會在這兒。

她撫著前額，總覺得有些事想不起來，再瞧向朱立和，不由得錯愕。「朱立和，你怎會在這兒？我又怎會在這兒？」

朱立和暗暗咬牙，看來于藥兒因為受到意外刺激，已經脫離控制，恢復清醒了，但看著襲擊者迅速逼近，他又無法捨下她不理，只好趕緊拉起她，往一旁的林叢內奔逃。「快走！再不走連妳也會沒命！」

「啊？」他的力道太強勁，于藥兒根本沒得拒絕，只能被他猛力拉著走。

兩人快速的進到林叢內，繼續逃命，襲擊者很快就追上來，他們兵分二路，一半去追朱立平，另一半進到林叢裡，兩邊都不放過。

再過了一會兒，關耀天帶著五名護衛也追到同一條山路，他們先遇到倒在路上的紅鴛，趕緊停下馬，關耀天蹙了蹙眉，示意衛一去看看情況。

衛一下馬來到紅鴛身旁，探了探她的鼻息，即刻回到關耀天身邊。「殿下，是紅鴛，看來剛中箭身亡不久。」

「居然有人在襲擊他們。」關耀天的眉心蹙得更緊了，就怕于藥兒受到牽連。「咱們快追，要不然就來不及了！」

「是！」

※　※　※

「哈……哈……哈……」

黑暗的林叢內，朱立和與于藥兒不停的跑著，喘息聲接連不絕，襲擊者在後頭緊追不捨，步步逼近，不殺死他們誓不罷休。

咻咻咻——無數支飛箭又破空而來，盡往他們倆身旁削過，險象環生，再這樣下去，他們被射中只是遲早的事。

于藥兒跟著逃得莫名其妙，無論如何都想問清楚這是什麼情況：「他們是誰？為何要殺咱們？」看來這些人是非致他們於死地不可，但她想不透她到底得罪誰了，十之八九應該是被朱立和連累的。

「妳不需要知道這些，那與妳無關！」

「我已被牽連其中，怎會與我無關？就算免不了一死，我也不想死得不明不白！」

「別胡說！無論如何咱們都會逃脫出去，絕不會死在這裡！」朱立和憤恨的咬牙切齒。

他不甘心，他忍辱負重了這麼多年，好不容易才熬過來的，若在這時死了，那麼過去的努力全都將化為一團灰燼，他這一輩子也就白活了。

只要他還有一口氣在，他就絕不會放棄復仇的打算，過去他早已逢凶化吉多次，所以他相信這一回他肯定也可以！

「啊——」

于藥兒一個不慎，被爬竄在地的藤蔓狠狠絆倒，也與朱立和鬆手分開了，朱立和趕緊停下腳步，本要回頭去拉于藥兒，卻被連番飛來的箭一連逼退好幾步，與于藥兒相距越來越遠。

「好痛……」于藥兒摸著左腳腳踝，知道自己已經扭傷，無法再跑下去，只能對朱立和喊道：「別管我了！我的腳已扭傷，你自己一個人逃吧！」

朱立和微喘著氣，內心糾結不已，眼看襲擊者越來越靠近，于藥兒即將命喪他們手，他若是想救她，現在是最後機會，但也很有可能他不但救不了她，連他自己的命也得賠上。

他無論如何都該自保，管不了那麼多的，可是他……他就是……

正猶豫間，其中一個襲擊者已經追至于藥兒身後了，朱立和看他高舉起劍，即將一斬而下，心猛然一驚，想阻止卻已經來不及了。「慢著——」

「住手！」

另一個男人的嗓音突插而入，瞬間震撼林梢，緊接著舉劍之人錯愕一僵，只因有一枝細長樹枝從後插入他的背，並在胸前突出了半截，可見射來的力道是多麼強勁，無物可以阻擋。

于藥兒瞧著舉劍之人從馬上墜落，急喘不休，驚魂未定，聽到那熟悉的聲音，她趕緊轉頭尋找，在危急時刻救了她一命的人，該不會是……

「藥兒！」

闕耀天帶著護衛追入林叢內，終於趕上他們，襲擊者沒想到他們還有援手，兩方即刻打了起來，場面頓時一片混亂。

于藥兒喜不自勝，果然是闕耀天，他來救她了！「耀天！」

闕耀天在林中疾馳，越過一切阻礙，終於來到于藥兒身邊，他一跳下馬，即刻蹲身緊抱住她，用力的抱著，慶幸自己來得及時，沒真的失去她。

她可知道，他是多麼的心急如焚，就怕她要是真有個萬一，誰能把她還給他?就算這些人全死了，也賠不起一個她來！

于藥兒也緊緊的回抱住他，多麼開心在自己最危急時，是他來救她、保護她，若不是他的出現，她真不敢想像，自己到底還有沒有命活下去。

朱立和瞧著他們倆緊緊相依，神色忍不住失落，心也跟著重重一沉，又怨又憤。為什麼是關耀天，為什麼所有好處都被關耀天占盡，他究竟憑什麼？

他到底哪一點不如關耀天？他就是不服，自始至終都不可能服！

咻——

「唔——」

一支亂箭突然飛竄而來，竟不偏不倚射中朱立和胸口，他不敢置信的瞪大眼，沒想到自己竟因關耀天的出現而閃了神，才因此中箭，可笑的中了箭！

結果到了最後，殺死他的，其實是關耀天，可恨的關耀天……

「呵呵……呵呵呵……噗——」

朱立和猛一吐血，氣力盡失的慢慢跪下，繼續自嘲著，真沒想到自己的結局竟是如此可笑，到了九泉之下，他怎有臉面去見家人？

于藥兒見到朱立和中了箭，訝異又擔憂。「朱立和……」

「別去！」關耀天緊扣住她的腰，忍不住埋怨：「他連番利用妳，連妳的性命都不放過，現在只是咎由自取。」

「可是不先保住他的命，一些尚未解決的疑問又怎有辦法解開？」

關耀天表情僵了僵，于藥兒說的沒錯，所以他就算再不情願，也只能放手讓于藥兒救人，而襲擊者也在這時被關耀天的護衛盡數制伏，暫無安全之慮。

于藥兒拐著腳步來到朱立和面前，微板著臉蹲下身，看他胸口已經血染一片，再搭上他的脈搏一探，表情頓時凝重不少，知道這一箭已射中要害，他的氣血正快速流逝，憑她的醫術想救他，連她自己都沒什麼把握。

「不必了……我知道……我再撐……也沒幾口氣了……」朱立和自嘲的苦笑，氣息極弱的喘著。「就算……到了這個節骨眼……妳……還是想……救我？」

「就算是十惡不赦之人，只要需要醫治，我都會治，至於你的是非對錯，等你傷好之後，再來一一償還吧，不急在這一時。」她雖有氣，卻沒失去理智，還是知道輕重為何。

他的確可恨，但也可憐，若沒有上一輩的恩恩怨怨，他也不會走上這條路，這種身不由己，其實她感同身受。

為何會感同身受？她困惑的蹙了蹙眉，想不起來自己為何會有此感受，但現在救人要緊，她還是暫且把困惑擱在一邊。

「但我……已經受夠了……就這麼……結束吧。」朱立和眸光瞬間轉銳，冷下嗓音命令：「于藥兒，我以『血色鴛鴦』為令，命妳聽從指示。」

「呃？」于藥兒渾身一震，雙眼瞬間呆滯起來。

「任務失敗，妳來陪葬吧。」

「是。」

于藥兒拿出放在小皮囊的白色瓷瓶，毫不猶豫的仰頭一倒，關耀天驚覺狀況不對，神色大變，趕緊往前衝。「慢著——」

第十八章 解毒

「慢著——」

關耀天猛力往前衝，一把搶過瓷瓶，趕緊一看，卻發現裡頭已經空無一物，顯然所有東西都被于藥兒吞服下肚了。

她先是面無表情，接著蹙起雙眉，越來越痛苦，最後噗的吐出一大口血，隨即往後倒下。

「藥兒！」關耀天心驚膽戰的抱住她，發現她已昏過去，氣息也虛弱起來，焦急的怒瞪朱立和。「她到底吞了什麼東西？」

「是劇毒。」朱立和冷冷一笑。「最慢不過……一刻，她就會毒發身亡。」

關耀天緊揪住他衣領，憤怒的命令：「是什麼劇毒？快把解藥交出來！」

「笑話，我既要她……服毒，又怎會讓你……替她解毒？」

「你不是也傾慕著她，為何狠得了心下毒手！」

「就因如此，我才不願便宜了你！」朱立和咬牙低吼：「為何關國是你的、于藥兒是你的、什麼都是你的？憑什麼所有好處都讓你占盡，我卻一無所有？」

他沒了國、沒了家，連心愛的女人也得不到，此時此刻，他連自己的命都快沒了，輸得一塌糊塗，只能抓住這最後一個機會，好好的重創關耀天。

「這個國家……我搶不過你，但至少……我還可以帶走她……」他一邊喘息，一邊虛弱的笑：「這樣一來……除非死……你再也得不到……她了……她將隨我……共赴黃泉……生死之隔……就是我……最後的……勝利……」

「你——」

「就算我死了……還是會有其他人……讓你不得安生的，你等著瞧吧……事情……還沒結束……」

關耀天雙眉緊擰，不好的預感油然而生，朱立和分明話中有話，是在暗示他什麼？

「噗哈哈哈……唔——」朱立和狂笑出聲，接著吐出一大口血，氣力喪盡，往旁一倒，再無聲息。

朱立和一死，就沒人知道于藥兒服的是什麼毒了，強烈的恐懼瞬間襲上關耀天心房，緊揪住他心口，讓他幾乎要喘不過氣，他本以為自己早就不知什麼叫恐懼，沒想到此時此刻，面對有性命之危的于藥兒，他竟渾身冒冷，就怕真的會失去她。

他好不容易才找到能救贖自己的藥，難道就只能眼睜睜看著她離去？不，他絕不讓這種情況發生！

「**快點！緩毒丸！**」

陽天的提點瞬間抓回他的神智，他趕緊掏開于藥兒的小皮囊，找到裝緩毒丸的瓶子，倒出兩顆塞入她嘴裡，希望緩毒丸能順利替他們爭取時間，直到他們帶她回去找于非颺。

接著他抱起她上馬，讓她側躺在自己胸前，趕緊馭馬掉頭，務必以最快的速度奔回百會縣。

關耀天一邊疾馳，一邊緊抱著于藥兒，既命令又懇求的不斷喃道：「藥兒，答應我，妳一定要撐住，絕不能離開我！」

累。

他拚了命的趕路，奮力不懈，好不容易在清晨時趕回百會縣城，一路奔馳進富園，無暇顧及自身的疲

他趕緊抱著于藥兒往她的院落飛走，沒多久于非颺就從另一條廊道上追來，焦急的質問：「藥兒又怎麼了？」

「她中了毒，我有先餵她吃緩毒丸，你趕緊替她解毒！」

「中毒？先把她抱進房裡，我來看看！」

關耀天抱著于藥兒一路進房，直到將她放上床，才由于非颺接手一切，他趕緊脫下絲套，先觀于藥兒氣色，再把她的脈象，越把臉色越凝重，久久沒說半句話。

「如何，你可有辦法解毒？」關耀天心急的追問。

「她雖吃了緩毒丸，但毒性太烈，已入她的五臟六腑，再撐也撐不了多久了。」于非颺反問他：「她的脈象奇詭，恐怕不是尋常之毒，我需要花點時間才能配出解藥，但就怕她熬不到那個時候。你可知她中什麼毒？若知毒名，我或許可以即刻配藥，這樣她就能盡快得救。」

「對方不願說，執意要她共赴黃泉。」關耀天凝肅起臉色。

「到底是哪個混帳？讓我去見他，我就算逼也要逼他回答出來！」于非颺火大的咆哮。

「來不及了，他已經死了。」

「什麼？」于非颺緊緊揪住他衣領，憤怒的質問：「你怎讓他死了？你這不是眼睜睜的看著藥兒沒命嗎？你也是個混蛋！」

關耀天同樣憤恨與不甘：「你以為我想嗎?藥兒命在旦夕，我和你同樣著急，恨不得中毒之人是我不是……呃?」

腦中一記靈光突然閃過，關耀天猛然想起，他曾在宮殿廢墟中過劇毒，既然都是朱立和他們下的毒，那麼當時的毒與現在于藥兒中的毒，該不會是一樣的?

一思及此，關耀天馬上扯下于非颺的手，吩咐一旁幫忙的丫鬟：「快去拿一個空碗及小刀子過來!」

「是!」丫鬟即刻轉身出房。

于非颺不懂他在想什麼，繼續火大的質問：「藥兒都已經命在旦夕了，你還在幹什……」

「或許就算不知她中的是什麼毒，我依然有辦法救她。」關耀天逐漸冷靜下來。

「真的假的?」于非颺大蹙起眉，連他這個身經百戰的大夫都快沒輒了，不懂醫的關耀天又會有什麼能耐解毒?

「是真是假，等等一試便知。」

于非颺依舊心急如焚，但關耀天都這麼說了，他也只能暫時按捺下性子，看關耀天能有什麼辦法。

等到丫鬟拿來空碗及小刀，並將它們放上桌後，關耀天就要丫鬟退出房，只留下他以及于非颺。

關耀天拿起小刀，毫不猶豫的在左腕上劃下一刀，任由鮮血快速滲出，流到空碗內，直到約有八分滿後，他才拿白布將手腕上的傷纏起來。

于非颺緊蹙著眉，從頭到尾未發一語，還是想不透關耀天在做什麼。「你這是……」

「只要讓藥兒服下這碗血，或許她的毒就能化解，平安甦醒過來。」

「怎麼說？」于非颺挑了挑眉。

「我有百毒不侵之體，不但蟲蛇不敢靠近，就算中了再劇烈的新毒也死不了，那些毒性反會被我的血吸收，甚至轉化為解藥。而我曾在宮殿廢墟遇襲時中過劇毒，既然都是朱立和他們放的毒，那麼我猜測，十之八九應該是同一種毒。」

他的特殊體質只有非常少人知道，朱立和肯定沒料到，自己最後一招竟會敗在他的特殊體質上頭，也可以說，他們是敗在自己的計畫上頭，才讓他有機會在這最後一刻扭轉乾坤，瞧見了希望。

「你果然有百毒不侵之體。」這事于非颺與于藥兒早就在懷疑了，現在倒是證實了他們的假設。「是先天的？還是後天刻意養的？」

「後天。」關耀天自嘲一笑。

在兄弟相殘的慘劇結束後，關王才從偏執中驚醒，終於想到若剩下的唯一子嗣有個萬一，將來還有誰能繼承他的大業？

但錯已鑄成，無法挽回，關王只能亡羊補牢，派護衛保護少年關耀天、加強他自身的武藝訓練，甚至開始讓他每日服食少量毒藥，以養出百毒不侵的體質，免得被人下毒暗算。

所以關耀天在廢墟內中箭所受的劇毒，並沒有要了他的命，反倒被他的身子吸收轉化，不再是威脅，現在還成了一份最佳的解藥。

就算于非颺見多識廣，這種養解藥的方式他還是頭一回聽到！雖然他對關耀天的特殊體質好奇極了，但現在救人要緊，還是先解了于藥兒的毒再說。「那好，咱們快讓藥兒服下這一碗血。」

于非颺拿起血碗，與關耀天一同來到床邊，由關耀天扶起于藥兒，再由于非颺餵她喝下血，兩人費了好一番勁，才達成目的。

關耀天將于藥兒放回床，就與于非颺待在床畔，密切觀察她的狀況，就見她泛著微青的臉色沒多久後就轉為淺白，眼下的暗影也跟著淡了不少。

于非颺緊守著她的脈象，難掩欣喜，毒性的確逐漸消退。「成了，你的血果然有用，再過不了多久，她體內的毒就會盡數退去，轉醒只是遲早的事了。」

「那就好。」關耀天終於鬆下一口氣，可以放心了，他從不覺得這種體質有什麼好的，這是他頭一回慶幸不已，能靠自己的血救回他最重要的女人。

其實關耀天的氣色不太好，除了剛才放出將近一碗的血之外，他來回奔波一日都不曾休息，也是消耗他精氣的重要原因。

這一切于非颺都看在眼裡，之前就算對關耀天再不滿，看在那一碗血的份上，現在他也不得不關心一下。「藥兒的狀況已穩，由我顧著就好，你先去休息吧。」

「我想等她醒來。」除非等到她甦醒，要不然他就是無法完全放心下來。

「夠了，我可不想一次照顧兩個病人！」于非颺指著窗邊的長榻，沒好氣的說：「你既然不想走，那就躺在那兒休息，藥兒一有動靜我會馬上叫你，這樣總行了吧？」

關耀天瞧了長榻一眼，考慮了一下，終於點頭，他是該休息一會兒，才有精神面對接下來的事。

關耀天到長榻那兒休息，于非颺則搬了一張圓椅坐在床邊，隨時關注于藥兒的情況。

于藥兒繼續沉睡，不過氣色持續轉好，脈象也越來越穩定，直到即將夕陽西下時，她的眼簾才顫呀顫的，終於從深深的沉睡中甦醒。

她緩慢的睜開眼，腦袋還是一片空白，想不起發生的事情，只覺得自己莫名疲累，身子也有些虛弱無力。

「藥兒！」于非颺一發現于藥兒甦醒，精神瞬間大振，開心不已。「妳可醒過來了。」

關耀天也即刻睜開眼，迅速下榻，來到床邊。「藥兒！」

他輕撫著她的臉，微微揪緊的心房終於徹底鬆開，如釋重負的微笑，她可知道，他的心差點就跟著她死上一回了，諸般難受，可讓他的脾胃像是都攪在一起般，苦苦的活折磨。

于藥兒雖然還沒搞懂情況，但見他們倆的表情，也知道自己肯定讓他們擔心了，她漾起一抹笑，先安撫安撫他們，其他的事，之後再說吧。「對不起，讓你們擔心了……」

※　※　※

于藥兒甦醒之後，經過于非颺的確認，身上毒性已經解盡，只不過臟腑還是因毒而有所損傷，必須靜養幾日才能真正恢復元氣。

甦醒的第一日，于藥兒沒有清醒多久，又因為虛弱疲累而睡去，直到隔日精神終於好了不少，腦袋也跟著清醒起來。

除了紅鴛及朱立和之外，朱立平最後也難逃追殺，盡數身亡，關耀天的護衛雖然活捉了幾名襲擊者，但那些襲擊者很快就吞藥自盡，沒露出半點口風，因此這些人究竟是何來歷，就成了一個未解之謎。

「原來最後是耀天的血救了我，真是峰迴路轉，出人意料呀……」

此時于藥兒正坐在床上休養，喝著丫鬟剛送來的熱騰騰補湯，聽于非颺述說她受控制之後發生的事，忍不住有諸多感慨。

該說世事都早有定數嗎？無論朱立和他們千算萬算，也算不出會有這樣的結局，只是徒費心機罷了。

「他們為了復仇，也真是費盡心思，連迷魂術都用上了，只可惜……老天爺並不站在他們那兒，這就是命呀。」于非颺也有些感慨。

于藥兒的毒解除後，關耀天就對于非颺提起迷魂術的事，並懷疑控制的指令就是「血色鴛鴦」，于非颺對迷魂術也有認識，若能確定控制的指令，他就可以解了于藥兒身上的控制。

關耀天隨即召集富園及縣衙內所有人等，試著對他們發出命令，果然有幾人一聽到血色鴛鴦四字，神色就變得木然起來，等候指示，這些人渾然不覺自己被當成暗棋，當然關耀天的人也察覺不出來。

在確定指令正確後，于非颺就幫忙解除了這些人的控制，而于藥兒現在也已脫離控制，不會再做出身不由己的事。

「看來會下迷魂術的人，就是紅鴛了。」于藥兒的神色微微黯淡下來。

她現在才明白，當日紅鴛所說的「暗示」是什麼意思，原來她在那時就被紅鴛用迷魂術暗中控制住，渾然不覺自己也成了一顆暗棋。

真可怕的招術，要不是于非颺見多識廣，在紅鴛死後，她可能永遠都擺脫不了控制。

這樣也就能解釋，朱立和他們是如何從辜進譽那兒得到許多軍政機密，只要辜進譽也受迷魂術控制，他們要他做什麼，他都會照做不誤，簡直就是他們手中的傀儡。

難怪韋進譽在關耀天到來之前對義風寨完全不理睬，之後被逼著勦寨動作也慢吞吞的，似在拖延，原因全都在這兒。

經過這次事件後，于非颺也有很大的感觸，忍不住嘆了口氣：「唉！好吧，我承認，對於關耀天這個傢伙，是我看走眼了，縱然我現在對他還是有些不滿，但我會努力接納他的。」

看著他為了于藥兒的毒心急、擔憂，甚至不顧一切的放血救她，于非颺就明白關耀天對她是真心的，要不然不會為她的生死失去理智，甚至與他吵了起來。

他相信關耀天肯定能好好呵護于藥兒的，之前是因為形勢所逼才會答應他們倆的婚事，頗不甘願，但現在他是真心祝福他們，樂見其成。

沒想到能從于非颺口中聽到讚許關耀天的話，于藥兒忍不住開心，欣喜的笑著。「義兄，謝謝你。」

這樣看來，他們倆接下來的相處應該會越來越好，漸入佳境吧？她可以如此期待嗎？

「謝我什麼？我只是實話實說罷了。」于非颺難為情的瞪她一眼。「不過話說回來，關耀天真打算讓妳當太子妃？他父王有可能答應嗎？」

不是他要懷疑，而是太子妃這個身分不是普通人能當的，需要非常雄厚的身家背景才擔當得起，而他們只是四處遊歷的醫者，哪有什麼背景可言，絕對會面對阻礙，就不知關耀天有什麼打算？

「我也不清楚，但他叫我不必擔心，只要全心信任他就好，所有問題他都會搞定的。」于藥兒坦白回答。

雖然他胸有成竹，她還是順其自然，因為只要能待在他身邊，就算不是太子妃的身分，她也不在意，她要的從來不是身分，就只是關耀天的真心。

心才是最重要的，也只有那唯一的真心，珍貴無比，且無可取代……

※　※　※

在事情全都告一個段落之後，接替的古縣令才姍姍來遲，終於到達百會縣，不過也不能完全怪罪他，官家辦事本來就慢吞吞的，毫無效率可言。

但古縣令還是戰戰兢兢的來到富園，在前廳拜見關耀天，他戒慎恐懼的行跪拜大禮，就怕自己的遲來會惹惱關耀天，縣令的位置連坐都還沒坐上，就要下去與閻王爺泡茶了。「下官古雙全，參見……太子殿下。」

「古縣令，你可終於來了。」關耀天表情冷淡，語氣也冷淡，聽得古縣令內心直發毛，就怕這是他已經等得很不耐煩的表示。

關耀天瞧著古縣令身子微微顫抖，忍不住翻了翻白眼，這些傢伙真以為他很喜歡發怒嗎？若非必要，他才懶得理他們！

「既然來了，就趕緊熟悉衙務，快點上手，縣衙多日無主，已經積累不少事待處理，別怠慢了。」

「是，下官自當盡快熟悉衙務，讓百會縣各方面都早日恢復正常！」

「那就好。」

該說的場面話說完了，關耀天也不想再與古縣令多廢話，起身離開前廳，找于藥兒去。

「呃？」古縣令愣了愣，他本以為自己會被刁難或怪罪一番，結果沒想到……就這樣？

關耀天一路往于藥兒的院落走去，一心只想著她，早已無心理會其他事，等她把身子養好後，他就要帶她啟程回王都，接著就是處理兩人的婚事了。

結果他才一跨入院門，就見于藥兒一個人在小庭院內四處走動，並沒有躺在床上休息。

「藥兒，妳怎麼出來了？」關耀天即刻蹙起眉，朝她走過去。

「耀天。」于藥兒輕漾笑意。「我身子已經好得差不多了，只是出來透透氣罷了，別太過緊張。」

「真的？」關耀天仔細審視她的氣色，不希望她太過勉強。

「當然是真的，你與義兄都關心太過了。」于藥兒不得不失笑，這兩個男人簡直把她當三歲娃兒看待似的。

看她氣色的確挺紅潤，關耀天才放心下來，隨即想到。「對了，之後妳隨我回王都，那麼妳義兄呢？他打算如何？」

「他會先隨咱們回王都，等成親後，他會視情況再決定去留。」

「那好，我會命人先替你們安排處所，就算咱們婚後他要繼續久住，也沒有問題。」

「耀天，謝謝你。」于藥兒不得不欣慰，雖然于非颺只是她的義兄，卻與親兄無異，關耀天明白這一點，所以該給的禮遇與照顧可一點都沒少。

「這是應該的。」雖然他與于非颺還是有些不對盤，但他們倆都不希望于藥兒因他們為難，所以最近倒挺有默契的盡量不找彼此麻煩。

而于非颺能感應于藥兒危難的原因雖然未解，兩人暗藏的關係還是個謎，但她已是他的人，于非颺也不阻撓他們在一起，他倒是安心不少，可以慢慢等著謎底解開的那一日到來。

看她的身子已經恢復得差不多，關耀天也開始考慮何時該離開百會縣，這裡再待下去已沒有意義，是時候該動身了。

所以五日後，關耀天一行人終於啟程回王都了，于藥兒與于非颺共乘一輛馬車，關耀天及隨行之人騎馬，一行隊伍便浩浩蕩蕩的出發。

他們並不急著趕路，所以隊伍一路緩慢行走，遇到風景秀美之處，他們就暫停下來，好好的欣賞一下美麗風光，因此花了將近一個月才來到關國王都——平永城。

隊伍一進到平永城內，繁榮的市街景象與其他縣城是截然不同，于藥兒好奇的從車窗往外瞧，就見車馬川流不息，人潮多不勝數，商業往來蓬勃發展，非常熱鬧。

關耀天早已派人先回到王都打點一切，他住在東宮裡，而于藥兒及于非颺的身分暫時無法進到東宮，所以他要人在王宮附近尋一間好宅子，先將于藥兒及于非颺安置在那裡。

因此當隊伍停在一處寬闊的大宅前時，中年男子徐總管已在門前等待，朝關耀天拱手行禮。「小的恭迎殿下歸來。」

這一座大宅叫「靜園」，取其幽靜雅致之意，不只徐總管，安置在宅內的護衛們全是關耀天的人，所以就算于藥兒他們住在外頭，還是在關耀天的羽翼下，被他好好的保護著。

關耀天一下馬，于藥兒及于非颺也跟著走下馬車，關耀天不介意在眾人面前展現對她的特別，朝她伸出手。「藥兒，我陪妳及大舅子進去瞧瞧。」

徐總管已事先被知會過，即將入住的姑娘身分非比尋常，主子極為看重，將來非常有可能會成為太子妃，因此對主子特別呵護姑娘的奇景鎮定異常，就當什麼都沒看到。

倒是于藥兒有些羞窘，他們可都還在大門前，有不少人看著，雖然他們都很識相的主動當起瞎子來。

于藥兒不動，關耀天乾脆主動拉住她的手，還十指牢牢交扣，像在告訴她，她再也逃不出他的手掌心了。「走吧。」

「你……一定得如此高調不可嗎？」她沒好氣的瞪他一眼，有時對他的強勢及霸道還真是無可奈何。

「當然。」關耀天揚起一抹得意之笑。「這就是我的行事作風，妳得趕緊習慣不可。」

在他確定對她的情意後，就是義無反顧的勇往直前，不再回頭，她一但住進他心房，就別想要離開，他會用盡一切方法守著她、困著她，讓她捨不得走，心甘情願的永遠留在他身邊。

「嘖嘖嘖，我的眼睛還真刺。」後頭的于非颺刻意酸溜溜的說：「前面的，沒人時你們愛如何卿卿我我，我管不著，但大庭廣眾下的，你們也顧慮顧慮其他人吧，免得一堆人犯眼病。」

徐總管訝異的瞧了于非颺一眼，沒想到于非颺竟然有膽諷刺關耀天，他就不怕轉眼間小命不保嗎？

倒是衛一他們鎮定如昔，知道于非颺有于藥兒這一個靠山在，關耀天「暫時」是不會拿他怎麼樣的。

關耀天不見氣惱，反倒笑睨了于非颺一眼。「有人逼你一定得看嗎？自己看到生眼病，再來怪我？」

于非颺瞬間變臉，氣得想破口大罵：「你——」

「好了好了，咱們快進去吧！」于藥兒看情況不對，反過來拉著關耀天趕快進入，要不然這兩個男人又要鬥起來，到最後苦惱的人會是她。

關耀天隨著于藥兒率先進門，一臉的得意，于非颺則是滿肚子火的跟上，反正要報仇，接下來多的是時候，不急在這一會兒！

徐總管恭敬的帶領他們往靜園後方走，一一介紹了幫于藥兒及于非颺安排的住所，在確定徐總管的安置很妥當後，關耀天才離開靜園，啟程回王宮。

他騎著馬從王宮偏門進入，一下了馬，即刻有位太監來到他面前，恭敬行禮。「恭迎太子殿下回宮，王上正在偏殿等候殿下歸來。」

「我知道了，等一會兒就過去。」關耀天把韁繩交給一旁的宮衛，就往東宮的方向走。

他先回到東宮，讓宮女替他換上正式衣裝，淡黃色的寬袖裡衣外罩著紫棠色的對襟外袍，外袍上用金線滿繡著虎形繡紋，頭戴高冠，顯得高貴又霸氣。

換裝完後，他才來到偏殿內，就見殿中有個威嚴十足的中年男子，身穿繡著金龍紋的赤色寬長袍，不威而怒，有著明顯的王者之氣，兩旁各有兩名穿著水紅宮裝的宮女隨侍。

關耀天終於來到中年男子面前，單膝跪地行禮。「兒臣參見父王。」

「耀天，辛苦你了，快點起來吧。」關昂擺擺手，語調沒有久違的欣喜，對待兒子與對待臣子沒什麼差別。

「多謝父王。」關耀天的應對也非常冷淡，一切公事公辦的模樣。

關耀天起身後，關昂才說：「百會縣的事我已經知道了，你此行能將叛國賊抓出來，實屬大功一件，我得好好獎賞你不可。」

關昂之所以要關耀天負責這件事，是希望身為太子的關耀天可以逐漸建立一些功績，將來才能讓眾臣們信服，果然不負他所望，義風寨順利瓦解，叛國賊是誰也全都抓出來，只可惜他們太快死了，沒機會審問，要不然應該可以問出更多事情來。

「多謝父王賞賜，既然父王有此念頭，可否由兒臣提出想要的賞賜？」

「哦？」關昂挑了挑眉，有些訝異。「你想要什麼賞賜？」

「兒臣想娶妻。」

「你想娶妻，哪還需要求什麼賞賜？」關昂忍不住呵呵大笑。「太子妃人選的名冊不知送到你面前幾次，也沒見你有何反應，現在終於想通了？那好，我再命人將名冊送來，看你挑中哪一個，我好要人開始準備婚事。」

從關耀天滿二十歲起，關昂就盼著他能趕緊成親，接著開枝散葉，結果他不想就是不想，一拖這麼多年過去，就只有關昂一個人在暗中乾著急。

「兒臣已有太子妃人選，父王不必再送名冊過來了。」關耀天淡然的回答。

「你該不會要告訴我，你想娶什麼大夫的義妹當太子妃？」關昂即刻擰起眉，一臉的嫌惡。「她什麼身分？怎配得起咱們關家？」

關耀天帶了一個姑娘回王都的事，關昂已經知道了，也派人稍微探過那名女子的身家背景，知道她根本不配當太子妃，頂多只能當妾室。

他不管那名女子是用什麼手段抓住關耀天的心，總而言之，他絕不允許身分低賤的女人成為關國太子妃，也變成百姓及他國人的笑柄！

「看來父王已經知道藥兒的存在，那麼兒臣也能省下解釋的工夫了。」關耀天並不惱火，反倒揚起一抹挑釁笑意。「門當戶對這種事，兒臣根本不看在眼裡，兒臣的性子，想必父王也明白，只有兒臣願不願做的事，沒有兒臣被逼著做的事。」

關昂表情一變，又氣又惱卻又無可奈何，因為這是他自己種下的惡因，現在也只是自食苦果。

經過天鳳國時期的四姓內鬥，他深刻體認到，一國之內擁有太多掌權者，終究會引起內亂分裂，為免他七個兒子將來為了搶奪王位，暗中結黨擁兵，搞得關國四分五裂，毀了他辛苦而來的霸業，他一直想著該如何處理這件事，也遲遲無法決定該立誰為太子。

當時他寵幸的巫醫，突然向他進了養「蠱王太子」的建言，那時的他像是中邪般，極為興奮，躍躍欲試，完全聽不進其他人的勸阻，因此有了十年前的那一場慘劇。

關耀天存活下來了，但性子也變得詭譎難測，不再是他熟悉的五兒子，當關耀天不顧他的制止，冷厲無情的當著他的面讓巫醫血濺滿地時，他才整個人清醒過來，全身發寒，終於明白自己錯得離譜，但為時已晚。

他養出的不是蠱王，而是一個魔，一個連他自己都害怕的魔，事情已經全然失控，將來會變得如何，連他都不敢去想。

自那之後，他就慢慢無法駕馭關耀天了，偏偏現在就只剩關耀天適合繼承王位，所以他也只能寄望關耀天將來繼續擴展關國版圖，完成統一三國的霸業，才會被關耀天越吃越死，無可奈何。

「立太子妃不是件小事，而是國家大事，我要是真讓你娶個什麼身家背景都沒有的女人，朝臣們肯定會反彈，因為這等於無視他們的女兒、無視他們在朝中的勢力。」關昂也不與兒子硬碰硬，直接將政局牽扯進來，試圖逼兒子退讓妥協。

關耀天還是笑，爽快接受關昂丟來的難題。「所以只要讓朝臣們心服口服，無論兒臣的太子妃是誰，父王都不會再反對？」

「能這樣子當然最好。」

「那很簡單，並不難辦。」關耀天信心十足的說。

關昂雙眉再度一擰，不懂兒子這一會兒又在打什麼主意？

「就讓兒臣來辦理自己的選妃之事吧，兒臣向父王保證，絕對會讓朝臣們心服口服，也讓父王心服口服。」關耀天的笑中多了一抹詭譎，深不可測。「這，就是兒臣想請父王給的賞賜。」

關耀天當然明白父王的想法，他可以不吃這一套，依自己的心意行事，但為了于藥兒將來能在關國順利立足，無人可以撼動她太子妃的地位，他的確是要好好的來選一次妃，讓她順理成章的成為太子妃唯一人選，堵住眾人的嘴。

只要朝臣們「不敢」有意見，就換父王啞巴吃黃蓮，聰明反被聰明誤，想反對也無從反對起了！

第十九章　選妃賽

關耀天即將選太子妃的消息迅速在平永城傳開，時間就訂在一個月後。

選妃這種大事，眾人當然是議論紛紛，尤其要選妃的還是有「混世魔王」之稱的關耀天，他們真無法想像，怎樣的女人才有命可與之相配？

「藥兒，關耀天那個傢伙到底在搞什麼鬼，他不是信誓旦旦的說要立妳為太子妃，怎麼現在卻搞起選妃賽來了？」

選妃消息傳出去三日後，于非颺就氣呼呼的衝到于藥兒房裡質問，他是去外頭閒逛時不小心聽到的，頓時氣得七竅生煙，真想馬上將關耀天大卸十六塊！

「義兄，你已經知道了？」于藥兒開始覺得頭痛了。

「怎麼，這麼大的事還想瞞我？妳以為能瞞多久？」于非颺這下子更火了，這件事對她影響非常大，她居然還幫著關耀天，她的腦袋是有問題嗎？

據說這一次選妃，沒有任何身分限制，就算是平民百姓也行，想參加選妃之人，只要上官衙登記，就有機會飛上枝頭當鳳凰，只不過到底該如何選，始終沒有進一步的消息，只說在選妃當日才會公布。

但說是這麼說，小老百姓們根本不敢冀望自己真能搶得過那些官家千金，再加上關耀天的名聲不怎麼好，大家避之唯恐不及，因此普通百姓敢報名之人非常少。

倒是官宦之家只要有未嫁的閨女，全都報上去，自古以來太子妃之位無關情愛，只關政治，為了自己的宦途著想，想在朝堂得到更多權力，官員們才不在乎關耀天的名聲好壞，只在乎自己的女兒將來有沒有機會母儀天下，成為一國之后。

聽到這些消息，于非颺當然擔心，于藥兒同樣與普通百姓處於劣勢，是要怎麼拚過那些官家千金？趕緊再認一個有權又有勢的義父嗎？

「義兄，不是我刻意瞞你，只是……我不知該如何啟口罷了。」于藥兒無奈苦笑。

「這種事有什麼不好啟口的？他要是敢辜負妳，我也敢做掉他，別以為我真拿他沒奈何！」于非颺表情一擰，顯出一股濃厚的地痞之氣，眼神也充滿殺氣。

枉費他還曾經認同過關耀天對于藥兒的情意，相信關耀天會好好對待她，結果才來到王都沒多久，這一切就破滅了，實在是太令人氣憤！

「義兄，別激動！」于藥兒看到他冒出奔騰殺氣，嚇得趕緊安撫：「耀天已經向我保證過，太子妃絕對會是我，所以叫我不必擔憂。」

「那好呀，他有告訴妳，他究竟在玩什麼把戲嗎？」

「這……他就沒有多提了。」于藥兒的語氣頓時弱了下來。

關耀天幾乎每日都會來靜園留宿，已將靜園當成第二個東宮，所以于藥兒每日都會見到他。在選妃消息公布的前一日，他就先告訴她這件事，為的就是安她的心，要她不必擔憂。

但選妃的細節是什麼，他就沒有多提，她雖然明白他有自己的用意在，她也相信他絕不會負了她，但還是免不了感到有些煩愁，甚至惴惴不安。

她也在想，在面對那些官家千金時，自己究竟有哪一點能贏過她們，可以讓所有人認同她有資格成為太子妃？

「他不提，妳不會主動問嗎？至少也要把選妃方式先問出來，妳才好預先準備呀。」于非颺沒好氣的指點。

「這怎麼行？我要是真這麼做，對其他姑娘很不公平，就算得勝了，也是勝之不武，有愧於心。」于藥兒拒絕得非常乾脆。

「妳這丫頭，都什麼關頭了，還在乎公不公平？」于非颺忍不住戳戳她腦袋，氣她的太過規矩。「就為了什麼狗屁公平，難道妳要眼睜睜看著太子妃之位拱手讓人，換另一個女人成為他的妻？」

如果是他，他才懶得理這麼多，先達到目的比較要緊，就算必須無所不用其極，他也照做不誤！

「既然耀天敢這麼做，那就表示他肯定有十成十的把握，咱們就相信他吧。」于藥兒努力漾起笑，繼續安撫于非颺，也在安撫自己。

她雖然相信他，但內心深處還是有一點隱隱不安，而不安的原因……或許是來自於她的自卑吧。

她沒有美貌、沒有顯赫的身分，有的只是一顆真心罷了，然而在政治聯姻中，真心向來是最沒有用處的，也因此，她幾乎毫無勝算。

她找不到自己能夠反敗為勝之處，而關耀天又能用什麼方法，扭轉劣勢，倒轉乾坤呢？

※　※　※

時間很快的過去，轉眼間，已是選妃日的前一晚，關耀天在靜園內收到從孫國送來的機密信件，他便一個人待在書房裡，拆開信件觀看。

雖然朱立和一干人皆已身亡，但還有些許疑問未解，他們是如何與孫國人搭上關係，孫國那邊又是誰在與朱立和接觸，都尚未明瞭。

他有手下長期埋伏在孫國，信就是對方寫來的，信裡寫道，究竟是誰將武器賣給朱立和，他們已找到幾個可疑之人，不過還需要一段時間再行確認，有更進一步結果時會即刻派人傳消息回來。

就算我死了……還是會有其他人……讓你不得安生的，你等著瞧吧……事情……還沒結束……

一邊看信，關耀天腦中倒是浮現朱立和臨死前說的話，就是覺得這其中大有玄機在，難道在關國內，還有誰……想對他不利？

而殺朱立和他們的人又是誰？感覺起來像是滅口，該不會……朱立和他們背後另有他人在？

他冷哼了哼，就算還有隱憂未除，他也不怕，看他不順眼的人多的是，他早就習慣處處皆有敵人，對方敢不敢直接對他出手，還很難說。

關耀天將信放到燭臺上，看著紙張被火焰噬掉一角，才放入圓形的燒紙缸內，直至成為一團灰燼。

他離開書房，若無其事的來到于藥兒房內，就見她意興闌珊的坐在窗邊臥榻上，背向著他，瞧著外頭的夜景，頗沒元氣。

關耀天挑了挑眉，即刻靠近。「明日有一場仗得打，還不睡？」

「就是因為明日有場仗得打，我才睡不著。」于藥兒不但沒有振作起精神，還顯得有些埋怨，連瞥都懶得瞥他一眼。

雖然于非颺千叮嚀、萬交代，無論如何也要從關耀天口中先挖出一點選妃細節，好做準備，但她始終沒有這麼做，結果關耀天也守口如瓶，不曾再對她說過與選妃相關的事。

雖說這樣才公平、才不會落人口實，她也是這麼想的，但……要她真的一點都不在意，她也做不到，除非她根本就不愛他，一點都不在乎會不會有意料之外的女人橫亙在兩人間，多生波折。

「何必苦惱？我說最後的太子妃會是妳，就會是妳。」

關耀天俯下身想抱住她，卻被她一閃而過，氣悶的說：「太子殿下，今晚我想自己一個人靜靜，好思考明日的應對，請殿下自便吧。」

為了這次的選妃，其他人無所不用其極，拚命打聽情況，想要事先知道選妃方式，但沒有一個人探到有用的消息，大家都摸不透關耀天的想法，就連她也是一頭霧水。

他們只知道，明日的選妃要在「鬥競場」舉行，並且開放百姓們觀看，難道他打算讓參加選妃的姑娘互相打架，最後一個沒倒下的就是太子妃？要真是如此，也太荒謬了吧？

就因為想不透，她明日恐怕得隨機應變了，無論關耀天開出什麼難題，她都得想辦法做到，光這一點就夠讓她煩惱了，哪裡還有心思理會他？

關耀天挑了挑眉，這個女人居然在鬧彆扭？看來明日的事還是困擾住她，雖然他早已強調，沒人可以拿走本就屬於她的太子妃之位。

這可是兩人確定彼此情意後，她頭一回對他生悶氣呀，他該如何安撫她才好？

彼此靜默了一會兒，氣氛有些沉悶，接著關耀天再度動作，雙手搭上她的肩，柔聲喚著：「藥兒。」

「殿下，我的確無法……」于藥兒氣悶的回頭，卻在見到關耀天的表情時愣了一下，大感意外。「陽天？」

此時的關耀天笑意溫雅，如沐春風之氣盡顯，與剛才的關耀天是截然不同的，她絕不可能錯認。

他在她身後坐下，輕摟住她的纖腰，開始解釋：「別惱，他之所以不讓妳知道太多，是有他的用意在的。」

陽天的出現，倒是平緩了于藥兒的氣惱，或許她能從陽天口中問出什麼？「到底是什麼用意？」

「為了『逼真』。」

「逼真什麼？」于藥兒蹙了蹙眉，這還是沒解答她的疑惑。

「我只能告訴妳，咱們已經做好萬全準備，只有妳會通過明日的考驗，只要妳對咱們全然信任，拿出勇氣往前走，太子妃之位，絕對手到擒來。」

「拿出勇氣往前走？走什麼？」這句話很有問題，讓她特別在意。

關耀天溫雅一笑，她果然非常機敏呀，這樣子也能抓出重點所在。「到時候妳就知道了，現在不必想太多，只要好好的睡一覺就是。」

「你……」于藥兒的氣悶再起，結果魔天派陽天出來，也只是打著安撫之意，狀況一點改變都沒有。

與其如此，他們倆倒不如就讓她好好的靜一靜，也好過被他們一同吊著胃口，一顆心七上八下的，難受極了！

見于藥兒似乎打算推開他，關耀天趕緊縮起雙臂，決定使出最後絕招：「藥兒別惱，我有一招，肯定能讓妳消消氣。」

「你還能有什麼招數可使？」她氣惱的瞪他一眼，才不信他還有什麼好辦法。

關耀天輕笑出聲，接著在她耳邊低吟著：「有美一人兮，見之不忘。一日不見兮，思之如狂……」

他竟然在對她唱鳳求凰！于藥兒頓時臉紅心跳，上一回若只是單純示情，那麼這一回，他緊貼在她耳側的呢喃低語，就是明顯的挑情了。

「鳳飛翱翔兮，四海求凰。無奈佳人兮，不在東牆……」

他一邊吟唱，帶有熱意的唇瓣也輕拂過她耳垂、頸項，似有若無的挑逗，很快就讓她渾身發熱，難以抗拒他的濃情勾引。

「將琴代語兮，聊寫衷腸。何日見許兮，慰我徬徨……」

他成功轉移她的注意力，讓她不再想著明日的事，而被他強大的魅力迷惑，心魂蕩漾，情潮漸起，直至完全沉淪。

「願言配德兮，攜手相將。不得于飛兮，使我淪亡……」

他捧住她的下巴，低頭與她四唇相合，很快就吻得難分難解，此時此刻，他們的心裡只有彼此，只想好好纏綿一番，沒有過去、沒有將來，只有濃情如蜜的忘我當下。

他繼續吻著她，毫不費力的將她抱起，直往床鋪走去，其間兩人的唇不曾分開過，對彼此的渴求越來越濃，早已迫不及待更進一步的糾纏。

一躺上床，兩人更是無所顧忌，衣衫盡褪，熾熱的肌膚緊緊相貼、火熱的身軀緊密糾纏，兩人氣息交融，心魂也交纏在一塊，再也分不出彼此，只剩無邊的激情滿溢身心，渴望再渴望、糾纏再糾纏。

她被他的濃烈情意緊緊纏繞、被他緊擁在熾熱的懷中、被他毫不保留的疼愛著，激烈情潮一波強過一波，幾乎要將她滅頂，她什麼都無法想，只能緊緊攀住他寬厚的背，被他一次又一次推向愉悅忘我的最頂端，似生又死、似死還生。

夜還很長，而他們倆之間的親密交戰，也不會太快結束的……

※　　※　　※

不知不覺，東方天際已經泛起魚肚白，新的一日正式到來。

經過一夜的糾纏，于藥兒早就累得沉沉睡去，一動也不動，倒是她身旁的男人一早就清醒過來，神采奕奕。

關耀天瞧著還在懷裡沉睡的人兒，滿足的輕勾一笑，在看夠了她毫無防備的純美睡顏後，他才下床穿衣，蓋妥床幔，遮掩住無邊春色，開始準備出行前的最後一件事。

寧靜的臥房漸漸出現些微聲響，接連不斷，但都吵不醒于藥兒，昨晚的「活動」實在太累人、太耗精氣了，只怕現在就算來個大地震，也震不醒她。

小騷動持續了好一會兒，終於平靜下來，關耀天這時才回到床邊，掀開床幔，輕拍于藥兒的臉頰，低聲喚道：「藥兒，該起床準備了。」

「唔……我好累……」她像個孩子般耍賴，還將頭埋進被子內，低聲咕噥著，根本就沒有醒。

「再不起來，去參加選妃就會遲了。」關耀天輕笑出聲，難得會見到她如此孩子氣的一面。

她繼續咕噥著，但那聲音太小太模糊，根本沒人聽懂她又在嘀咕些什麼。

關耀天不管了，直接拉下被子，將她不著寸縷的嬌軀打橫抱起，她這時才回過神來一點點，抓著他的衣襟，依舊閉眼喃喃，話中有著濃厚的睏意：「嗯……你要做什麼……」

「在出門前，先泡個澡，才不會全身酸疼。」

剛才的窸窸窣窣，就是關耀天要人抬浴桶入房，並已放滿了熱水，此刻奴僕們早已全數退出，因此房裡還是只有他們倆。

于藥兒忍不住抱怨：「這都是誰害……」

一股奇怪的腥味突然飄至鼻間，並且越來越濃烈，于藥兒輕蹙眉頭，終於睜開眼，驚見浴桶內的熱水居然是紅色的，而腥味正是從那裡飄散出來的。

她都還來不及問那到底是什麼，關耀天就將她放入浴桶，泡在帶著腥味的紅水中，嚇了她好大一跳，整個人瞬間驚醒。「啊——這是什麼？」

見她才剛入桶，就想掙扎起身，關耀天即刻抓住她雙肩，硬壓她回浴桶內。「泡著，在我說好之前，不准起來。」

「什麼？」于藥兒一臉的錯愕。「這到底是什麼水？為何要我泡這奇怪又噁心的水？」

「總而言之，妳泡著就對了，我絕對不會害妳。」

關耀天拉了張椅子過來，就坐在浴桶旁「監督」于藥兒，雙臂環胸，嘴角微勾，順道欣賞「美景」，心情頗為愉悅。

這種帶有邪氣的表情，肯定是魔天無異！于藥兒沒好氣的瞪他一眼，知道自己再如何掙扎也沒用，只能硬著頭皮泡了。

雖然跟著于非飈行醫這一年，她也碰過不少血腥場面，但這還是她頭一回「泡」在血水裡，這種感覺和行醫時的見血是截然不同的。

在認命之後，理智也跟著回籠，她才發現關耀天的臉色蒼白，左手腕處包了一圈白布條，再加上這帶有血腥味的紅水，她終於明白到底是怎麼一回事。

「你在這桶水中加了自己的血？為什麼？」而且這水的腥味不淡，加入的血肯定不少，他何苦如此虐待自己？

「等選妃賽開始時，妳就會知道的。」他的笑意加深，就是不想把話講明。

「……」這兩個狼狽為奸的傢伙，關子到底還要賣多久才肯罷休呀？

反正已經不差這麼點時間，于藥兒也懶得再追問下去，倒是想到其他問題，頓時臉頰染上嫣紅之色，感到很難為情。

關耀天察覺到她的神色變化，納悶的挑了挑眉。「怎麼了？妳在害臊？」

于藥兒掙扎了好一會兒，不確定該不該問，最後還是決定問個清楚，免得心中一直有個困惑在。「我想……問個與『你們倆』相關的問題。」

「什麼問題？」

「就是……昨晚是陽天吧？你們倆在這件事上……不會有什麼衝突或爭執在？」

經過昨晚，她才體會到，他們倆疼惜她的方式……不太一樣，她感受得到其中差別，因此心緒有些混亂，甚至不知所措，不知該如何看待這一件事。

她該把他們視為不同的兩人嗎？如果真這麼算，她不就是同時與兩個男人糾纏不清？那這兩個男人不會為了占有她而爭風吃醋嗎？他們這樣究竟算不算違背世俗？

「噗哈哈哈……」看著她極度苦惱的模樣，關耀天忍不住大笑出聲，一點都不覺得有什麼問題。「其實我中有他、他中有我，他做的就是我做的，我與他同樣享受，並不存在任何衝突。」

但最大的原因，還是在於他們倆都只認定于藥兒一人，若他們喜歡的分別是不同姑娘，恐怕就會如她擔心的，會有衝突與爭執在。

「真的？」她還是一臉的疑惑，因為她實在無法想像他的感受。

「那麼妳呢？」關耀天俯下身，靠近她的臉蛋，頗期待她接下來的回答。「是我或他出現，對妳來說有困擾嗎？還是妳比較喜歡誰、不喜歡誰？」

「呃？」于藥兒害羞一頓，倒是還沒想過這個問題。

她喜歡陽天的溫文儒雅，與他相處，很舒服自在，像是可以天南地北的無所不談，但魔天出現時，她又不自覺的受他吸引，就算他強勢霸道又邪氣，但她就是覺得……這一面的他，更讓她感到似曾相識。

他們倆各自都有吸引她之處，若要她現在從中擇一，還真有些掙扎，不知該選哪一個好。

「我……不知道……」她羞窘的輕答，沒想到自己竟是個「花心」的女人，會在這兩個男人間舉棋不定，摸不清自己真正的心意。

她怎會這麼「糟糕」？這對她來說，太震撼了，真不敢相信……

看著她困惑無措，像隻迷途小鹿，關耀天又忍不住低笑出聲，感到很有意思。「既然無法抉擇，那就不必再讓自己苦惱了，反正我與他都是『關耀天』，妳就想成是喜歡上一個人的不同面貌，而咱們倆對妳的心意相同，會一同守護妳，我對妳的承諾就是他對妳的承諾，絕無二心。」

于藥兒頓時從困惑中回神，輕輕點頭，羞澀應道：「嗯。」

雖然她現在還是不知該如何面對如此奇特的關係，但她會努力適應，不再多想，絕不會辜負他們的情意。

她擁有他們雙份的愛呀，如此的幸福，大概是舉世無雙，獨一無二了……

※　※　※

今日的選妃可是少見的大事，所以開賽時辰尚未接近，就有不少人前去鬥競場占個好位置，大家都想知道，到底是哪家姑娘「有幸」成為太子妃，但成為太子妃到底是幸或不幸，其實……他們很懷疑。

鬥競場是一處比賽場所，呈長方形，中央是一片平坦的土地，四周則有層疊而上的觀賽臺，讓眾人都能從臺上見到場中央的比賽情況。

平常鬥競場舉辦的比賽不外乎是賽馬、鬥牛、騎馬比試等活動性的比賽，所以選妃之處挑在這裡，大家真的猜不透關耀天在想什麼，更是好奇的想來一探究竟。

所以觀賽臺很快就擠滿了觀眾，除了北面建有棚架的觀賽臺留給關王及朝中眾臣之外，其他三面都開放給普通百姓入座。

于非颺身為義兄，當然擔心于藥兒是否能順利得到太子妃之位，也非常好奇關耀天在玩什麼把戲，所以一早就跟著于藥兒來鬥競場報到，並坐在百姓的觀賽臺上，緊盯場內狀況。

而平坦的賽場中央，今日多了一樣東西，是一座約一人高的大平臺，四面都有樓梯，大平臺放在主棚對面的賽場尾端，一北一南，遙遙相對。

關昂及關耀天坐在主棚中央，兩旁及後方是文武百官們，最外兩側是護衛，而參加選妃的近五十名姑娘則被集中在賽場中央，一臉的不知所措，于藥兒則始終緊皺著眉，不是緊張，而是有些不自在。

她被關耀天逼著泡那一桶血水，泡到皮都皺了才被允許起來，他還不讓她用清水重新沖過一遍，只能用布巾擦乾身子，所以她一直覺得自己身上有股淡淡的腥味，不知到底是不是錯覺？

坐在主位上的關昂表情嚴肅，直到現在還是不懂兒子到底在玩什麼把戲，關耀天則是好整以暇的坐在一側，非常篤定于藥兒最後肯定會勝出。

關昂非常困惑，有這麼多雙眼睛盯著，關耀天又能如何偏袒于藥兒？只要他提出的選妃方式明顯對于藥兒有利，朝臣們肯定會有意見，到那時他又該如何解決問題，讓眾臣們心服口服？

反正謎底很快就會揭曉了，關昂靜候結果，看兒子到底想怎麼樣！

「各位請安靜！」司儀站到主棚最前方，他一開口，鬧哄哄的鬥競場就快速安靜下來，且所有目光都轉向他。「今日是咱們太子殿下的選妃日，殿下對太子妃的要求並不多，只有一項，只要符合那一項要求的姑娘，就是最適合殿下的太子妃人選。」

此時眾人又開始交頭接耳，竊竊私語，猜測那一項要求不知會是什麼，但十之八九肯定很難辦到。

「話說咱們殿下，可是王上精心栽培出來的『蠱王』，想要成為蠱王之妻，肯定也要有些許能耐，才有資格站在蠱王身邊，眾人可有異議？」

一聽到「蠱王」這兩個字，關昂臉色瞬變，非常難看，就連百姓也跟著騷動起來，只有關耀天面不改色，依舊一派悠閒。

眾所皆知，蠱王這兩個字是禁忌，在關昂及關耀天面前都是說不得的，因為那代表關昂對兒子們的殘忍，也代表關耀天對兄弟們的無情，但這位有了關耀天授意的司儀卻提出蠱王之語，究竟是何用意？

「所以今日來參加選妃的姑娘們，只要具備『蠱后』的資質，那就是殿下的太子妃人選。」

司儀解釋完後，朝天擊掌三下，幾十名手中拿著大麻袋的士兵頓時出現在賽場兩側，司儀再拍三下，士兵動作一致的打開麻袋，將裡頭的東西往前一倒，瞬間引起極大的驚慌。

「啊——救命呀——」

「蛇——是蛇——」

數不清的綠蛇、褐蛇、花斑蛇開始往場中央蜿蜒爬行，直朝姑娘們爬過去，她們嚇得花容失色，連連尖叫出聲，甚至有些姑娘已經大哭出來了。

于藥兒雖然沒有哭、沒有尖叫，但看著數量龐大的蛇在場中到處爬，她還是忍不住冒起雞皮疙瘩，臉色同樣好看不到哪去。

百姓們也嘩然驚叫，同樣嚇得不輕，更不用說文武百官們了，沒人料到關耀天居然會做出如此可怕的舉動，這根本就不是在選妃，而是在殺人吧？

于非颺也看傻了眼，緊接著憤怒起身，忍不住破口大罵：「關耀天，你這個王八蛋！」

這是什麼混帳選妃法？這根本就是在拿人命開玩笑，簡直不是人！

兩旁百姓錯愕的瞧向他，真想不到他竟敢在大庭廣眾下批評關耀天，難道不怕被殺頭嗎？

一氣之下，于非颺突然衝到觀賽臺最前方的圍欄處，想爬越過去，無論如何都要帶于藥兒離開，不選這個什麼狗屁太子妃了！

「喂！你在幹什麼？」兩名守衛見于非颺要爬圍欄鬧事，趕緊衝過去，一左一右抓住他。

「放開我！別攔著我——」于非颺奮力掙扎，早已氣得失去理智。

「大家不必驚慌，場中之蛇無毒，不會有被咬死的疑慮。」司儀繼續解釋：「哪一位姑娘膽敢從蛇陣中走到主棚前方，就是具備『蠱后』資質的女人，就是咱們殿下的太子妃，要是姑娘們打算放棄，那也不要緊，後頭那一座高臺就是讓姑娘們避蛇用的，不必客氣，但是切記，只要站上高臺，就失去成為太子妃的資格，請諸位姑娘慎重行事。」

「啊——」

「別擋我的路——」

轉眼間，幾乎所有姑娘都爭先恐後的往後頭高臺跑，全然不顧形象，大家在樓梯前推擠拉扯，爭著搶先上高臺避蛇，尖叫聲依舊不絕於耳，場面混亂得可笑。

最後只剩于藥兒依舊站在原地，忍不住傻眼，她看著後頭那一群被嚇得梨花帶淚的姑娘們，精心的妝容都哭花了，突然覺得她們也挺可憐的。

她知道有不少姑娘並非自願來參加選妃的，都是被家人逼得不得不來，卻得面對如此驚恐的場面，何其無辜？

觀賽眾人也忍不住可憐那些姑娘，見她們都差不多站上高臺，嚇得緊緊靠在一起後，不約而同將視線轉到于藥兒身上，等著看她會如何選擇？

「藥兒，妳還猶豫什麼？快上高臺呀！」于非颺被守衛們死死架住，靠近不了，只好咆哮催促。

于藥兒環顧四周，發現眾人都將目光放在她身上，多有可憐她之意，再瞧著前方群蛇亂竄的平地，忍不住頭皮發麻，卻還是深吸一口氣，終於做出決定。

她不入地獄，還有誰敢入地獄？關耀天要的只有她一個，要是連她都退卻，搞砸這次選妃賽，勢必還得再辦一次，不知他還會想出什麼更嚇人的選妃法再折磨眾人一遍？

拿出勇氣往前走……

陽天昨晚指的，就是這一個？都到了這個節骨眼，她也只能硬著頭皮相信他們，拿出勇氣往前走就對了。

所以于藥兒還是認命的來到蛇陣前，微拉起裙襬，以赴死的決心，咬牙踏出第一步——

「嘶——」眾人跟著倒抽一口氣，都為她這不怕死的舉動緊張不已，卻很快的轉而驚訝，不由得睜大雙眼。

就見纏纏繞繞的眾蛇突然往兩旁一散，讓出一小塊空間來，所以當于藥兒踩下去後，安安全全，眾蛇已經避她避得老遠。

「咦？」

「怎麼會這樣……」

大家驚呼出聲，忍不住開始討論起來，就連于非飇也錯愕得忘了掙扎，想不透這到底是怎麼一回事？

于藥兒也非常訝異，這些蛇居然主動讓路出來，像是怕她怕得要死？

她再試了一步，狀況一模一樣，眾蛇趕緊避往兩旁，無一例外，看來她怕牠們，牠們反倒更怕她。

為什麼這些蛇會怕她？于藥兒先是不解，之後猛然一醒，終於明白問題出在哪裡了。

是關耀天的血！他的血不但百毒不侵，還能讓蟲蛇不敢近身，當初她與他在山林內第一次相遇時，本欲攻擊她的大蛇在他出現後，就掉頭離去，當時她並不了解為什麼，現在可終於明白了。

所以他才會要她在出門前先泡澡，讓她的身子染上他的血味，這些蛇一聞到他的血，就自動避開，不敢靠近她半分半毫。

原來他老早就在打這種鬼主意，已經事先幫她做好萬全準備，但就是不明說，簡直心機重到了極點！

既然明白是怎麼一回事，于藥兒也不再緊張不安，更是大膽的邁開步伐，一步步朝主棚前進。

于藥兒在蛇陣中走出一條路的景象，對眾人簡直是一件不可思議的奇蹟，就連關昂也看傻了眼，不敢相信真有這種事發生。

沒多久後，于藥兒已經越過蛇陣，來到主棚前方，忍不住大大鬆了口氣，心想——總算結束了！

這時關耀天起身走下階梯，來到于藥兒面前，讚許一笑：「藥兒，做得很好。」

才剛經過一場有驚無險的考驗，于藥兒的嘴角抽了抽，想笑也無力，要不是明白他對她的真心，也知道他為她做的準備，她真會怕了他，甚至懷疑他根本不愛她，才會放她在蛇陣中自生自滅，也不見絲毫擔憂掙扎。

關耀天握住她的手，親自帶她上主棚，瞧著已嚇到呆愣成片的文武百官，得意的笑道：「這就是本太子的蠱后，眾臣可有意見？」

大家鴉雀無聲，沒人敢有意見，甚至有些官員暗自捏了把冷汗，開始慶幸自己的女兒沒得到太子妃之位，要不然憑關耀天如此「異於常人」的選妃手法，連自己的妻子都敢玩，說不準到時候新妻直挺挺的嫁進去，沒多久就橫躺著出來，死因還很恐怖，那多可怕？

見眾臣已經承認了于藥兒的太子妃地位，關耀天才轉向關昂，笑容依舊不變。「父王，這就是兒臣的太子妃。」

關昂早已震驚到渾身僵硬，表情難看至極，遲遲說不出話來，兒子的手段如此狠絕，已經不會有哪個名門高官願意將自己的女兒往死裡推，徹底斷了他們的念，這一招……高呀！

真不愧是他養出來的蠱王，心狠手辣的程度，真是青出於藍更勝於藍，連他都甘拜下風了！

「哼。」關昂只能接受事實，但還是忍不住惱火，滿心的不願。

知道關昂已經妥協，關耀天的笑意又深了幾許，是愉悅，也是得意，但在其他人眼裡卻是詭異至極，怕死了他這「笑裡藏毒」的模樣。

總而言之，于藥兒的太子妃身分已定，沒人敢再有意見，全由著關耀天了，他開心就好！

尾聲　心魔消

選妃結束後，關耀天就正大光明的帶著于藥兒離開，留其他人收拾善後，一路愉悅的回到靜園。

一進到房裡，于藥兒積壓許久的火氣終於爆發了，忍不住抱怨：「我說太子殿下，麻煩你下回再有任何『驚人之舉』時，可以先知會我一聲嗎？」

才過一個上午而已，她卻覺得自己已經耗盡了整日的心力，甚至有過之而無不及，如此的「刺激」太傷身了，她就算是鐵打的，也會有承受不住時，再多來幾次她肯定吃不消。

「我瞧妳挺鎮定的，反應也不慢呀。」關耀天笑著將她摟入懷裡，發自內心的稱讚：「果然是我關耀天看上的女人，絕非泛泛之輩，就算是男人也不一定有妳這般好膽識。」

她跟在于非颺身邊真的太浪費了，她的身子雖小，卻像有無限的潛能蘊釀在內，正等人挖掘出來。

而那個人，只能是他、只會是他，無論發生什麼事，他都不會將她讓出去的！

「我該開心嗎？」該發的氣發了，于藥兒的火也消了一半，有氣無力的任由他抱著，懶得掙扎。

這種百感交集的滋味，還真是讓人挺無奈的，她明白他是信任她的能力，才沒對她留情，但她終究是姑娘家，還是希望心愛的男人對自己手下留情一些，別真的做得這麼絕。

但在那種情況下，要是不一視同仁的做絕，又怎有辦法杜絕悠悠之口？她雖明白這個道理，還是忍不住氣悶，矛盾得很。

「妳當然該開心，妳已是眾人認可的太子妃了。」闕耀天低頭輕啄她的唇，柔聲哄著：「累了吧？先小憩一會兒，等下人備好午膳，我再陪妳用膳。」

「在那之前，我想先沐個浴。」她的確累了，但要她繼續帶著一身腥味躺上床，她辦不到。

「那好，我馬上命人準備。」

「這次不准再放你的血！」她刻意抱怨著。

「噗呵呵呵……」闕耀天頓時失笑出聲，已經沒有必要了，他當然不會再這麼做，她真以為他愛放自己的血嗎？

「對了，還有件事，我一直忘了問。」

「什麼？」

「就是……最近你的『兄弟』們，還有再來責備你嗎？」

如果真如于非颺說的，那些鬼魂是闕耀天自己創造出來的心魔，那麼在他找到活下去的理由後，心結已解，照理說心魔應該也不會再出現了吧？

闕耀天沉吟了一會兒，才回答：「曾出現過一次，但在那次之後，他們似乎就徹底離開了。」

「為什麼？發生了什麼事？」她好奇的抬起頭來。

「我也不太確定，或許……就只是因為我不想再理會他們了。」

事情是發生在于藥兒剛解完毒沒多久，那一夜他一個人坐在床畔，靜靜瞧著沉睡中的于藥兒，她的身子尚未完全恢復，氣色還有些差，他輕拂她的臉頰，內心隱隱泛疼，終於明白了恐懼的滋味。

他害怕失去她，想好好守著她，任何會阻擋他守護她的障礙，他都會想辦法除去，不計任何代價！

就在這時，那股熟悉的陰冷死氣開始在房內瀰漫，越顯濃厚，關耀天一轉頭，果然見到六位兄弟一個個現身，充滿憤恨的死白臉孔怒瞪著他，像在質疑，他憑什麼得到救贖？

關耀天冷冷的與他們對峙著，不動如山，從前他不知自己活下去的意義何在，他們若想帶走他，他無所謂，但在擁有于藥兒後，他已經找到自己的目標，一切都變得有所謂起來。

在過去，他們的存在、他們對他造成的困擾，他全然接受，因為他認為自己的確欠了他們，他們要討就來呀。

但現在，他的想法已經截然不同，他也不會再任由他們擾亂他的人生了。

「我不欠你們什麼，我也無愧於心，所以你們別再來煩，快滾！」關耀天冷聲低斥。

他繼續與他們對峙，誰都不肯先認輸，沒想到一段時間後，他們一個個消失無蹤，而關耀天內心深處也突然出現一種如釋重負的奇怪感受，他就是知道，從今往後，他們不會再出現了。

聽完關耀天述說那一晚的情況，于藥兒欣喜不已。「那果然是心魔，不是真的冤魂，是你自己創造出來的幻影，而你已經擺脫心魔，不再自我折磨，所以那些幻影才會消失不見。」

果然只要心結能解，關耀天的想法跟著轉變，那些幻影就沒有出現的理由，心病自然不藥而癒。

「或許吧。」關耀天淡淡一笑。

其實他自己一個人是擺脫不了心魔的，最重要的關鍵在她，所以說她是他的藥，一點都不誇張。

于藥兒激動的緊擁住他，多麼開心他終於能從痛苦中解脫，不再被不堪的過往束縛。

將來肯定會越來越好的，她相信一定會的！

關耀天輕勾微笑，享受著這一刻難以言喻的甜蜜平靜，心頭有一種前所未有的踏實感，表情也跟著溫柔許多。

她不只是他的藥，也是他嶄新的一顆心，她的出現給了他猶如重生般的情感，這顆心只為她而悸動，也只為她而活，是絕不能失去她的。

因為只要一失去，這顆心也會驟失活力，跟著死去，他的世界會再度回歸一片死寂，失去任何意義。

所以他會緊緊抓住她的，從今往後，兩人要相依相伴，不離不棄，直到死亡到來的那一刻……他也絕不放手……

【第一部完】

後記　久違且崎嶇的大長篇之路

這個故事的出現，要從二〇一一年說起，那時有人介紹我看一部長篇的男女鬥智類言情小說，聽說還滿有名的，算是一部經典，我心想好呀，就當開開眼界，就去租書店借來看看，看它是如何的經典。

結果看完之後，我超不滿足的呀！不滿足的原因容我省略，反正最後的結果就是，我打算自己來寫一部男女鬥智類的故事，然而男女鬥智這個梗是我不曾寫過的，為此我還買了《孫子兵法》等等書籍回來啃書惡補，希望能對寫故事有所幫助。

之後，我花了一個月擬大綱，擬出分為三部的一個長篇故事，上一次我寫大長篇是在二〇〇六年，相隔了五年，又是個不曾寫過的題材，這對我來說是一個全新的挑戰。

當年我還在前東家出版言情小說，與前東家有穩定的合作關係，我的主要時間還是寫著前東家要的稿子，只能用剩餘時間慢慢寫這一部大長篇，中間經歷了人生低潮期、終於下定決心離開前東家、開始跳脫出來做個人出版等等，寫寫停停、停停寫寫，竟然花了將近兩年，才在二〇一三年初完成三部初稿，總共約二十七萬字的長篇小說。

在完成初稿時，我就明白這部作品可以改進的空間還很大，有不少地方我看得挺不順眼的，但那時我的心力已經耗得差不多了，也不知該從何修改起，只能暫時將它放在電腦裡，不知何時能重見天日。

接著，我在二〇一三年底決定把這部還不夠成熟的作品拿出來在部落格連載，緊接著遇到老天爺「強力明示」我接下來要出版的作品就是這一篇，當我確定真的是這篇時，其實不太明白，為什麼會是它？老天爺的用意到底在哪裡？

基本上，每件事發生的真正意義所在，當下是看不出來的，都必須等待時間過去，才會慢慢顯現，所以我還是照著指示走，開始重新吸收新知好用在改稿上。中醫理論、現代心理學是這部作品的運用重點，一邊看著資料，我腦中也不斷思考修改方式，在初稿內許多受到局限的劇情架構便跟著開展出它們真正的樣貌，我也越來越清楚自己到底該如何調整修正這部作品了。

在寫初稿時，本打算交給前東家出版，所以寫作時一直受限於傳統出版社的一些「寫作潛規則」，寫得綁手綁腳的，其中一個不成文的規定是男女主角一定要在第一章就出場，最好還要有對手戲，為了這個規範，初稿的第一章我捨去許多必要鋪陳，就為了讓男女主角快點相遇，所以我一直很不滿意開頭，然而現在我已經沒有任何束縛了，便很爽快的將開頭改頭換面一番，終於覺得順眼了非常多。

初稿內處處可見被「寫作潛規則」束縛而呈現出的架構不完美，也因此故事架構是呈現一種「要大不大」的受限狀態，而現在情況不同了，所以我可以將受限的架構全都盡情舒展開，結果第一部初稿本來只有八萬七千字，被我一舒展，馬上膨脹一倍大，來到堂堂十六萬字。

照這種狀況發展下去，三部全都修改完畢，要是總字數來到六十萬字，我想我都不會訝異了XD。

只不過，看著修改版的第一部，架構擴展之大，已與過往是截然不同的氣象，我真的有點「銼」呀。第一部是順利修改完了，那麼第二部、第三部呢？我是否能順利繼續將架構擴展開來，並且將每一條該收的劇情線都圓滿收回？這可又是一個大挑戰！

雖然第一部我修得很有成就感，但一想到第二部、第三部頓時就覺得挺驚恐的，所以就算第一部早早就修好我也不急著出版，繼續修後面的，直到修完第二部，大致知道第三部要怎麼修後，我才開始第一部的出版計畫。

本以為第一部修得很快，第二部應該也不會慢到哪裡去，結果呀……呵呵，第二部的辛酸血淚史，就留待之後再來說吧（嘆）。

另外來說一件在修稿時發生的小插曲，第一部其實經過一次大修又一次中修，才終於定稿，兩次時間相隔了一年，中修時間是在二〇一五年四月，那時臺灣最大的新聞就是遇到六十年來最嚴重的旱情，各地水庫儲水量快見底，部分縣市不得不實施分區停水的措施。

那時我稿子修著修著，劇情進展到第二章百會縣的旱情，看到時我忍不住傻眼，故事內有旱災劇情，沒想到我的現實世界也同步遇到相關問題，而且我恰恰好就身處必須實施分區停水的縣市內，囧。

這幾年，我已經遇到好多次，我正在寫或修的稿子，會有某部分劇情與我的生活事件互相呼應，如果是無傷大雅的小巧合我笑笑就過了，但這次巧合發生在旱象，可不是一件笑得出來的事，當時我心裡想的是——慘，我得趕緊在後面的劇情補上旱象已經緩解，要不然真不知接下來會發生什麼事！

幸好當我修稿進展到第三章時，發現之前我已經有寫旱象緩解的劇情在故事中，只是我忘了，頓時我才鬆了口氣，心想那應該沒事了XD。

也因為越來越常遇到這種故事劇情會與我當時生活情境相呼應的事，所以我越來越不敢亂寫不好的劇情，免得虐了故事的人，也連帶的虐到我自己。

不過嘛……其實我早不知不覺因此狠狠虐自己一頓了，將來再告訴大家我是如何的「自找虐受」，那寫起來肯定很精彩（吐血）。

對了，故事一開始，那一段與「嗜香之癖」有關的醫病情節，是我從眾多古代醫案中挑出來改寫的，所以絕對不是沒有根據亂唬一通。雖然為了寫這個故事，我買了不少中醫相關書籍補充知識，但想要憑空生出一個完全自創的醫案對我來說還是太困難了，所以我最後還是參考了古人的真實案例，寫起來比較有真實感，也比較不會出錯XD。

這條崎嶇的大長篇之路，還沒走完呢，不知接下來還會有什麼挑戰出現？無論如何，我都會盡力往前走，將這個故事圓滿解決的！

那麼，我們在第二部〈蘭軍師〉時再見吧。

歡迎到我的部落格看看【妙筆生花司命府】——

http://blog.xuite.net/shanshan613/story

想寫信請寄以下信箱：flower61313@yahoo.com.tw

或是也可以來我的臉書粉絲專頁支持我【簪花司命】——

http://www.facebook.com/flower613

還有噗浪——

http://www.plurk.com/flower613

第二部預告

時間飛快而逝，轉眼已來到新的一年，整座平永城都瀰漫著歡樂的過節氣氛，笑語聲處處可聞。

于藥兒雖然還不是正式的太子妃，關耀天依舊要丫鬟們幫她盛裝打扮，好隨他進宮祝賀。

因此于藥兒一大清早就起身打扮，由著丫鬟們將她徹頭徹尾的改變一番，高髻前插著一朵大紅牡丹，兩旁插著好幾支雕工細膩的金釵，髮型雖簡單，但貴氣十足，再加上一臉精緻妝容，以及曳地的絲質長衣裙，盡顯高雅端麗，頗有太子妃的氣勢在。

于藥兒瞧著銅鏡內難得豔麗的自己，感到頗不習慣，她平時的打扮素雅簡單，方便四處行走，現在穿著這一身寬袖大裙襬的華服，頭上還頂著頗有份量的髮飾，她不但手腳不知該怎麼擺，連頭都不敢妄動，就怕有任何閃失。

但什麼樣的身分就該有什麼樣的打扮，這她也明白，所以就算很不習慣，她還是努力適應著。

此時關耀天來到她背後，雙手扶著她的肩，透過銅鏡與她對望，不吝惜的讚歎：「藥兒，妳真美。」

「美的是丫鬟們的巧手。」她難掩害羞，心頭也甜滋滋的。

「若非妳的姿色本就不差，丫鬟們的手再巧，也難以妝點出一個美人來。」

她平時素雅的打扮雖不引人注意，但那柔和的五官，看久了頗為順眼舒服，非常耐看，稍加妝點後整個五官都明麗起來，更顯得姿色妍美。

他何其有幸，能得到如此美好的她？此生此世，有她便已足夠，外在的榮華富貴他都不看在眼裡，就算得為了她放棄一切，他也甘之如飴。

「好了，別再誇我了，再不走，進宮就要遲了。」于藥兒就是覺得難為情，可沒他臉皮這般厚，乾脆主動催促，免得他不知節制。

關耀天嘴角勾了勾，就暫時放過她了，的確再拖延下去，進宮就要遲了，反正他有的是時間私下繼續逗弄她。

關耀天挽著于藥兒的手離房，盡顯對她的寵溺，馬車及隨行人員早已在門前備妥，就等他們出現，于藥兒在丫鬟的攙扶下上了馬車，關耀天則是騎馬，一行人便動身前往王宮。

時值過年佳節，宮裡到處都掛著大紅燈籠，喜氣洋洋，關耀天他們一到王宮，已有太監在他們下馬處等候多時，準備引領他們去見王上。

于藥兒跟隨在關耀天身旁，慢慢前行，這是她初次進到王宮，對宮裡完全不熟悉，但總覺得……自己似乎去過另一個相似之處，也是同樣大氣恢宏，有許多尊貴之人居住。

那會是哪裡？她忍不住困惑，難道……會是其他王宮？她又是以什麼身分進去的？

「藥兒，怎麼了？」關耀天察覺到她的心不在焉，微挑了挑眉。

「呃？」于藥兒即刻回神，笑了笑。「沒事，只是頭一回如此慎重的入宮，有些緊張罷了。」

「有我在，妳無需緊張。」他也笑了，沒想到以她過人的膽識，也會有她緊張的時候，還真是難得。

「嗯。」于藥兒點點頭，慶幸話題就這麼停了。

總覺得，似乎有什麼事快發生了，她忍不住忐忑不安起來，胸口有些悶悶的，不太好受。

為何如此不安？到底什麼事要發生了？希望只是她多心了，沒事的，沒事……

于藥兒跟隨關耀天進到大殿內，關王威風凜凜的坐在王位上，等著他們來拜賀，表情嚴肅，可絲毫沒有過節的喜悅。

「兒臣拜見父王，祝父王歲歲康健，關國國運昌隆。」關耀天跪身行禮。

「臣媳拜見父王，祝父王勇健如龍，英姿越見勃發。」于藥兒跟著跪下行禮。

關昂瞧著于藥兒，忍不住輕蹙起眉，雖說她太子妃的身分已成定局，但他就是瞧不起她平凡的出身，就是覺得她不配成為關國王室一員，對她難有好臉色。

但兒子的決定，連他都沒法動搖，只能隱忍著不滿，勉為其難的開口：「起來吧。」

「多謝父王。」他們倆同時謝恩起身。

關昂與他們倆寒暄了幾句，就讓于藥兒去偏殿拜見後宮的諸位妃嬪，好好認識認識，關耀天則留下來與關昂一同會見其他來賀的官員們。

於是于藥兒便由一位宮女引領，離開大殿，前往有一段距離遠的偏殿。

偏殿內，有不少位中年美婦及年輕少婦正說笑著，氣氛非常和樂，但一見宮女領著于藥兒進入，眾人即刻停止交談，都將視線放到于藥兒身上，對她頗為好奇。

「初次見面，藥兒見過諸位娘娘。」于藥兒恭敬行禮。「藥兒頭一回進宮，不太懂宮規，若有失禮之處，還請娘娘們見諒。」

「原來是準太子妃來了，不必拘禮，趕緊過來坐下吧。」其中一位頗有姿色的中年美婦笑道。

宮女在于藥兒身旁小聲提點：「太子妃，這位是熙妃娘娘。」

于藥兒點點頭，向熙妃答謝：「多謝熙妃娘娘，以後藥兒若哪裡做得不好，還望娘娘不吝教導。」

她在進宮之前已經大致了解了後宮情況，關昂本有一后，王后多年前病故後便沒再立后，另有五位妃嬪，目前就屬熙妃的地位最高，由她掌理後宮，而她也是已故三王子的生母。

關耀天的生母則為寧妃，善音律，在他十歲左右就因體弱病故，因此現在只剩四位妃嬪在後宮。

「太子妃客氣了，素聞妳聰慧機智，肯定學任何事都很快，不必咱們插手指導的。」

「是娘娘謬讚了，總而言之，接下來藥兒若有任何不足之處，還請娘娘費心指導一二了。」于藥兒態度依舊謙虛。

「呵呵……既然如此，那我也只好多事一些了。」熙妃笑得歡快，接著說：「初次見面，我來替妳介紹其他娘娘，彼此認識認識。」

「多謝熙妃娘娘。」于藥兒感激一笑。

經由熙妃的介紹，于藥兒認識了其他三位妃嬪，記下了她們的樣貌，從她們的言談間，可以感覺得出來，熙妃的地位穩固，其他娘娘都尊敬得很。

接著于藥兒瞧向坐在末端的一位年輕少婦，少婦身旁還有一位年約十歲的小男孩，她頗好奇他們的身分，熙妃瞧見了便說：「她是我的兒媳，那是我的小孫子，茵兒，還不向太子妃行禮？」

年輕少婦即刻從椅上起身，拉著兒子對于藥兒行禮。「馮茵參見太子妃，我兒百譽還小，不懂禮數，就由我代他向太子妃行禮了。」

「不必多禮，快請坐吧。」于藥兒客氣的回應。

原來他們就是傳說中的那一對母子！她聽聞三王子關耀名之妻是關國第一大美人，今日一見，果然名不虛傳，那豔若桃李的水潤臉蛋，就算已成人母也依然明麗動人，連她看了都忍不住讚歎。

關昂已故的六位兒子中，只有前三位已成親，這其中又只有關耀名與馮茵先生下孩子，關耀名死時，關百譽剛出生沒多久，面對丈夫死亡的打擊，馮茵痛不欲生，要不是還有兒子在，或許她早已不在人世。

如果關耀天在尚未生出子嗣前有什麼萬一，最有可能繼承王位的嫡系血脈就是關百譽了，所以熙妃對他們母子照顧得很，直接讓他們住在她的祥雲宮內，雖然沒有明說是為什麼，大家都心知肚明。

但關百譽的存在畢竟是有些尷尬的，所以馮茵母子雖然住在宮裡，行事卻很謹慎小心，低調少露面，免得無端招惹是非。

于藥兒知道，關耀天並不在意這個姪子的存在，兩方沒什麼往來，而她也不覺得關百譽是個威脅，在她眼裡，他就只是個單純的孩子罷了。

「好可愛的孩子。」于藥兒主動來到孩子面前，笑容柔美的釋放善意：「你叫百譽是吧？多大了？」

關百譽長得眉清目秀，非常討喜，但他有些警戒的猛往娘親身旁靠，沒有開口說半句話。

「這孩子有些怕生，並非故意不理太子妃的。」馮茵趕緊幫兒子說話，就怕于藥兒會怪罪。

「沒事的，不必緊……」

「我才不需要妳可憐，少自以為是！」關百譽突然衝口而出，氣焰不小，緊接著便轉身跑出偏殿，很快小小的身影就消失無蹤了。

「百譽？百譽！」馮茵擔憂的趕緊追出去，已顧不得什麼禮數了。

「那莽撞的孩子！」熙妃緊蹙起眉，催促身旁的宮女們：「快去幫忙尋回孩子，別讓他亂跑！」

「是！」三名宮女即刻跑出偏殿。

「太子妃，孩子可能聽到了什麼流言蜚語，有所誤會，孩子還小，妳千萬別放在心上。」熙妃趕緊笑著緩頰。

「是我唐突了，才會嚇著孩子，沒事的。」于藥兒也笑著緩和氣氛，不希望氣氛變得越來越尷尬。

看來孩子對她有敵意，而馮茵的戒備態度，顯然對她有某些防範，並不樂見她的出現。

她暗暗嘆了口氣，這也難怪，若沒有十年前那一場兄弟相殘的悲劇，或許現在的太子妃會是馮茵，而不是她了。

「太子妃果然大氣度，咱們別管他們，繼續聊吧。」熙妃熱絡的轉移話題，其他妃嬪也適時的幫腔，氣氛又重歸和樂。

于藥兒也將剛才的小衝突放在一旁，不再多想，專心聆聽眾娘娘們的談話，免得失禮。

馮茵出去追孩子後，就沒有再回偏殿，看來是刻意避開尷尬，于藥兒也在眾妃們談話告一個段落時，找個理由離席，走出了偏殿。

直到離開偏殿好一段距離，于藥兒才在渡橋邊的小池子停下，忍不住鬆了口氣：「呼……好累。」

她不愛虛浮的交際應對，但正式成為太子妃之後，這一類的事肯定有增無減，她得快點習慣才是。

不知關耀天那兒情況如何了?于藥兒轉身對隨行宮女說:「咱們回去找太子吧。」

「是。」

于藥兒正要走上渡橋,橋的另一頭恰巧走來了一名男子,男子身穿戎裝,年約三十上下,看起來沉穩內斂,也頗有風塵僕僕之感,似是剛從哪兒回來一樣。

男子一見到于藥兒,先是困惑的蹙了蹙眉,緊接著一臉的訝異,脫口而出:「妳怎會在這兒?」

「咱們倆……認識?」于藥兒不解的瞧著他,突然間,腦袋竟隱隱作痛,奇怪的熟悉感似有若無,開始困擾著她。

她輕撫著額頭,面露不適。他是誰?她為何會對他有熟悉感,難道她……真的認識他?

男子見她的陌生反應似乎不是裝的,頓時神色轉而凝重,在想這到底是怎麼一回事?

他與她雖然只見過一次面,雖然她精心妝扮的樣貌與素顏時有些差距,但他自恃認人的能力不錯,至少有八成的把握,自己應該沒認錯。

此時關耀天從渡橋旁的另一個迴廊現身,緩步靠近。「久未見面,今日居然能在宮中巧遇鎮西侯,真是難得。」

「呃?」男子猛一回神,即刻對關耀天行禮。「太子殿下,久違了。」

「耀天?」于藥兒忍住腦袋的抽痛,趕緊來到關耀天身旁,輕漾一笑。「真巧,我正好要去找你。」

「這就是所謂的心有靈犀吧。」關耀天輕摟住于藥兒的腰,暗暗宣示主權,對男子淡淡一笑。「鎮西侯對我的太子妃很有興趣?」

原來他就是鎮西侯！于藥兒再度瞥了他一眼，曾聽過的消息也跟著浮現腦海，對他有了初步的認識。

關顯爵，身為關耀天的堂兄，受封「鎮西侯」，目前在關國之西「久安縣」鎮守與孫國之間的國界，久久才回平永城一趟。

他的父親是關昂的親弟，在關國立國之初的大大小小奪疆之爭中戰死，並有一妻子葛宜人，不過葛宜人都居住在王都的侯府內，與關顯爵聚少離多。

除了關百譽之外，關顯爵也頗有繼承王位的機會在，但正因為如此，他為了避開麻煩與猜忌，在多年前就自請離開王都，到久安縣守邊，好遠離這個是非之地。

「絕非如此，我只是見她面生，困惑她的身分，才對她有些好奇罷了。」關顯爵謹慎的回答。

關耀天微微挑眉，他雖沒聽到他們講了什麼，但關顯爵神色有異，並不像單純的困惑。

不過他沒有多問，就此打住：「也是，她初入宮中，許多人對她都好奇得很，你有疑問也不例外。」

「今日入宮，的確不少人都偷偷多瞧了我好幾眼，再多鎮西侯一人也不足為奇了。」于藥兒也笑著自嘲，順道替關顯爵解圍。

有于藥兒幫腔，關顯爵暗鬆了口氣，趕緊轉移話題：「恭喜太子殿下抱得美人歸，只不過我有軍務在身，此番回王都，恐怕無法待到二位大婚後才回久安縣，實在遺憾。」

「國事為重，區區一場婚禮又哪裡比得上？鎮西侯難得回王都，還是在府內好好休息，也能多陪陪夫人。」

「是，我正要去面見王上，面見完後就會回府去了。」

「那就不再與你多聊。」

關顯爵再朝關耀天行一次禮，之後就從他們身旁走過，往關昂所在的大殿方向前行。

于藥兒轉眸瞧著關顯爵離去，腦內的抽痛不減，內心的困惑猶在，總覺得……越來越不安了。

關顯爵，這個名字其實她早就覺得熟悉，再加上他的樣貌也有些眼熟，難道她在失去記憶前真的見過他，甚至有所往來？

她怎會認識身分如此特別的人？想不透，真的想不透……

已故三王子的遺孀馮茵、似乎認識于藥兒的鎮西侯關顯爵，即將掀起一陣什麼樣的波濤？尚未失去記憶前的于藥兒，究竟是何來歷？怎會認識關顯爵？而恢復記憶後的她，又會帶給關耀天什麼樣的震撼與問題？

新的波瀾即將到來，劇情再度峰迴路轉，料想不到。一切答案，都將在《許妳天下聘》第二部〈蘭軍師〉中揭曉，請大家拭目以待……

國家圖書館出版品預行編目資料

許妳天下聘：第一部　藥兒姬／簪花司命著. --
初版.--桃園市：展夢文創，2016.02
面：　公分.——（簪花司命作品集；3）
ISBN 978-986-89266-2-2（平裝）

857.7　104027113

簪花司命作品集（003）

許妳天下聘：第一部　藥兒姬

作　　者　簪花司命
發 行 人　簪花司命
出　　版　展夢文創
33499桃園郵局第2-207號信箱
電郵：flower61313@yahoo.com.tw
經銷代理　白象文化事業有限公司
402台中市南區美村路二段392號
出版、購書專線：（04）2265-2939
傳真：（04）2265-1171
印　　刷　基盛印刷工場
初版一刷　2016年2月
定　　價　349元